Wer steckt hinter Spam?

Von Ute-Marion Wilkesmann

Wer steckt hinter Spam?

Ein Roman

Von Ute-Marion Wilkesmann

Bibliografische Information der Deutschen Nationalbibliothek:
Die Deutsche Nationalbibliothek verzeichnet diese Publikation in der Deutschen Nationalbibliografie; detaillierte bibliografische Daten sind im Internet über dnb.dnb.de abrufbar.

Herstellung und Verlag:
BoD – Books on Demand, Norderstedt

ISBN: 978-3-74-605729-3

Inhaltsverzeichnis

Vorwort

Gesammelt habe ich die Spamtexte in den beiden Jahren 2017 und 2018. Heute ist der Spam leider deutlich langweiliger.

Spamtexte bieten viel, wenn man einmal darüber nachdenkt. Was mache ich, wenn ich Spam sammle? Ich schreibe eine Geschichte dazu und die Namen der Protagonisten stammen ausnahmslos aus Spam-Mails. Auch Werbeangebote im Text sind Wort für Wort aus Spam-Mails entnommen, auch wenn ich nichts davon als Zitat gekennzeichnet habe. Die Spam-Verfasser mögen mir das verzeihen. :-)

Geschrieben habe ich das Buch Ende 2018 / Anfang 2019. Dann schoben sich plötzlich andere Projekte in den Vordergrund.

Viel Spaß beim Lesen

Tag 1
Werbemails

Fred Hoffmann kam als Erster. Er sah sich in dem Raum um: acht Stühle, eine Garderobe, ein kleines Fenster zum Hof. Dennoch war es hell, weil mindestens vier lange Neonröhren unter der Decke hingen. Die Stühle waren mit schwarzem Kunstleder bezogen, die Stuhlbeine verchromt. Fred schaute auf die Uhr: Viertel vor zehn, er war wie immer etwas zu früh. Er hing seine Jacke an einen Haken und setzte sich auf einen Stuhl an der Seite des Raums. Wie es seine Gewohnheit war, vermied er es, zwischen Fenster und Tür zu sitzen, denn dann war Durchzug unvermeidbar. Er wollte nicht schon wieder eine Erkältung riskieren. Auf dem schwarzen Tisch, ebenfalls mit Chrombeinen, lagen ordentlich aufgereiht Namensschilder. Er suchte seinen Namen heraus und heftete sich das Schild mit einer Klammer an sein Hemd.

Wenige Minuten später kamen ein Mann und eine Frau in den Raum. Sie nickten Fred zu: „Guten Tag". So, wie sie sich verhielten, schienen sie dennoch nicht zusammenzugehören. Der Mann war schätzungsweise Mitte vierzig, untersetzt, sein Haupthaar war zu einem Kranz am Hinterkopf zusammengeschrumpft. Er trug ein dickes Jackett aus Wollmaterial, das zu warm für diese Jahreszeit war. Er sah die Schilder auf dem Tisch und griff zu *Karl Gerke*. Er nahm gegenüber von Fred Platz. Die Frau hatte mittlerweile ihren Regenmantel an die Garderobe gehängt. Sie war groß für eine Frau, etwa ein Meter fünfundachtzig, knochig. Ihr Gesichtsausdruck ließ auf ein hartes Leben oder Unzufriedenheit schließen. Ihre blondierten Haare erreichten das

Kinn, wo sie sich leicht nach innen drehten. Eine typische Frisur für eine Endvierzigerin, war Fred überzeugt. Ihre Augen lagen klein und tief hinter einer dicken Brille. Sie ging zum Tisch und griff das Schild mit dem Namen *Erica Feist*. Fred lächelte sie ermunternd an, aber sie reagierte nicht. Die Zahl der Namensschilder verriet, dass sechs Personen eingeladen worden waren. Die drei anderen trafen ebenfalls pünktlich ein: Niklas Ostermann, Ende zwanzig, für sein Alter recht picklig und mit einem Spitzbart, lässig gekleidet. Seine welligen Haare erreichten sein dunkelblaues Sweatshirt, wo sie einen leichten Schuppenregen hinterlassen hatten. Werner Kesselmann war der Älteste von allen, schätzungsweise so um die sechzig. Er war klein und rundlich, seine braunen Augen lachten genauso wie sein kleiner runder Mund. Er nickte fröhlich in die Runde, steckte sich sein Schild an den Kragen seiner froschgrünen Sweatstoffjacke, die in Kontrast zu seiner grauen Stoffhose stand. Yvette Strauch war im gleichen Alter wie Niklas, vielleicht ein wenig jünger. Sie war eine üppige Brünette, ihr pinkes T-Shirt gab Einblick in ihr Dekolleté, die blassblaue Jeansjacke stand offen und würde sich garantiert nie über ihrem Busen schließen lassen. Ihre Haare hingen glatt bis über die Schultern, ihre Wimpern waren genauso wenig echt wie ihre Fingernägel, die in ihrem grellen Rosaton das Pink ihres Tops ergänzten.

Die Uhr über der Tür war groß, schlicht mit weißem Hintergrund und klaren schwarzen Ziffern, die roten Zeiger bewegten sich geräuschlos. Die sechs Personen musterten sich gegenseitig unauffällig.

Werner ergriff das Wort: „Warten wir alle auf dieselbe Person?" Fred antworte ihm: „Keine Ahnung, ich wurde von einer Frau Mandy Kurz eingeladen". Die anderen nickten und bestätigten das, ja, sie waren alle von Frau Kurz für zehn Uhr herbestellt worden.

„Geht es bei Ihnen auch um berufliches Fortkommen?", fragte Niklas in die Runde. Alle nickten. Zögerlich begannen sie, sich miteinander zu unterhalten. Das Gespräch stockte immer wieder, wie man das unter Fremden häufig beobachtet.

Pünktlich um zehn Uhr öffnete sich die Tür, eine schlanke Mittdreißigerin, die dunklen Haare straff am Hinterkopf zusammengefasst, kam herein. Sie trug einen knielangen schmalen schwarzen Rock und eine weiße Bluse mit welligem Kragen. Sie war sorgfältig geschminkt, ihre Fingernägel waren gepflegt und rot lackiert. In der Hand hielt sie eine Mappe. Sie lächelte in die Runde.

„Guten Tag, meine Damen und Herren. Mein Name ist Mandy Kurz, ich bin die Leiterin dieser Arbeitsvermittlung und würde gern mit Ihnen allen über Ihre Zukunft sprechen. Bitte folgen Sie mir."

Die sechs Wartenden sahen sich an, zogen die Augenbrauen hoch oder zuckten mit der Schulter und folgten Mandy. Sie hätten statt ihrer schlanken Figur auch dem dezenten Rosengeruch folgen können, der offenbar von Mandy ausging.

Sie gingen den Flur entlang, bis zum Ende des Ganges, wo eine Tür aufstand. Mandy betrat den Raum, die Besucher folgten ihr. Der Raum war luftig mit einer großen Fensterfläche im Hintergrund. Davor stand ein schlichter runder Tisch mit einem Durchmesser von ungefähr einem Meter zwanzig. Um den Tisch waren sieben Stühle aufgestellt, sechs mit schwarzem Bezug und silbernen Stuhlbeinen, ähnlich wie im Warteraum. Der siebte Stuhl hatte das gleiche Design, war aber mit tiefrotem Kunstleder bezogen. Mandy setzte sich auf den roten Stuhl und lud ihre Besucher mit einer Handbewegung ein, sich hinzusetzen.

Mandy lächelte in die Runde. „Vielen Dank, dass Sie heute gekommen sind. Sie können mich gern Mandy nennen. Damit Sie sich gegenseitig kennenlernen können, stelle ich Sie kurz vor." Sie dreht ihren Kopf in Freds Richtung: „Hallo Fred, hallo Werner, Sie preisen Hochregale an, nicht wahr?" Die beiden Angesprochenen nickten. „Karl und Erica sind zuständig für Werkzeugwagen, Niklas für Werkzeugkästen, Yvette versüßt den Herren ihre Freizeit."

Die vier Männer und zwei Frauen starrten Mandy erwartungsvoll an. „Bitte bedienen Sie sich doch!" Dabei zeigte sie auf ein Rondell in der Mitte des Tisches, in dem kleine Saftflaschen standen. Daneben waren sechs Gläser aufgereiht. Niklas griff zu einer Flasche Kirschsaft, drehte den Verschluss, bis es knackte, und goss sich den Inhalt der Flasche in eines der Gläser. Die anderen warteten noch.

„Unser Gespräch wird auf Video aufgenommen.", Mandy blickte hoch zu der dekorativen Deckenleuchte, an der alle jetzt die Kamera entdeckten. „Das ist zu rein wissenschaftlichen Zwecken, und ich hoffe, Sie haben nichts dagegen?" Die Besucher sahen sich an, waren offensichtlich unschlüssig. Werner antwortete als Erster: „Nee, das ist schon okay". Da nickten die anderen ebenfalls.

„Sie wissen, dass Sie alle nicht existieren?"

Erica stutzte. „Wollen Sie uns veräppeln, was meinen Sie? Ist das jetzt so ein Psychospiel?" – „Nein, das ist kein Spiel. Ich möchte nur sichergehen, dass Sie wissen, dass Sie nicht wirklich existieren."

Die sechs sahen sich unsicher an, dann lachte Yvette laut. „Ach ja, ich existiere nicht? Dann möchte ich wissen, warum Fred und Werner ständig versuchen, mir in den nicht existenten Ausschnitt zu schielen. Das ist lächerlich, Mandy!" Die anderen nickten, ein Gemurmel füllte den Raum. Mandy saß gelassen da und beobachtete sie. Niklas war verunsichert, er schob den Arm seines Poloshirts hoch und kniff sich in den Arm.

„Da sehen Sie es, ich kann mich kneifen und es tut mir weh!" Die anderen kniffen sich ebenfalls und reagierten mit verärgerten Bemerkungen. „Was soll das jetzt?" – „Wer sich kneift, träumt nicht und ist real!"

Mandy füllte etwas Orangensaft in ein Glas, stellte die Flasche vorsichtig auf einen Glasuntersetzer und nahm einen kleinen Schluck. „Bitte schauen Sie einmal auf den Bildschirm am Ende des Raums."

Die Besucher drehten die Köpfe, ein leises Surren war das einzige Geräusch, das die Freigabe eines wandfüllenden Bildschirms begleitete. Zu sehen war ein E-Mail-Programm mit den üblichen Ordnern: Eingang, Ausgang, Gelöscht, Versendet, Spam. Mandy nahm einen Laserpointer, der zuvor in der Mappe gesteckt hatte, und klickte auf den Spamordner. Sie öffnete verschiedene E-Mails mit Werbung für Hochregale, Werkzeugkästen, Werkzeugwagen und heiße Nächte. Die Mails waren jeweils mit dem Namen einer der anwesenden Personen unterzeichnet. Die Besucher verstummten. Yvette zog ein Kaugummi aus der Tasche ihrer Jeansjacke, packte es gedankenverloren aus und steckte es in den Mund. Werners heiterer Gesichtsausdruck war einer eher abweisenden Haltung gewichen. „Was wollen Sie uns eigentlich sagen, Frau Kurz?" – „Wir waren doch beim Vornamen, lieber Werner!" – „Jetzt nicht mehr", brummelte Werner. „Bei solchen Unterstellungen ist mir der Vorname zu nah!"

„Wie Sie wollen, Herr Kesselmann. Wie ist das mit den anderen Damen und Herren?" Die anderen nickten, Karl ergriff das Wort: „Ich glaube, im Namen aller sprechen zu können, wenn ich darauf bestehe, dass Sie uns förmlicher ansprechen."

Mandy zuckte die Schultern. „Sie sind die erste Gruppe, das muss ich doch einmal sagen, die den Tatsachen einfach nicht ins Auge sehen will." – „Welchen Tatsachen, Frau Kurz?", eiferte sich Fred. „Sie stellen hier die lächerlichsten Behauptungen auf. Ich denke doch auch, das ist ein Psychospiel, warum sonst sollten Sie unser Verhalten filmen? Wir sind doch nicht blöde!" Die anderen fünf raunten Zustimmung.

„Sorry, aber Sie sind allesamt nur Geister, Spamgeister, keine echten Menschen." – „So ein Quatsch", Yvette öffnete ihre große Handtasche und suchte nach etwas. „Schauen Sie doch hier in meinen Taschenspiegel, ich kann mich darin sehen, Geister sehen sich nicht in Spiegeln!"

Mandy lächelte mitleidig. „Das sind Geister von Gestern. Die alten Geschichten, die Sie da wohl gelesen haben, Frau Strauch, sind lange passé. Heute gibt es bessere Methoden, die mittels fluoreszierender Strahlen Menschen von Geistern und Gespenstern unterscheiden."

Karl stand auf, seine Unterlippe zitterte: „Selbst wenn das so wäre: Was haben Sie oder Ihre Wissenschaftler davon, wenn Sie uns jetzt zu Geistern machen, uns die Lebensfreude verderben?"

Mandy setzte an: „Die involvierten Forscher ..."

Yvette unterbrach sie: „Können Sie vielleicht normales Deutsch reden? Involviert, was für ein hochtrabender Quatsch."

Mandy bemühte sich um Contenance. „Entschuldigen Sie, ich hatte nicht darüber nachgedacht, dass Sie unterschiedliche Ausbildungsniveaus mitbringen." – „Ha!", warf Niklas ein, „Auch noch unverschämt werden! Und wie bitte soll ein Gespenst oder Geist denn eine Ausbildung durchlaufen, Sie widersprechen sich selbst." – „Ach, bedauerlich, Sie wollen einfach nicht akzeptieren, was jedermann sehen kann. Sie haben ein geträumtes Leben, das ist bei Geistern so. Ja, und Sie sind Geister, Spam-Geister."

Erica, die vorn auf der Kante gesessen hatte, warf sich in den Stuhl zurück: „Ich glaub's einfach nicht, nein, das ist Quatsch. Beweisen Sie doch den Unsinn." Sie drehte ihren Kopf zu der Videokamera: „Das Spiel ist jetzt zu Ende, ich steige aus." Mandy war plötzlich wieder ganz gelassen und lehnte sich gegen das rote Polster der Rückenlehne ihres Stuhls.

„Bevor ich Ihnen den Beweis bringe, möchte ich Ihnen auch noch mitteilen, was neben der Wissenschaft der Zweck der Einladung ist. Die Firmen, die Sie beschäftigt haben, finden, dass Ihre Bezahlung dafür, dass Sie nur Geister sind und dementsprechend viel weniger Bedürfnisse haben, einfach zu hoch. Geister werden in der Regel überhaupt nicht bezahlt," und zu Werner gewandt, der gerade etwas sagen wollte: „Und eine Geistergewerkschaft gibt es nicht. Also, wir sind jetzt auch schon am Ende des Gesprächs, da Sie sich so sperren. Wenn Sie bitte freundlicherweise die neuen Verträge unterschreiben", dabei holte sie sechs Blätter aus der Mappe, die sie nebeneinander auf den

Tisch legte. Dazu einen Kugelschreiber. Die Besucher waren einhellig empört.

„Wenn Sie diesen Vertrag nicht unterschreiben, werden Sie eben gar nicht mehr bezahlt." Mandys Stimme war hart im Raum wie ein Diamantmesser, das Glas schneidet.

Fred sprang auf, „Kommt Leute, das lassen wir uns nicht länger bieten. Das ist doch wohl das Letzte. Dass der Typ, für den ich arbeite, mies bezahlt, weiß ich längst. Aber das ist nun wirklich die Höhe!" Die anderen waren noch unschlüssig und starrten auf die neuen Verträge. Fred nahm seine Jacke, die er über die Stuhllehne geworfen hatte, und strebte dem Ausgang zu. Karl, Niklas, Werner, Erica und Yvette sahen ihm nach. Sie beobachteten, wie er die Klinke in die Hand nehmen wollte. Seine Hand glitt durch die Klinke, durch die Tür. Aus Freds Gesicht war jede Farbe gewichen, er drehte sich zu seinen Kollegen um. „Nein!", schrie er mit heiserer Stimme, bevor er zu Boden sank.

Fred Hoffmann

Fred wusste nicht, wie lange er so gelegen hatte. Als er wieder zu sich kam, war der Raum leer. Nicht nur, dass seine fünf Kollegen und die Verkaufsleiterin Mandy Kurz verschwunden waren, es gab kein Mobiliar, keinen Schreibtisch, keine Sessel. War er tot? Er kniff sich in den Arm, es schmerzte. Aber da fiel ihm wieder ein, dass er vorher geglaubt hatte, er sei ein Mensch, kein Geist, und diese Yvette den Kneiftest für den Beweis ihres Menschseins gehalten hatte. Und dann war das mit der Tür passiert. Meine Güte, was für eine schreckliche Erfahrung! Zu sehen, wie die eigene Hand durch Wände gleitet. Wo er davon überzeugt war, er sei so ein bodenständiger Typ. Er setzte sich auf, ihm war noch ein wenig schwindelig. Er sah auf seine Uhr: fünfzehn Uhr siebenunddreißig. Das heißt, er hatte mindestens fünf Stunden hier gelegen, niemand hatte sich um ihn gekümmert. Er schaute nach oben, die kleine Videokamera blinkte weiterhin in regelmäßigen Abständen. Aha, sie nahmen ihn weiter auf. Er schnaubte vor Wut. Unglaublich! Warum rissen diese Menschen ihn aus seinem Leben? Mag sein, er war vorher ein Geist. Aber ohne das zu wissen, war sein Dasein glatt gelaufen. Er hatte bis zu diesem Tag nie durch Wände gefasst und als er mal mit der Faust vor die Tür einer Ex-Freundin geschlagen hatte, war der Schmerz auf den Fingern total echt.

Er atmete tief durch. Langsam stand er auf. Er fühlte sich noch ein wenig wackelig. Mit vorsichtigen Schritten bewegte er sich zur Tür. Wahrhaftig, sie war für ihn immer noch wie nicht vorhanden. Er schaute zur Kamera. War das gar keine Kamera, sondern eine kleine Maschine, die ein Hologramm erzeugte, nämlich diese Tür? Dann wäre das alles nur ein hinterlistiger Trick, um ihn und die anderen fünf im Preis zu drücken, als Figuren in einem Experiment einzusetzen oder was es da sonst noch für Möglichkeiten gab. Was für eine miese Tour wäre das denn! Sein Magen knurrte. Mussten Geister essen, hatten sie Hunger und wie konnten sie Essen anpacken, wenn sie Dinge mit ihren Händen durchdrangen? Nein, das musste alles ein Trick gewesen sein.

Er drehte sich wieder zur Kamera um und hielt ihr den Stinkefinger entgegen. Jaja, den alten Fred führte man nicht auf Dauer hinters Licht.

Durch eine Tür zu gehen, ist ein verrücktes Erlebnis, auch wenn man weiß, es ist nur ein Hologramm. Wie war das denn gewesen, als er das Gebäude betreten hatte? Er wanderte in seinem Gedächtnis zurück: alles völlig normal. Er versuchte sich an der Wand, erst einmal griff er behutsam darauf zu. Sie benahm sich hologrammmäßig. Auch gut. Mit gleicher Vorsicht schritt er durch. Dreimal hin und zurück, er kam aus dem Staunen nicht mehr heraus. Was für eine Technik war das denn, die solche riesigen Hologramme erzeugen konnte?

Er fand den Weg zurück ins Wartezimmer, seine Jacke hing an der Garderobe, wo er sie hingehängt hatte. Absichtlich nahm er den Weg durch die Wand, kein Problem. Würde er seine Jacke noch greifen können? Seine Logik war zwiespältig, eigentlich müsste die Jacke im wahrsten Sinne des Wortes nicht anfassbar sein. Andererseits trug er auch noch seine Hose, das Hemd, die Schuhe. Er atmete dreimal tief durch. Sein Herz raste. Zentimeter um Zentimeter schob er seine Hand vorwärts, er streckte den Zeigefinger weit nach vorn. Der Kontakt mit dem Stoff fand statt! Das war der Beweis dafür, dass hier Hologramme eingerichtet worden waren.

Tisch und Sessel standen unverändert an ihrem Platz, er fasste die Sitzfläche an. Kein Problem. Er setzte sich langsam auf einen Sessel, auch das funktionierte. Hatten sie – wer immer das war – das Hologramm abgeschaltet? Dann, so sagte ihm sein Verstand, würde die Wand jetzt wieder hart und undurchdringlich sein. Er lächelte erleichtert, als er den Kontakt spürte. Nein, so ließ er sich nicht veräppeln.

Er überlegte, was der Sinn des Ganzen war. Steckte dahinter eine unbekannte Bundesbehörde, die auf diese Weise einen Kampf gegen Spammails führte? Wobei er beleidigt war, wenn man ihm unterstellen sollte, er würde solche E-Mails mit seinem Namen unterzeichnen. Es waren nun mal gute Angebote, für die er gern mit seiner Person einstand. Fred bedauerte, dass er keine Möglichkeit hatte, die anderen fünf zu kontaktieren. Man könnte Informationen austauschen, diesen Tricksern das Handwerk legen. Erst einmal aber hatte er das Bedürfnis, etwas zu essen, er fühlte sich immer noch schwach. Er zog seine Jacke über, schloss die Tür hinter sich ab und lief die Treppe hinunter. Es gab einen Aufzug, aber davor hatte er dann doch ein wenig Angst. Wäre der ein Hologramm, würde er durch den Kabinenboden abstürzen. Vielleicht wären das nur zehn Zentimeter, vielleicht aber auch mehrere Meter. Da war die Treppe die bessere Wahl.

Er trat vor das Gebäude. Das Licht war grell hinter hellen Wolken, die Sonne verdeckt. Er blinzelte. In diesem Teil der Stadt kannte er sich nicht wirklich aus. Er war mit der Straßenbahn gekommen. Schräg gegenüber stand eine Döner-Bude, die einen ungepflegten Eindruck auf ihn machte. Nein, er musste seinen Hunger aushalten bis in die Innenstadt. Er nahm die nächste Bahn, nachdem er den Fahrplan studiert hatte. Am Bahnhof stieg er aus und steuerte direkt die Bahnhofshalle mit ihren vielen Kiosken und Geschäften an. Auch hier gab es eine Döner-Bude, die im Gegensatz zu der vorigen einen hygienischen Eindruck hinterließ. Er hatte hier schon ein paar Mal eingekauft, das Personal war freundlich, das Essen schmeckte. Und Fleisch gibt Kraft, das ist doch Allgemeinwissen. Er bestellte seinen Lieblingsdöner und griff in die hintere Hosentasche, wo sein Portemonnaie steckte. Halt, da war noch etwas, ein kleines Stück Karton? Er zog beide aus der Tasche und sah, dass es sich bei dem unbekannten Stück Karton um eine

Visitenkarte handelte. Der Döner-Verkäufer wartete ungeduldig, denn andere Kunden bildeten bereits eine Schlange. „Tschuldigung", murmelte Fred und fischte einen Fünf-Euro-Schein aus dem flachen Scheinfach. Er schob ihn über die Theke: „Stimmt so". Während er durch die Bahnhofshalle schlich, biss er herzhaft in die gefüllte Teigtasche. Sofort fühlte er, wie neue Lebenskraft in ihn strömte. Ja, er war sich dessen bewusst, dass es etwas großspurig klang für ein simples „Hunger stillen", aber so pflegte er später immer den Verzehr des Döners zu beschreiben.

Er hatte die Serviette locker in seine rechte Jackentasche gesteckt, nahm sie und wischte sich die Finger ab. Dann griff er in die Hosentasche und zog die Visitenkarte heraus. Sie war weißgrundig, so ein billiges Ding, das man im Internet zu 500 Stück fast für denselben Preis bekommt wie 250 Stück. Auf der Vorderseite stand, mittig gesetzt:

Werkzeugwagen
Geniale Werkzeugwagen für die totale Ordnung
Rufen Sie uns an!
Karl Gehrke

Darunter war eine Mobilfunknummer angegeben. Was sollte er damit? Anrufen? Wäre vielleicht keine üble Idee, wenigstens einen von den anderen zu kontaktieren. Er drehte die Karte herum. Mit blauem Kugelschreiber hatte jemand, vermutlich Karl, notiert: „Lieber Kollege, wir sind alle verblüfft und geschockt. Wir treffen uns um 17.15 Uhr vor der Dönerbude gegenüber von dem Gebäude. Kommen Sie auch? Rufen Sie mich doch an!" Fred schaute auf seine Armbanduhr, Mist, es war bereits 17.45 Uhr. Zu gern hätte er mit den anderen gesprochen und ihre neuesten Erfahrungen ausgetauscht. Er wählte die angegebene Nummer,

Mailbox. Blöde. Er wiederholte den Anruf, er hatte sich einen Text überlegt: „Hallo Karl, ich habe deine Botschaft zu spät gelesen, wäre gern gekommen, wie können wir uns treffen?"

Wenige Minuten später klingelte sein Handy. Er erkannte Karls Nummer, im Hintergrund hörte er Stimmengewirr und türkische Musik. „Ja, bitte?" – „Wir sind noch hier und warten gern auf dich. Wann kannst du hier sein?" – „In zwanzig Minuten, ist das okay?" – „Perfekt, in dem Schuppen kann man auch sitzen, wir warten auf dich."

Fred schloss, dass die anderen fünf zum Du übergegangen waren. Bestens. Die nächste Straßenbahn, die ihn wieder zurückbringen sollte, ließ nicht lange auf sich warten.

Niklas Ostermann

Als Fred umgefallen war, blieb die Gruppe zehn Schrecksekunden lang reglos sitzen. Niklas sprang schließlich vom Sessel auf und wollte sich um Fred kümmern. „Lassen Sie ihn liegen, ein Geist braucht keine erste Hilfe", Mandy lächelte süffisant. Niklas kümmerte sich nicht darum und vergewisserte sich, dass Fred zumindest atmete. Er wandte sich zu den anderen: „Wir müssen einen Notarzt anrufen!" Mandy lehnte sich gelangweilt in ihrem Sessel zurück. „Lassen Sie das doch bitte. Ich sage Ihnen, der Mann ist völlig in Ordnung." Niklas zog sein Handy aus der Tasche, kein Empfang, so ein Mist, dieses Netz war dermaßen unzuverlässig! Die anderen bemühten sich, aber die Handys waren allesamt tot.

„Nun setzen Sie sich doch bitte hin!" Mandys Stimme war scharf, sie duldete keinen Widerspruch. Niklas kniete unschlüssig an Freds Seite, die anderen sackten auf ihren Sitzen zurück. „Bitte, Herr Ostermann, Sie auch!"

Niklas stand auf und setzte sich auf seinen Besucherstuhl. Ihm war leicht übel von der Aufregung, das vertrug er nicht so gut, denn er war ein ausgesprochen harmoniebedürftiger Mensch.

„Sie können sich gern alle an der Tür oder Wand vergewissern, dass Sie Geister sind." Yvette stand trotzig auf, ging an die Tür – ihre Hand glitt wie durch ein Nichts. Der Schock war nicht so groß wie bei Fred. Aber ein wenig blasser um die Nase wurde sie schon.

„Ihre Bezahlung, ich deutete das bereits an, ist eindeutig zu hoch. Wir als Ihre Auftraggeber sind fest davon überzeugt, dass Sie als Geister, als Spamgeister, auch mit der Hälfte des Einkommens gemütlich über die Runden kämen. Ich lasse Ihnen die Verträge hier liegen. Sie können Sie auch mit nach Hause nehmen und sie uns, unterschrieben natürlich, mit der Post zukommen lassen. Herr Ostermann, Ihr Kollege auf dem Boden wird in wenigen Stunden wieder zu sich kommen. Machen Sie sich da bitte keine Sorgen. Er ist ein Geist wie Sie. Auf Wiedersehen."

Sie stand auf, packte ihre Mappe und verließ, ohne die Gruppe eines weiteren Wortes zu würdigen, hoch erhobenen Hauptes den Raum durch die Tür.

Yvette zischelte: „Habt ihr gesehen? Sie hat die Tür am Handgriff angepackt!"

Alle probierten Türen und Wände aus, sie waren sichtbar, aber nicht zu greifen. Niklas packte seinen Sessel an, er griff hindurch. Hatte er nicht hier gerade noch gesessen? Langsam versuchte er, sich auf dem Sitz niederzulassen. Erstaunlicherweise klappte das. Die anderen hatten ihm zugesehen und probierten es jetzt ebenfalls aus. Unfassbar, sie konnten die Sessel nicht anfassen, sich aber darauf setzen. Sie testeten die wenigen Möbelstücke und Wände des Raumes aus, immer dasselbe. Niklas kniete sich wiederholt neben Fred, der regelmäßig, wenn auch schwach atmete, aber nicht ansprechbar war. „Was sollen wir tun?" Er schaute fragend von einem zum anderen. Yvette kaute auf ihrem Gummi und hatte die Daumen in die Hosentaschen geklemmt. Karl ergriff das Wort: „Wir sind alle ziemlich überwältigt von den Ereignissen." Die anderen nickten zustimmend. „Wie wär's, wir trennen uns erst einmal, um das Ganze zu verkraften. Ich finde es aber ganz wichtig, dass wir uns jetzt nicht in alle möglichen Ecken verkriechen, sondern als Gruppe zusammen diesen Vorfall und uns selbst analysieren. Wir müssen herausfinden, was das soll. Ob das wahr ist oder ob der russische Geheimdienst dahintersteht." Niklas bezweifelte, dass er als Werkzeugkastenverkäufer von irgendwelcher Bedeutung für Russland sein könnte, sagte jedoch nichts. Sich wieder zu treffen, hielt er aber ebenfalls für sinnvoll.

Karl merkte, dass er seine Führungsqualitäten hier einsetzen konnte oder musste. „Ich schlage als Treffpunkt die Dönerbude gegenüber vor. Könnt ihr alle so um sechzehn Uhr?"

Erica schüttelte den Kopf. „Ich habe Diabetes, ich muss regelmäßig essen. Und bei so viel Aufregung muss ich mich auch ein bisschen hinlegen. Und ganz ehrlich: Ich will das mal in meiner Wohnung überprüfen. Und mich abregen, mein Puls jagt."

Sie einigten sich auf siebzehn Uhr vor der Dönerbude. Niklas zeigte mit dem Kopf auf Fred: „Und ihn lassen wir einfach hier zurück?" Keiner fühlte sich bei dem Gedanken wohl. „Okay, ich mache einen Vorschlag: Wir treffen uns erst einmal in diesem Raum wieder, wenn Fred dann immer noch hier liegt und nur atmet, müssen wir doch den Notdienst alarmieren. Für den Fall, dass er vorher wach wird, hinterlassen wir ihm eine Nachricht. Hat jemand was zu schreiben dabei?"

Karl nickte: „Ich schleppe immer ein paar Visitenkarten mit mir rum, einen Stift habe ich auch dabei." Er zog seine Brieftasche aus der rechten Innentasche seines Jacketts, holte eine Karte hervor. Der Brusttasche seines Poloshirts entnahm er einen zusammenschiebbaren Kugelschreiber. Sie einigten sich auf den Text, Karl schrieb ihn auf die Rückseite der Visitenkarte. Dann trennten sich ihre Wege.

Niklas fuhr stracks nach Hause, es waren zwanzig Minuten mit dem Auto. Er testete alles aus: Ließ es sich anfassen oder durchfassen, welche Gegenstände konnte er berühren, welche nicht? Er bekam den Eindruck, es hing auch mit dem Zweck des Anfassens zusammen. Wenn er die Autotüre prüfte, konnte er durch sie greifen, durch den Sitz fassen. Wenn er sich aber setzen wollte, konnte er zwar durch die Tür greifen, aber auf einmal war die Sitzfläche hart. Wie eigenartig! Er achtete darauf, dass ihm niemand zuschaute. Man weiß ja nie, ob man da wegen Störung der öffentlichen Ordnung nicht verhaftet wird.

Zu Hause goss er sich Wasser aus dem Kühlschrank in ein großes Glas und trank es. „Warum muss ich als Geist überhaupt trinken? Das passt doch alles nicht." Zum ersten Mal in seinem Leben führte er Selbstgespräche. Er wusste nicht, was die anderen machen wollten, aber er war entschlossen, mit Informationen vor der Dönerbude zu stehen.

Er holte sich eine Packung Kartoffelchips aus dem Vorratsraum, überlegte sich das dann anders. Lecker, aber macht die Finger fettig. Geduld ist jetzt wichtig! Daher nahm er eine Scheibe Brot aus der angebrochenen Packung, legte sich drei dicke Fleischwurstscheiben darauf und aß das Brot rasch auf. Er stellte die Kaffeemaschine an und setzte sich an den Schreibtisch. Was könnte das Internet ihm sagen?

Die Suchmaschine spuckte nicht viel unter dem Keyword ‚Spamgeist‘ aus, schon gar nichts Positives. Es las Sätze wie: *Heute Morgen hat mal wieder der böse Spamgeist zugeschlagen. Zum dritten Mal hat jemand versucht, seine überflüssige Bilderflut bei mir abzuladen. – Oh je, euer Gästebuch wurde offenbar vom Spamgeist überfallen.* Insgesamt fand er einhundertsiebzehn Einträge, neben Gemecker gab es auch Spiele mit Spamgeistern: *Ihr müsst mit ihnen Handel betreiben, euch hochleveln, um die üblen Spamgeister zu vertreiben, und kleine Münzen sammeln, um das Puzzle im Spiel zu lösen!* Nach einer Viertelstunde gab er die Sucherei auf. Das brachte doch nichts. Er informierte sich über Geister im Allgemeinen. Aha, feinstoffliche Wesen waren es. Niklas konnte sich auf das Wort ‚feinstofflich‘ keinen Reim machen. Feiner ist das Gegenteil von grobem Stoff. Dass er ein feiner Mensch war, davon war er immer schon überzeugt gewesen. Aber das allein verleiht einem noch nicht die Fähigkeit, durch Wände zu greifen und gehen zu können.

Die Wissenschaft hatte die Nichtexistenz von Geistern bewiesen. Das war einerseits tröstlich, denn dann war er doch ein Mensch. Andererseits könnte es bedeuten, dass er gar nicht existierte, wenn er doch ein Geist war. Sehr kompliziert. Ein Satz bewegte ihn: „Wir müssen zugeben, dass die Fülle der Schilderungen für die Existenz von Geistern, Gespenstern, Spuk und anderen übersinnlichen Erscheinungen schlichtweg überwältigend ist." Er fühlte sich nun überwältigt von sich selbst. Übersinnlich, feinstofflich, und der liebe Gott wurde von einigen Seiten mit ins Gespräch gebracht. Niklas schüttelte sich, als überzeugter Atheist wollte er nichts mit Gott zu tun haben. An anderer Stelle fand er eine Aufzählung: Erdgeister, Luftgeister, Feuergeister, Elementargeister, Baumgeister, Quellgeister. Er fügte für sich noch hinzu: Quälgeister. Nein, das war alles unergiebig. Er entschloss sich, diese Seiten zu bereichern. Er nahm sich vor, die Spamgeister zu entschlüsseln und zu beschreiben. Damit könnte er an die Öffentlichkeit gehen, ein Buch schreiben, Vorträge halten. Die ollen Werkzeugkästen könnte er dann endlich beiseiteschieben. Er wusste schon gar nicht mehr, wie es dazu gekommen war, dass er Werkzeugkästen verkaufte. Er hatte nie ein praktisches Geschick oder Interesse gehabt, die Bücherwelt lockte ihn mehr. Er durchforstete sein Gedächtnis, aber die Erinnerung wollte nicht kommen. War es das, was einen Geist ausmacht, dass er sich nicht an die Vergangenheit erinnerte? Erdgeister hausen in der Erde, dachte er, Luftgeister fliegen in der Luft, Feuergeister wärmen sich im Feuer. Diese drei sind Elementargeister, weil sie die Elemente nutzen. Spam nutzte kein Element, also konnte er das schon mal ausschließen. Ein Quälgeist war er allenfalls für seine Kunden.

Er setzte sich vor seinen Laptop, öffnete eine neue Datei und drückte die Tastenkombination Alt-1, um einen Titel zu setzen. *Spamgeister*. Als Punkte für seine Gliederung notierte er: Definition, Aufenthaltsort, Feinstofflichkeit, Charakteristika, Fähigkeiten, Leben mit den Menschen. Damit war er zufrieden, das konnte er den anderen Fünf vorlegen, so als Diskussionsgrundlage. Es war nicht einzusehen, dass Karl Gerke allein die Führung übernahm. Bei Aktionen, bitte sehr, das wollte er ihm nicht streitig machen. Die Rolle als feinstofflicher Leitgeist war ihm aber selbst, so war er überzeugt, auf den Leib, den feinstofflichen, geschrieben. Er druckte die Gliederung sechsmal aus. Dann stellte er sich den Wecker auf sechzehn Uhr, somit hätte er eine halbe Stunde, um mit stabilem Kreislauf wach zu werden. Er wollte geistig auf der Höhe sein, wenn er seine Rechercheergebnisse vortrug.

Erica Feist

Schon beim Aufstehen hatte sie geahnt, dass dieser Tag kein guter sein würde. Es war der siebte Tag, an dem niemand Werbemittel mit Gravur bestellt hatte.

Da sie von einer geringen Provision lebte, war die Vorstellung, noch schlechter bezahlt zu werden, lächerlich bis katastrophal. Und dann diese Geistersache! Das war ein Schock. Vermutlich wäre sie selbst auch umgefallen, wenn sie als Erste die Wand getestet hätte. Sie hatte sich für den Rückweg ein Taxi genommen, eine Unterzuckerung wäre eine Katastrophe. Sie wollte einen kühlen Kopf bewahren.

Wie kann ein Geist Diabetes mellitus Typ 1 bekommen? Sie schnaubte. Der Taxifahrer drehte sich um: „Ist was? Zu heiß?" – „Nein, nein, danke, alles in Ordnung."

In ihrer Wohnung angekommen, nahm sie als Erstes die Insulinspritze aus dem Kühlschrank und gab sich die Injektion. Es war Zeit für einen kleinen Imbiss. Regelmäßige

Mahlzeiten sind bei Diabetes vom Typ 1 besonders wichtig. Während sie eine Scheibe dünn mit Butter bestrichenes Vollkornbrot mit Quark und Radieschen aß, versuchte sie, sich an ihre Diabetes-Kurse zu erinnern. In ihrem Gehirn war ein Loch an der Stelle, wo sie sich bemühte, die Erinnerung auszugraben. Sie überlegte. Sicher hatte sie schon als Kind eine Unterweisung erhalten. Aber so angestrengt sie auch nachdachte, da blieb dieses Ungetüm von Nichtwissen. Sollte sie so jung schon an Alzheimer erkrankt sein? Mit fünfundvierzig Jahren? Das war doch zu unwahrscheinlich.

Sie nahm einen Apfel aus der Obstschale und schnitt ihn mit dem Obstmesser in Achtel. Sie aß Äpfel stets mit Schale und Kerngehäuse. Alles andere ist nicht so gesund. Halt, wo hatte sie das gelernt? Irgendwo gelesen. Oder hatte ihre Mutter ihr das beigebracht? Sie wurde unsicher. Wie sah ihre Mutter aus? Es war nicht möglich, sie konnte sich nicht daran erinnern, wie ihre Mutter aussah! Hatte sie das gestern noch gekonnt oder hatte sie sich nie Gedanken darüber gemacht? Sie atmete auf – wenigstens kein Alzheimer, denn das Langzeitgedächtnis von Demenzpatienten bleibt lange erhalten.

Sie beschloss, sich fürs erste nicht mehr mit der Vergangenheit zu beschäftigen. Das war offenbar ein gefährliches Pflaster. Sie war froh, dass sie die anderen später wieder treffen würde. Ob die sich an ihre Eltern erinnerten?

Was für Vorteile hat es, ein Geist zu sein? Sie überlegte. „Wenn ich durch Wände und Türe gehen könnte, wäre die Höhe meines Einkommens unerheblich, denn eine Bank wäre nichts weiter als ein Kühlschrank für mich, auf den ich jederzeit zugreifen kann." Andererseits, das fiel ihr jetzt erst auf, war in ihrer Wohnung alles fest, sie hatte durch nichts hindurchgreifen können. Sie testete den Kühlschrank: Sie schob die Hand langsam in Richtung Kühlschrank, bis ihre Fingerspitzen ankamen. Und auf einer Metallfläche landeten. Als zweiten Test schlug sie mit der flachen Hand kraftvoll auf die Tür. Das Metall gab ein Geräusch von sich, es gab nicht nach.

Ob es eine Regel gäbe, wann sie durch etwas durchgreifen konnte und wann nicht? Erica liebte feste Regeln, möglicherweise weil sie, solange sie denken konnte, an Diabetes erkrankt war. Die Erkrankung gibt Regeln vor. Könnte es sein, dass das erlebte Geistergeschehen ein Fake war, ein Betrug oder eine Fata Morgana? Sie wollte sich gerade in den Arm zwicken, als ihr einfiel, dass sich das schon als unzureichende Prüfung erwiesen hatte. War es ein Traum?

Sie setzte die Brille ab und massierte ihre Schläfen mit den Fingerspitzen. Nein, Träume waren anders. Sie sprach in ihr Smartphone und befahl der Suchmaschine, nach einem anderen Phänomen zu suchen. Sie ließ sich die Antwort vorlesen: „Eine Fata Morgana oder Luftspiegelung ist ein durch Ablenkung des Lichtes an unterschiedlich warmen Luftschichten auf dem fermatschen Prinzip basierender optischer Effekt. Es handelt sich hierbei um ein physikalisches Phänomen und nicht um eine visuelle Wahrnehmungstäuschung oder optische Täuschung". Unterschiedlich warme Luftschichten waren in diesen gemäßigten Breitengraden nicht zu erwarten. Aber da gab es ja zwei neue Begriffe: eine visuelle Wahrnehmungstäuschung oder optische Täuschung. Sie überlegte, was der Unterschied sein könnte. Sie recherchierte weiter. Eine Wahrnehmungstäuschung ist subjektiv, das hatte sie sich bereits gedacht.

Die optische Täuschung hingegen ist eine Wahrnehmungstäuschung des Gesichtssinns. Aha. Jetzt war sie so klug wie vorher. Sie zog eine eigene Erklärung vor: Eine Wahrnehmungstäuschung heißt, dass ich etwas falsch wahrnehme, was von der Natur her so nicht geplant ist. Eine optische Täuschung bedingt, dass mich jemand hinters Licht führen will. Egal, ob das so stimmte oder nicht, sie war kein Lexikon und wollte keines werden. Ihr reichten diese Erklärungen:

Lexikon – das Wort löste etwas bei ihr aus. Schemenhafte Erinnerungen an eine Zeit, als sie die Encyclopedia britannica verkauft hatte. Ach ja, hatte sie? Unscharf und pulsierend waren diese Bilder. Sie musste nachforschen!

Zeit sich hinzulegen. Sie ging zu ihrem Sofa, nahm die leichte Wolldecke vom Fußende und legte sich hin. Die Decke zog sie über die Beine bis zur Hüfte. So ruhte sie nachmittags am liebsten. Sie stellte den Wecker auf vier Uhr und atmete tief, eine sichere Methode, schnell in den Nachmittagsschlaf zu gleiten. Heute funktionierte das nicht. Ihre Gedanken ließen sie nicht los. Wenn das Greifen durch die Wand eine Wahrnehmungstäuschung war, hatten Mandy und ihre möglichen Drahtzieher etwas genutzt, was per Zufall an dieser Stelle auftrat. Verwerflich, aber noch verzeihbar, lautet ihr persönliches Urteil. Wenn jedoch absichtlich eine optische Täuschung aufgebaut worden war, um sechs Menschen in ihren Grundfesten zu erschüttern, so war das kriminell. Aber war eine Verringerung ihres Einkommens Motivation genug, um sie alle psychisch in eine solche Schieflage zu bringen? Ihr war zwar bewusst, dass geldgierige Menschen zu vielem fähig sind, aber das würde in keinem Verhältnis zu ihrem Einkommen stehen. Sie rechnete es im Kopf kurz durch, selbst wenn man ihr die Provision um ein Drittel kürzte, würde diese Summe es nicht plausibel machen, dass die Auftraggeber solche grausamen Methoden anwenden. Wer so brutal ist, begeht schwerere Verbrechen.

Das öffnete ihr einen weiteren Gedankenstrang. Planten die Hintermänner etwa ein schweres Verbrechen und sie und die fünf anderen sollten nur gefügig gemacht werden? Als Selbstmordkommando? Bei dem Gedanken wurde ihr schummrig. Sie spürte ihren Insulinspiegel absinken. Rasch packte sie eine Traubenzuckertablette aus und steckte sie in den Mund. „Ruhig weiteratmen, keine Panik!", dachte sie wiederholt, als sei es ein nützliches Mantra.

Auch wenn ihr Leben nicht einem angenehmen Traum glich, hing sie daran. Sie fand, dass sie nicht sonderlich gut aussah, ihre Klugheit ließ ebenfalls zu wünschen übrig. Dass sie jemals noch eine Familie gründen würde, mit fünfundvierzig? Das würde gynäkologische Maßnahmen erfordern, die sie ablehnte. Die Hoffnung auf einen Lebenspartner hatte sie noch nicht aufgegeben. Sie war überzeugt, dass auch sie Anrecht auf schöne Stunden und Jahre habe. Was wieder die Frage aufwarf: Was war vor dem Heute?

Es gab so viel zu besprechen mit den anderen. Sie konnte kaum abwarten. Sie dachte an Fred Hoffmann, den sie zurückgelassen hatten. Das nagte die ganze Zeit an ihrem Gewissen. Der Gedanke, dass sie ihn tot auffinden würden – einfach schrecklich. Der Mann war nicht unsympathisch.

Sie ging gedanklich die Ereignisse des Tages erneut durch. Darüber sank sie in einen tiefen, traumlosen Schlaf. Erst der Wecker des Smartphones riss sie in die Wirklichkeit zurück. Sie schreckte hoch und musste achtgeben, dass ihr Kreislauf stabil blieb. Sie saß fünf Minuten auf dem Sofa, bevor sie aufstand. Sie ging zum Tisch, nahm ihre Brille und trank zwei Schluck Wasser aus dem Glas, das neben der Brille stand.

Sie ging ins Bad und machte sich frisch. Ihr Budget diesen Monat war eng, aber es waren aufregende Zeiten. Sie bestellte ein Taxi, der Fahrer war derselbe. Sie lächelte ihn an: „Wieder zurück in die Ramusstraße, bitte." Er drehte sich zu ihr um: „Wieder? Was meinen Sie?" – „Sorry, natürlich können Sie sich nicht alle Kunden merken. Aber Sie haben mich vor ein paar Stunden aus der Ramusstraße abgeholt und hierher gebracht." Sie lächelte verständnisvoll. Der Fahrer runzelte die Stirn: „Dies ist meine erste Fahrt heute, Sie müssen mich verwechseln."

Erica erinnerte sich genau an sein Gesicht, die Nummer des Taxis und das Kennzeichen waren ihr ebenso klar vor Augen: Sie hatte ein Zahlengedächtnis, um das viele sie beneideten. Sie war erbost, stützte sich auf die Lehne des Beifahrersitzes, um sich nach vorn zu beugen und dem Mann energisch die Leviten zu lesen. Ihre Hand rutschte durch die Lehne, sie griff unbewusst zur Kopfstütze, die ihre Hand aufhielt. Sie atmete, wie sie es gelernt hatte, ruhig ein und aus. Der Fahrer war ungehalten: „Soll ich Sie jetzt fahren, oder was ist?" – „Ja, bitte, Ramusstraße, wie ich sagte."

Sie sank in den Sitz zurück. Was war da geschehen? Und wie passte das zu ihrer kriminellen Erklärung? Hatte man den Taxifahrer bestochen? Sie schaute während der Fahrt durch das Fenster: Straßen und Häuser, Menschen und Tiere huschten an ihr vorbei, ohne dass sie etwas wirklich wahrnahm. Was war hier los, was war mit ihr los?

Werner Kesselmann

Vier Jahre und sieben Monate waren bis zur Rente abzuarbeiten, und dann heute dieser Aufreger! Wie überflüssig ist das denn? Das Leben war schon hart genug, die Verkäufe liefen nicht so wie vor einem Jahr. Wenn es stimmte, dass er ein Geist war: Hätte ihm das die Tusse nicht in ein paar Jahren eröffnen können statt heute? Andererseits: Woher wollte er wissen, dass es ihm nicht doch beim Verkaufen half, durch Wände fassen und gehen zu können? Unwahrscheinlich war es schon, denn er verkaufte nicht direkt, nur im Online-Handel.

Er war nicht sicher, ob die Verabredung mit den fünf Kollegen etwas bringen würde. Lieber hätte er die Zeit genutzt und einmal über Geister nachgedacht und seine Fähigkeiten erprobt. Wie praktisch wäre es doch, im Supermarkt den Wagen mit Delikatessen zu füllen und durch eine Seitenwand zu verschwinden. Umpacken, wegfahren, alles umsonst mitnehmen. Er würde die Zeit bis zum Treffen auf jeden Fall sinnvoll nutzen und ein wenig testen.

Langsam passierte er ein Hochhaus, vorsichtig legte er seine rechte Hand beim Gehen auf die Betonoberfläche. Dabei klopfte er mit den Fingern in regelmäßigen Abständen auf die Steine. Dieses Gebäude gab nicht nach. Manche Passanten warfen ihm fragende Blicke zu, aber das störte ihn nicht. Er fiel des öfteren wegen seiner exzentrischen Kleidung auf, da machte das keinen Unterschied mehr. Früher war er minutenlang in Rage geraten, wenn ihm, wie er den Eindruck hatte, jemand nachstarrte. Einmal hatte er sich so über eine alte Frau aufgeregt, die ihren Mund gar nicht mehr schließen konnte, weil er Bermudashorts mit Jackett trug, dass er auf dem Absatz kehrtmachte. Er lief hinter ihr her und stellte sie zur Rede.

„Was regen Sie sich so auf, was starren Sie mir nach?" Seine Lautstärke steigerte sich. „Wenn es Ihnen nicht gefällt, wie ich angezogen bin, dann gucken Sie doch woanders hin." Seine Gesichtsfarbe näherte sich einem tiefen Purpurrot. Die kleine weißhaarige Dame richtete sich in ihrem Rollator auf und beobachtete in aller Seelenruhe, wie er in der Hitze der Erregung seine Wortwahl immer gröber werden ließ. Sie wartete ab. Als er sein ganzes Pulver verschossen hatte, stand er vor ihr und war mit seinen 162 Zentimetern gerade etwas größer als sie, ein seltener Genuss. Er japste vor Zorn. „Junger Mann", lächelte die alte Dame, „Sie halten sich offenbar für sehr wichtig? Ich nehme mich nicht so ernst. Deshalb schaue ich mich gern um. Haben Sie denn gar nicht bemerkt, dass hinter Ihnen ein Junge mit einem Hund ging? So ein reizender Pudel, wie ich ihn lange nicht mehr gesehen habe. Ihm galt meine Aufmerksamkeit, denn er erinnerte mich an meinen Bello, der vor zwei Monaten von mir gegangen ist." Werner japste ein letztes Mal: „Das ist doch eine Lüge!", bevor er auf dem Kopfsteinpflaster zusammenbrach. Später berichteten ihm die Rettungssanitäter, dass die alte Dame, die sie herbeigerufen hatte, bei ihm geblieben war, bis sie sich vergewissert hatte, dass er in guten Händen war.

Er hatte einen Kurs in autogenem Training besucht, um eine ruhigere Geisteshaltung zu erlangen, es fruchtete nichts. Er bekam Magengeschwüre, weil er sich nunmehr still ärgerte. Schließlich beschloss er, seine Mitmenschen zu ignorieren. Dann wäre das Problem ein für alle Mal aus der Welt. Es gab zwar keinen Ignorierkursus, aber er schaffte es allein. Der Herzinfarkt, der ihn auf dem Bürgersteig ereilt hatte, war glücklicherweise leichter Natur und zog keine Folgeschäden nach sich.

So gestählt war seinem Herzmuskel nichts Übles mehr geschehen. Nun ertastete er die neue Welt. Er konnte kein Muster erkennen: Manche Wände waren undurchdringlich, andere wie Nebel, einige sogar wie Butter, d. h. er konnte durchgreifen, fühlte aber einen leichten Widerstand. Auch waren nicht alle Wände gleichmäßig in ihrer Konsistenz für ihn. Hier fest, zwanzig Zentimeter darüber nebelartig und ein Meter weiter wie Gummi. Er war verwundert. Warum hatte er das bisher noch nie per Zufall bemerkt? Das Ganze musste einen Grund haben. Er hoffte, dass einer der anderen fünf findig genug war, um das Rätsel auf der denkerischen Ebene zu lösen. Er wusste, dass seine Intelligenz dafür nicht ausreichte. Eine E-Mail zu verschicken, die er selbst nicht formuliert hatte, und nur seinen Namen daruntersetzen, das war problemlos. Seinen Kontostand zu kontrollieren, erforderte keine übermäßigen mathematischen Fähigkeiten. Er war der praktische Typus. Das Denkerische, Logische und Analytische waren ihm fremd. Dieser Selbsteinschätzung widersprach zwar die Systematik, mit der er durch die Stadt spazierte, aber das fiel ihm nicht auf.

Der Spaziergang im Park war genauso wundersam. Er tastete die Bäume ab, manche waren wie weiches Wachs, andere verhielten sich wie gewohnt und wieder andere waren haptisch wie nicht existent. Am Ostausgang des Parks, das war ihm bekannt, stand eine uralte Eiche, deren Durchmesser mindestens einen Meter betrug. Das wäre eine

Gaudi, wenn er durch sie hindurchlaufen könnte! Das sollte der krönende Abschluss seines Parkspaziergangs sein.

Er sah sich um, es war niemand zu sehen. Er legte die Hand auf die Rinde und sie glitt hinein. Er sah nochmals nach hinten, da lief kein Kind, saß keine ältere Dame. Vorsichtig machte er einen Schritt nach vorn. Prima, die Zehen waren schon im Baum. Als er das erste Mal durch die Wand gegangen war, hatte ihn wie die anderen auch Panik beherrscht. Jetzt aber konnte er bewusst einen Fuß vor den anderen setzen und beobachten, was passiert. Wenn er mitten im Baum stand, würde er dann die Holzmaserung erkennen oder Holzkäfer bei der Paarung belauern können?

Plötzlich fiel ihm auf, dass er zwischendurch nicht nach Hause gegangen war. Sollte er nicht seine Familie informieren? Er stutzte. Hat ein Geist eine Familie? Hatte er denn eine? So sehr er sich das Gehirn zermarterte, er konnte sich nicht erinnern. Er nahm sein Handy aus der Tasche, das als glibbernder Quader in seiner Hand lag. Mühsam klickte er sich durch seine Kontakte, hmmm, er konnte nichts klar erkennen. Das lag vielleicht an seinem Aufenthaltsort, so mitten im Baum. Das musste er später nochmals kontrollieren. Er schloss erneut die Augen, atmete tief ein. Die Luft war frisch und harzig, deutlich anders als außerhalb des Baums. Langsam hob er die Lider an. Er war enttäuscht, er sah rein gar nichts. Dunkelheit ohne Ende. Er machte einen kleinen Schritt, da wurde es etwas heller und die Parkwiese leuchtete in seine Welt. Er ging noch ein wenig weiter, da stand er vor dem Baum. Die Luft war unharzig. Ein kleiner Junge schrie: „Mama, Mama! Der Mann da drüben ist aus dem Baum gekommen!" Was die Mutter ihrem Sohn antwortete, konnte er nicht verstehen, aber er meinte, einen ärgerlichen Tonfall gehört zu haben. Hui, das war knapp gewesen, er musste aufmerksamer sein. Und unauffälliger! Spätestens morgen würde er sich eine Rentneruniform kaufen: alles in kakifarben, die Hose mit Reißverschluss unterm Knie und aufgesetzten Seitentaschen in Wadenhöhe, die Weste ärmellos und mit vielen Taschen. Hässlich ohne Ende, aber völlig unauffällig. Er kicherte. Eigentlich war das Leben als Geist recht abenteuerlich. Gar nicht so übel, dass er kaum Aufträge hatte. Ja, das war der Einstieg in ein neues Leben.

Er hatte die Zeit aus den Augen verloren. Ein Blick auf die Uhr sagte ihm, dass er sich langsam in Richtung des Treffpunkts aufmachen sollte. Auf dem Weg lag ein Supermarkt, wie günstig! Ohne diesen Test wollte er nicht weitergehen, selbst wenn seine Kleidung noch auffällig war.

Er ging einmal um den Laden herum und suchte sich eine Stelle aus, hinten, wo nicht mit anderen Menschen zu rechnen war. Er fixierte die Fenster im Erdgeschoss im Gedächtnis, um diese Stelle von innen wiederzuerkennen. Im Supermarkt ging er zu den Süßigkeiten und nahm sich gezielt einen dieser Knusperriegel, die er so gern aß. Er hatte die Mittagsmahlzeit vergessen, daher passte das. Er trug den Riegel in einem Körbchen vor sich her, nicht, dass der Kaufhausdetektiv ihn vor dem Test aufgreifen würde, weil er auf auffällige Weise etwas in der Hand hielt. Seine scharfe Beobachtungsgabe half ihm dabei, alle versteckten Kameras zu finden. Ja, er entdeckte an der gewählten Wand eine anderthalb Meter breite Zone, die nicht im Sichtfeld der Kameras lag.

Er schaute sich mindestens vier Mal vorsichtig um, das allein war schon verdächtig. Da fiel ihm ein: Er hatte versäumt, die Wand abzuklopfen. Okay, dann holte er das jetzt nach. Er hätte in die Luft springen können: Seine Hand traf auf keinen Widerstand! Noch zwei Blicke nach hinten, nichts zu sehen. Nur eine Stimme hörte er, also hieß es, sich zu sputen. Augen zu, ein Schritt nach vorn. Nein, das war nicht genug, es roch kühl und nach Beton, noch ein Schritt. Er spürte das Licht auf seinen Augenlidern. Er sah sich um, niemand war zu sehen. Geschafft, geschafft! Er ließ den Einkaufskorb stehen. Für dieses Problem musste er noch eine Lösung finden.

Er fand Gefallen an dem Leben als Geist. Bis zu dem Gebäude in der Ramusstraße war es noch ein Fußweg von circa zehn Minuten. Er packte den Knusperriegel aus und aß ihn genussvoll. Es war der leckerste Riegel seines Lebens. Als er an der Ramusstraße 112 ankam, war außer ihm bisher niemand eingetroffen.

Yvette Strauch

Was sollte sie bis siebzehn Uhr tun? Auf dem Handy erkannte sie, dass die gestern verschickten Mails keine Resonanz zeigten. Ach, das war mal so viel besser gewesen. Lockt es denn niemanden mehr, die Nachbarin auf einem Portal zu treffen? Als ihr dieser Text vorgeschlagen wurde, hatte sie hysterisch gelacht. „Meine Nachbarin ist achtundsiebzig, das wird bei anderen ähnlich sein, da geht der Schuss aber gewaltig nach hinten los!" Dann lachte sie: „Das mit dem Schuss war gut, was?" Sie war sicher, dass dieser textliche Fehlgriff Grund für die negative Einkommensentwicklung war. Zwei Euro für jeden Klick auf die Seite, zehn bis hundert Euro pro Abo. Die Höhe der Summe richtete sich nach dem Umfang des Abonnements. Die

Konkurrenz war aufgeweckter, die Masche mit den russischen Mädels, die auf rührende Weise einen ehrlichen Mann suchen, war ihren eigenen plumpen Versuchen überlegen. Yvette fragte sich gelegentlich, wie die Texter das schaffen, solch radebrechende Mails zu schreiben. Sie würde dazu eine Online-Übersetzungsmaschine nutzen, viermal hin- und zurückübersetzen lassen, das wird mindestens genauso fabelhaft. Sie entwarf einen Text.

„Komm zu unserem Portal und triff die heißesten Frauen. Vielleicht ist deine Nachbarin auch da? Ich bin eine Frau, die nur auf dich wartet, ich habe viel von dir gehört. Mich triffst du auch auf dem Portal. Wir können es auch gern mit der Nachbarin zusammen machen, hast du Lust?"

Sie ließ den Text ins Russische und wieder zurück ins Deutsche übersetzen. Das war ein bisschen lustig, aber nicht komisch genug.

„Komm zu unserem Portal und triff die heißesten Frauen. Vielleicht ist dein Nachbar auch da? Ich bin eine Frau, die nur auf dich wartet, ich habe viel über dich gehört. Sie werden mich auch auf dem Portal treffen. Wir möchten das auch mit einem Nachbarn machen, gefällt es dir?"

Die usbekische Rückübersetzung war im vierten Durchgang schon eine Steigerung:

„Greifen Sie auf unser Portal zu und fliegen Sie zu den heißesten Frauen. Vielleicht hast du einen Nachbarn? Ich bin eine Frau, die auf dich wartet, habe ich oft gehört. Sie können das Portal auch anzeigen. Willst du es mit unserem Nachbarn machen?"

Das war nicht umwerfend. Daher tauschte sie ,heiß' gegen ,geil' und ,mit der Nachbarin zusammen machen' gegen ‚mit der Nachbarin zusammen treiben' aus. Das Ergebnis gefiel ihr, es reichten drei Durchgänge:

„Du kannst zu unserem Portal gehen und zu den heißesten Frauen fliegen, vielleicht wartet die nächste Runde auf dich, und ich warte auf dich, und ich habe oft gehört, dass ich mich an der Tür treffe."

Jetzt noch ein Foto mit tiefem Ausschnitt, das wär's doch, oder? Und der Link zu dem von ihr beworbenen Portal. Sie hatte es an ihren Auftraggeber geschickt, der hatte drei Wochen gar nicht reagiert. Auf Nachhaken kam nur ein mageres „Ihr Text überzeugt uns nicht". Wie soll man da motiviert bei der Arbeit bleiben? Da sie offenbar ein Geist war, startete sie einen letzten Versuch, um sich wenigstens launemäßig bei Stange zu halten:

„Komm zu unserem Portal und triff die heißesten Frauen. Deine Nachbarin ist bestimmt auch da. Ich bin ein geiler Geist, der nur auf dich wartet. Mach's mir schnell und oft. Mich triffst du auch auf dem Portal. Wir können es auch gern mit anderen Geistern zusammen treiben, hast du Lust?"

Schon bei der zweiten Umformung brach sie in Gelächter aus:

„Geh zu unserem Portal und finde die heißesten Frauen, und deine Nachbarn sind hier, kein mysteriöser Geist, der von dir erwartet, dass du es schnell und oft tust, du triffst mich auf dem Portal, wollen wir das gleiche, um andere Geister zu erschaffen?"

Wenn Yvette lachte, war das laut, es kam aus der Tiefe des Bauchraums und raumfüllend. Wies sie jemand darauf hin, dass es ordinär klang, zuckte sie nur die Schulter. „Der

Beruf formt den Menschen", was einen neuen Lachanfall provozierte.

Das Leben war ziemlich öde. Sex nur online anzubieten ist nicht der rechte Bringer, aber sie konnte sonst nichts. Oder hatte sie etwas gelernt? Sie überlegte kurz, es kamen keine Erinnerungen hoch. Na, war ja auch egal. Sie war von der Ramusstraße direkt nach Hause zurückgekehrt. Sie sah sich im Badezimmer um. Bis zum vereinbarten Zeitpunkt könnte sie mal wieder ihre Kosmetika aufstocken. Lippenstift, Nagellack und Wimperntusche. Trotz falscher Nägel und regelmäßiger Wimpernverlängerung achtete sie sorgsam darauf, dass sie auch für Zeiten gerüstet war, in denen vielleicht am Wochenende ein Malheur passierte. Sie schaute auf ihre Nägel. Hmmm, warum sollte sie sich nicht eine kleine Entspannung gönnen, statt zu shoppen. Sie packte ihre paillettenbesetzte Handtasche, zog die Jeansjacke wieder an und machte sich auf den Weg. Es war nicht weit. Die nette junge Frau in dem Laden kannte sie. „Das Übliche?" Yvette schüttelte den Kopf. Das Übliche passte nicht zu einem Tag, wo man entdeckte, dass man ein Geist war. „Heute mal die große Sitzung." – „Gern".

Yvette entspannte sich und dachte nach. Was hatte sie je von Geistern gehört? Dass sie unsichtbar waren. Sie war aber nicht unsichtbar, schon gar nicht unfühlbar, reine Logik, wie könnte sie sich sonst die Nägel machen lassen, unsichtbare Nägel? Geister waren nicht körperlich, sie hatte aber einen Körper. Sie hatte es schon in Filmen merkwürdig gefunden, dass Kleidung an Unsichtbaren ebenfalls für die anderen Menschen nicht zu sehen war, sobald sie Kleidungsstücke anzogen. Sicher war das heute Morgen alles ein Fake gewesen. Irgendso ein Werbetrick. Oder sie waren mit versteckter Kamera aufgenommen worden. Je länger sie über diese Möglichkeit nachdachte, umso wahrscheinlicher schien ihr das. Ja, sie war ein helles Köpfchen, so schnell konnte man sie nicht veräppeln. Die Aussicht im Fernsehen aufzutreten, gefiel ihr, sie entspannte sich wunderbar. Die junge Frau, die heute die Nägel anbrachte, weckte sie durch ihr munteres Geplauder fast zweimal auf. Trotzdem, man weiß ja nie ... „Sind meine Nägel heute anders als sonst?" Madeleine, wie sich gestickt auf der Kitteltasche lesen ließ, lächelte: „Aber nein, Ihre Nägel sind wunderbar fest und gesund. Eine tolle Grundlage, das wird über mehrere Wochen reichen, bis Sie neue brauchen." Dann drehte sie ihren Kopf suchend zu beiden Seiten: „Ich dürfte Ihnen das nicht sagen, aber bei Ihnen ist es wirklich nicht nötig, dass Sie alle vier Wochen kommen. Sechs sind mehr als genug." Wie nett! Sie lächelte Madeleine an.

Wenn das alles so eine versteckte Kamera war, was würde dann beim angesetzten Treffen passieren? Waren die anderen echt oder Schauspieler? Lustig, die Idee mit den Geistern hätte von ihr stammen können. Und es war gut gemacht. Dieser Fred spielte ihnen bestimmt etwas vor, wie sonst könnte jemand zusammenbrechen, ohne dass die Sendeleitung hektisch wird? Sie war beeindruckt von ihrer eigenen Cleverness, dass sie den Machern der Sendung auf die Schliche gekommen war. Wie es passieren konnte, dass sie selbst durch Tür und Wand gehen konnte? Vermutlich eine optische Täuschung.

Wenn die anderen Kollegen auch echt waren, würde sie ihnen die Augen öffnen. Ja, nix mit flott aussehen und nichts in der Birne haben! Dennoch blieb ein leichter Zweifel. Während Madelaine ihre linke Hand bearbeitete, packte

Yvette die Lehne des bequemen Kosmetiksessels mit der Rechten. Da gab nichts nach. Na also! So ein Körper hatte was für sich. Obwohl sie knapp bei Kasse war, drückte sie Madelaine ein großzügig bemessenes Trinkgeld in die Hand.

Langsam schlenderte sie zur Ramusstraße 112. Ab und an probierte sie es aus, aber sie fasste immer auf feste Substanz. Also hatte sie Recht, eine versteckte Kamera. Sie war gespannt, ob einer der anderen das bemerkt hatte. Als sie ankam, sah sie, dass sie nicht die Erste war. Der kleine Weißhaarige stand bereits da.

Madelaine sprach leise mit ihrer Kollegin. Frau Garcia, ihre Chefin, kam vorbei. „Was gibt's zu tuscheln, Madelaine? Ist was mit Frau Strauch nicht in Ordnung?" – „Äh, doch, sie hat mir ein großzügiges Trinkgeld gegeben, das hatte ich Evi gerade erzählt." Frau Garcia ging zurück ins Büro. Madelaine bekräftigte es noch einmal: „Auch wenn du es nicht glaubst, Evi, ich schwöre dir, die Hand von Frau Strauch ging durch die gepolsterte Sessellehne durch, als sei da nichts!"

Karl Gerke

Die anderen fünf mochten ja naiv sein, aber er spürte es: Hier waren große Dinge im Gange. Geister gibt es nicht, demzufolge mussten ihre Erlebnisse auf einer Technik aufsetzen, die ihnen unbekannt war.

Er kehrte in seine Wohnung zurück und kochte sich einen starken Kaffee. Sein Gehirn musste auf vollen Touren laufen, damit er, Karl Gerke, diese geheimnisvollen Ereignisse vor allen anderen verstehen und ihre ganze Gruppe schützen konnte. Oder die Stadt? Gar die Welt?

Karl hatte früher diverse Zeitschriften abonniert: Geheimdienste, Außerirdische, parapsychologische Phänomene waren die Themen. Heute war das preiswerter. Was er suchte, fand er im Internet. Er hatte sämtliche Filme auf YouTube geschaut, in denen eindeutig Außerirdische bei der Landung zu erkennen waren. Je länger er über die Vorfälle in der Ramusstraße 112 nachdachte, umso sicherer wurde er, dass mehr dahintersteckte als ein Geheimdienst, sei es der amerikanische, der russische oder der Mossad. Sie alle verfügten über Technologien, die sie vor ihren Bürgern verbargen. Von Russland war ihm bekannt, dass sie riesige Maschinenparks etliche Meter unter der Antarktis angelegt hatten. Deshalb war ihm der russische Geheimdienst gleich in den Sinn gekommen.

Er überlegte, ob er Russen und Außerirdischen Werkzeugwagen verkaufen könnte, wobei er genüsslich seinen Kaffee schlürfte. Hätte er eine Frau, müsste er sicherlich lautlos in kleinen Schlucken trinken. Welche Einengung! Er wusste plötzlich nicht mehr genau zu sagen, ob er je eine Frau gehabt hatte und ob er Vater war. Diese Ungewissheit war für ihn ein weiterer Beweis dafür, dass eine Intervention von außen stattfand. Solch elementaren Dinge vergisst man allenfalls im letzten Stadium der Demenz, in dem er sich, aber hallo!, keineswegs befand. Er schaute misstrauisch auf seinen Kaffee. Hatten Sie Drogen in das Kaffeepulver gemischt oder das Leitungswasser infiziert? Er musste definitiv vorsichtiger sein. Aber ihm war klar, dass seine Werkzeugwagen ungeheuer primitiv waren im Vergleich zur Technik, die hinter allem stand, was er in den letzten Stunden erlebt hatte. Ob *sie* Fred Hoffmann entführt und seziert hatten? Ihm schauderte.

Er nahm seinen blauen Sechskammerbeutel und über-legte, in welchem Supermarkt er einkaufen sollte. Auf jeden Fall in keinem, in dem er regelmäßig Kunde war! So plante er sorgsam seinen Weg, überquerte Kreuzungen, um sich dann rasch um 180 Grad zu drehen und seinen Weg in die entgegengesetzte Richtung fortzusetzen. So benötigte er fünfzehn Minuten für einen Weg von üblicherweise fünf Minuten. Denen hatte er aber jetzt ein Schnippchen ge-schlagen! Unmittelbar danach hätte er sich mit der Hand vor den Kopf schlagen können. Wie unüberlegt, natürlich hatten sie einen Peilsender an oder in ihm angebracht. Er kaufte drei Flaschen Mineralwasser und zwei Flaschen Orangensaft von Marken, die er sonst nie wählte, weil sie zu teuer waren. Noch vor dem Supermarkt öffnete er eine Flasche und trank sie leer. Da konnte noch keine Droge ent-halten sein, da war er sich sicher. Auf ähnliche Weise kaufte er belegte Brötchen in verschiedenen Bäckereien oder an Supermarkttheken.

Satt kehrte er nach Hause zurück und stellte die Flaschen vor sich auf den Tisch. Bloß nicht unbeaufsichtigt lassen!

Er nahm einen Stapel Papier, das von einer Seite benutzt war. Den Luxus, Papier einseitig zu beschreiben und dann zu entsorgen, konnte er sich schon lange nicht mehr leisten. Umweltschutz war weniger der Grund dafür. Umwelt-schutz, er schnaubte. Die Gefährdung der Umwelt war auch so ein Gerücht, das die Geheimdienste in die Welt gesetzt hatten, um die Bürger zu versklaven. Dieses System unter-höhlte er schon seit Jahren. Er trennte seinen Müll, oh ja, mit größter Sorgfalt. Morgens verließ er das Haus beispiels-weise mit einem Beutel Kompost in der Hand. Drei Straßen weiter schlich er unauffällig zur nächsten Tonne mit gelbem

Deckel und entsorgte den Kompost in ihr. Wieder ein Schnippchen geschlagen! Anfangs hatte er den Kompost in die Tonne mit gelbem Deckel hinterm Haus, das Altglas in den Restmüllcontainer und das Papier in die Komposttonne mit dem braunen Deckel entleert. Leider hatte ihn die neugierige Frau Schneider aus dem zweiten Stock einmal beobachtet und ihn gleich bei der Hausverwaltung angeschwärzt. Da arbeiteten auch einige Personen, die ihm verdächtig vorkamen!

Nun war er bereit, den Kampf gegen die Geheimdienste und die Außerirdischen aufzunehmen. Zuerst galt es, eine Liste mit Aufgaben anzulegen. Er dachte angestrengt darüber nach, ob einer der anderen fünf ein Maulwurf war. Er hielt das für unwahrscheinlich. Eher waren sie eine Gruppe von sechs Versuchskaninchen und er, er, Karl Gerke, würde mit seinen Kameraden alle finsteren Kräfte in die Flucht schlagen.

Andere Männer wären vielleicht mit seinem Erscheinungsbild unglücklich. Wollten sie doch alle aussehen wie Models mit einem Waschbrettbauch. Er lächelte. Er war froh, mit einer Durchschnittsfigur ausgestattet zu sein. Unauffälligkeit ist im Kampf für die Menschheit unerlässlich. Wie wäre das denn, wenn sich alle Köpfe zu ihm drehten, sobald er einen Raum betrat? Sehr ungünstig für feine Beobachtungen oder gar eine seiner versteckten Aktionen.

Auf das oberste Blatt schrieb er *Task Force*. An dem Titel für die Task Force überlegte er noch. Menschheitsrettung? Was für ein langes Wort im Mund! Task Force Gefahr für die Menschheit? Nicht besser. Sein Englisch war bescheiden, deshalb suchte er sich auf seinem PC ein Online-Lexikon. Menschheit klingt nicht halb so abenteuerlich wie

Mankind. Task Force Mankind. Oder Task Force Save Our Mankind? Zu lang. Task Force Danger for Mankind? Er war sich mit der Präposition unsicher. Sollte es doch eher Task Force Danger to Mankind heißen? Mit einem glücklichen Lächeln notierte er den Namen, der ihm nach einigem Grübeln eingefallen war und keine grammatikalischen Probleme aufwarf: *Taskforce Mankinddanger, TMD*. Untertitel *Save our Mankind, SOM*.

Zwei Frauen waren in seinem Team. Die eine, wie hieß sie noch, Yvette? Oder hieß sie anders, vielleicht Yvonne? Aber das konnte er später im persönlichen Gespräch klären. Sie war beruflich in einer Branche tätig, die für Spionagezwecke unerlässlich ist. Sie selbst machte durchaus den Eindruck, als würde sie sich willig auf einen gutaussehenden Spion einlassen. Er kaute an seinem Stift. Wären denn Außerirdische überhaupt an einem sexuellen Verhältnis, und sei es noch so unverbindlich, mit einer Menschenfrau interessiert? Die Lösung lag auf der Hand: Solange sie ihre außerirdische Form hatten, wohl kaum. Aber mit der Menschengestalt übernahmen sie deren Gelüste, anders konnte es nicht sein. Yata Hari wählte er als Tarnnamen für die erste Spionin. Die andere Frau, hager und in seinen Augen nicht sehr ansehnlich, war mit ihrer dicken Brille prädestiniert für Dechiffrierung und einen Bürojob. Sollten die Außerirdischen einen außerirdischen Geschmack haben, könnte sie immer noch als zweite Körperspionin eingesetzt werden. „Kommt Zeit, kommt Sex", kicherte Karl.

Dann dieser armselige Fred Hoffmann. Karl wünschte sich, an seiner Stelle gewesen zu sein. Souverän hätte er mit der Hand durch die Tür gegriffen, nur ein müdes Lächeln hätte ihm das abgerungen. Dieser Fred war kein Held.

Wahrscheinlich schlotterte er schon vor Angst, wenn ein Kunde ihn bat, einmal ein Hochregal zu erklimmen. Für paramilitärische Einsätze war der Mann nicht zu gebrauchen, aber seine Empfindsamkeit könnte an anderer Stelle hilfreich sein. Hatte er da letztlich nicht in so einem Online-Versandhandel ein Stirnband aus Metall gesehen, mit dem empfindsame Menschen in der Lage waren, Botschaften von Aliens zu empfangen? In diese Richtung war Fred einsetzbar, wenn er den Schock überlebt hatte. Karl entschloss sich, vor der verabredeten Zeit in der Ramusstraße 112 zu überprüfen, was aus Fred geworden war.

Überprüfen, genau. Waren die gegnerischen Wellen schon bis in seine Wohnung gedrungen? Er stand auf, er fasste an die Badezimmertür. Fest. Holz. Undurchdringlich. Sehr gut! Beinahe hätte er die Hacken zusammengeschlagen. Er überprüfte den Nachttisch im Schlafzimmer. Eine rein intuitive Handlung, er hätte genauso gut den Kühlschrank nehmen können. Seine Hand glitt durch das Holz und landete auf seiner Bibel. Erstaunlich, der Feind war offensichtlich bereits hier gewesen und hatte ihm eine Botschaft hinterlassen. Die hatte er verstanden! Die Bibel wurde im Übrigen völlig unterschätzt. Sie war eine Sammlung immenser Botschaften, deren Code man jedoch vorher knacken musste.

Niklas, so hieß der Typ doch?, war ihm suspekt, weil er nicht sofort seine Autorität akzeptiert hatte. Aber wenn der junge Mann erst einmal begriffen hatte, aus welcher Richtung die Befehle kamen, um Helden aus ihnen zu formen, sah er keine großen Probleme. Den anderen plante er, beizeiten Aufgaben zuzuweisen, wenn die Situation es erfordert. Er faltete das Blatt und steckte es in die Hosentasche.

Er sah auf die Uhr, halb vier. Eine gute Zeit, um in der Nummer 112 nach dem Rechten zu sehen. Auf dem Weg fiel ihm ein, dass es durchaus möglich wäre, dass ‚der Feind' die Technik in der Ramussstraße ausgeschaltet hatte und er somit nicht nach Fred schauen konnte. Darauf musste er es ankommen lassen.

Er hatte Glück, das Gebäude empfing ihn mit offenen Armen. Beschwingt lief er die Treppen hoch. Er erschrak. Wenn der Feind einzelne Stufen präpariert hätte, würde er tief in den Keller stürzen und sich das Genick brechen. Er musste es sich als oberste Regel einprägen, immer erst vorzutasten, bevor er vertraute.

Schade eigentlich, dass die Wände nicht durchsichtig waren. Das wäre hilfreich. Er gelangte in das Wartezimmer, überquerte den Flur, bis er den Raum vor sich hatte, in dem das Drama – oder was es auch war – begonnen hatte. Er legte seine Hand auf die Türklinke, sie rutschte durch. Er schritt energisch durch die geschlossene Tür. Der Raum war unverändert, Fred Hoffmann verschwunden. Karl suchte den Boden nach Spuren ab, da waren keine. Entweder hatte der Feind eine Basisreinigung durchgeführt oder Fred hatte überlebt. In dem Fall würde er sicher zum Treffpunkt kommen. Karl wollte sich weiter auf der Etage umsehen, aber kein anderer Raum öffnete sich seinem Druck, sie stellten sich ihm fest und geschlossen entgegen. Mit Ausnahme der Toilette.

Er schaute aus dem Fenster zur Straße. Yata Hari und der Weißhaarige standen dort und unterhielten sich. Gut.

Das Wiedersehen

Als Fred zu der Gruppe stieß, stand diese schweigend beieinander. Karl begrüßte ihn: „Schön, dass du wieder wohlauf bist, wir haben uns alle Sorgen um dich gemacht!" Fred dachte nur, dass einer ja mal hätte früher nach ihm sehen können, wenn sie die Sorgen so geplagt hätten. Aber er sagte nichts dazu.

Karl berichtete Fred, dass sie sich eine Frist bis zwanzig Uhr gesetzt hatten. Hätte er sich bis dann nicht gemeldet, hätten sie sich über das Geisterleben unterhalten. Aber er war ja wichtiges Mitglied des Teams. Fred mochte keine Teams, aber was soll's.

„Ich glaube nicht, dass wir Geister sind. Ich halte das Haus gegenüber für ein Hologramm." Karl nickte enthusiastisch: „Genau das ist es, was wir als Erstes tun sollten. Jeder sagt, wie er das Ereignis einschätzt. Du siehst es als Hologramm, ich bin mir sicher, dass es sich um eine Verschwörung technisch fortschrittlicher Menschen oder überlegener Außerirdischer handelt. Niklas, was meinst du?" Er hatte Niklas als Ersten angesprochen, weil er merkte, dass dieser seine Vorrangstellung nicht so, ohne aufzumucken, akzeptieren würde. Vielleicht könnte er ihn zum Stellvertreter ernennen?

„Ich halte es für durchaus wahrscheinlich, dass wir feinstofflich sind." Keiner fragte ihn, was er damit meinte.

Werner sah dies als Zeitpunkt, sich einzubringen: „Ich bin überzeugt, dass es mit dem Geistsein stimmt. Ich habe heute im Supermarkt ungesehen einen Riegel mitnehmen können." – „Gestohlen?", fragte Yvette wissbegierig. – „Nein, also, mir ging es nicht um den Riegel, sondern ich wollte sehen, was geht. Unsichtbar bin ich nicht, aber ich konnte durch die Wand. Ich hatte mir einen taktisch günstigen Platz an der Rückwand des Ladens ausgesucht. Keiner hat etwas bemerkt! Und keine Kassiererin muss den Verlust aus ihrer eigenen Kasse nachlegen, weil das Teil ja gar nicht durch die Kasse gegangen ist. Und der Konzern hat's ja reichlich, diese Ausbeuter." Er schalt sich selbst, dass er begann, sich zu rechtfertigen.

Erica schüttelte den Kopf: „Also, wie immer das funktioniert, ich sehe da einen kriminellen Hintergrund. Keine Ahnung, wie diese Verbrecher das schaffen, aber mit rechten Dingen geht das nicht zu. Geister? Nein, also, das sehe ich nicht."

Yvette pflichtete ihr bei: „Ich hab' auch ordentlich getestet. Da war nix, alles fest. Wände, Stühle, Tische, ich konnte durch nichts mit der Hand greifen oder schon gar nicht durchgehen. Das ist garantiert ein Fake, Ihr kennt doch diese Sendungen, mit versteckter Kamera. Wer weiß, ob uns da nicht jetzt auch jemand heimlich aufnimmt!" Dabei rückte sie mit beiden Händen ihre Frisur zurecht.

Karl sah in diesem Moment seine Chance gekommen, seine Position zu festigen: „Wir sind vom Schicksal oder von wem auch immer zusammengewürfelt worden. Wir haben diverse Erklärungen parat, die wir in Prüfungen systematisch verfolgen sollten. Dann sehen wir weiter, wie wir uns wehren oder was wir unternehmen. Einer muss das organisieren. Ich schlage vor, dass ich bis auf weiteres die Planung übernehme." Als er sah, wie Niklas Miene sich verfinsterte, fügte er rasch hinzu: „Außerdem schlage ich den jungen Mann hier zu meiner Linken als Stellvertreter vor!" Erica murmelte etwas von Frauendiskriminierung, sagte das aber nicht laut. „Sollen wir abstimmen?" Karl bekam fünf Stimmen für seine Stellung, Niklas fünf als Stellvertreter. Karl atmete auf.

Eine Weile standen sie stumm auf der Straße. „Ich habe Hunger!" – „Yvette hat recht", Karl pflichtete ihr bei, es ist bei unwichtigen Dingen immer positiv, die anderen Teammitglieder zu stärken. Sein Coaching letztes Jahr war nicht umsonst gewesen! „Wir können bei einem Teller Krautsalat und einem Döner genauso gut sprechen."

„Findest du es nicht eigenartig, dass wir als Geister essen müssen?" Fred sah hier die Möglichkeit, für seine Vermutung zu punkten, dass alles ein Hologramm sei. Niklas hatte die Antwort sofort parat: „Was wissen wir schon wirklich über feinstoffliche Wesen und ihre Bedürfnisse? Doch nur Dinge vom Hörensagen, aus Horrorfilmen oder Komödien." – „Egal", warf Erica ein, „ich habe genau wie Yvette Hunger, und ob ich ein Geist bin oder nicht, ist mir wirklich im Moment egal."

Werner schlug vor, doch in der Pizzeria am Ende der Straße einzukehren. „Ich kenne die. Erstens ist das Essen ordentlich, zweitens ist es dort gemütlicher und drittens gibt es dort Ecken, wo uns nicht jeder hören kann!" Karl war etwas verärgert, solche Vorschläge sollten von ihm kommen. Na, das würde er Werner bei Gelegenheit heimzahlen.

Die Pizzeria war gut besucht, zum Glück fand der Wirt einen freien Tisch für sechs Personen. Sie nahmen Platz und griffen zur Speisekarte. Werner versuchte unbemerkt, seine Hand in den Tisch rutschen zu lassen. Es gelang! Vorsichtig hielt er den Finger an die Speisekarte, er rutschte glatt durch. Niklas hatte das beobachtet und versuchte nun seinerseits, mit dem Finger durch die Speisekarte zu fassen, aber ihm war kein Erfolg beschieden. Die anderen vier, nun aufmerksam geworden, bemühten sich ebenfalls. Erica war erfolgreich, Yvette blieb in der Karte stecken und bekam einen unkontrollierten Lachanfall. „Wie geil ist das denn", japste sie. Kurz bevor die Kellnerin kam, um die Bestellung aufzunehmen, gelang es Yvette, den Finger mit leichter Gewalt herauszuziehen. Die Karte war eingerissen. Yvette klappte sie hastig zu und lächelte die Bedienung freundlich an. Karl und Fred waren erfolglos. Alle gaben ihre Bestellung auf.

„Mit der Nummer komme ich im Fernsehen garantiert groß raus! Obwohl, eure Gesichter in Großaufnahme wären auch nicht schlecht!" Yvette kicherte immer noch.

„Ich gebe zu, die Auswirkung eines Hologramms bis hier in diesen Raum ist recht unwahrscheinlich." Fred schaute in die Runde, alle nickten. Erica ergänzte, dass dies wohl auch für kriminelle Machenschaften nicht viel Sinn mache. „Wie kannst du denn an die versteckte Kamera glauben? Woher sollten die gewusst haben, dass wir hierherkommen?" – „Stimmt, das wäre schon happig. Karl, wie ist das mit deiner Verschwörung, würde das greifen?"

„Außerirdische oder auch die weltlichen Geheimdienste haben technische Möglichkeiten, von denen wir keinerlei Ahnung haben." Er beugte sich nach vorn über den Tisch und flüsterte:

„Wusstet ihr, dass der KGB unter der Antarktis ganze Hochhausfluchten gebaut hat? Der Putin, den ihr im Fernsehen seht, ist nur ein Doppelgänger. Oder besser gesagt: der Doppelgänger des Doppelgängers! Und das ist keine Fantasie, russische Whistleblower haben dazu Videos in YouTube eingestellt!"

Alle machten ein höflich-interessiertes Gesicht. Karl beschloss, dieses Thema in der nahen Zukunft erst einmal zu meiden.

Zwei Kellner brachten das Essen, vier Pizzen, einmal Tortellini und eine Lasagne. Dazu eine Flasche Rotwein. Das Gespräch konzentrierte sich auf die Speisen und nahm eher Formen an wie: „Oh, das ist noch ganz heiß!" – „Toller knuspriger Rand an der Pizza, Werner, danke für die Top-Empfehlung." – „Also die Lasagne könnte ein bisschen größer sein".

Fred, der seine Hologramm-These aufgegeben hatte, war als erster mit dem Essen fertig. „Wir sollten das systematisch angehen. Es ist keine Frage mehr, für keinen von uns, dass etwas mit uns oder unserer Umwelt nicht stimmt." Er merkte, dass Karls Miene sich verfinsterte, und fuhr fort: „Karl, hast du einen Vorschlag, wie wir das geordnet und gemeinsam alles zusammenstellen und überprüfen können?"

Die Miene des Angesprochenen hellte sich wieder auf. Er lehnte sich im Stuhl zurück, legte seine Serviette neben den leeren Teller. „Grundsätzlich haben wir mehrere Probleme, die es einzeln anzugehen gilt. Die Frage, ob wir Geister sind, stelle ich nach hinten. Das können wir erst herausfinden, wenn wir anderes geklärt haben." Die Runde murmelte Einverständnis. „Also zuerst einmal sollten wir Erfahrungen gemeinsam sammeln und versuchen, daraus Regeln abzuleiten. Durch was können wir greifen, wer kann es, wie lange dauert es bzw. ist das Phänomen zeitlich begrenzt? Können wir als Gruppe davon profitieren?"

Niklas warf ein: „Mir ist in den letzten Stunden aufgefallen, dass ich mich kaum an meine früheren Jahre erinnern kann." Werner fiel ihm ins Wort: „Da sagst du was!"

Alle hatten damit dieselben Erfahrungen gesammelt. „Das ist ein ganz wichtiger Punkt", setzte Karl wieder ein. „Ich schlage vor, dass wir uns morgen um eine ähnliche Uhrzeit treffen, besser an einem anderen Ort." Dabei blickte er verschwörerisch in die Runde. Den anderen schien das nicht wichtig. „Bis dahin sollte jeder von uns einen detaillierten Lebenslauf schreiben. Da merken wir bald, was wir noch wissen und was nicht." – „Ja, das ist eine gute Idee," ergänzte Werner. „Mir ist auch aufgefallen, dass mein Gehirn Aussetzer hat, wenn ich darüber nachdenke, ob ich eine Familie habe."

Yvette wurde blass. „Jetzt, wo ihr das ansprecht ... da ist echt eine graue Wolke hinter meiner Stirn!"

Karl schlug ein kleines griechisches Restaurant in einem anderen Teil der Stadt vor, das er persönlich kannte. Sie bezahlten die Rechnung und verabschiedeten sich mit Handschlag voneinander. Erica witzelte: „Wenn wir jetzt ständig essen gehen, reicht mein Geld nicht lange!" – „Ein ganz wichtiger Punkt!", rief Karl aus. „Habt ihr schon mal daran gedacht, dass wir uns Geld beschaffen müssen? Vorsichtig, aber reichlich. Meine Geschäfte laufen derzeit nicht so gut, ich weiß kaum noch, die Miete zu bezahlen." Alle schauten betreten auf den Asphalt. Niklas schlug vor, dass sich jeder neben dem Lebenslauf außerdem einen Plan überlegen sollte, wie sie an etwas Geld kommen. Sie trennten sich und gingen nachdenklich ihrer Wege.

Tag 2, Beim Griechen

Alle bis auf Yvette trafen pünktlich ein. „Ich schlage vor, wir geben Yvette noch fünfzehn Minuten, sonst muss ich alles mehrmals erzählen", sagte Karl und kam sich dabei wichtig und gönnerhaft vor. Die anderen nickten. Sie bestellten Wein, Bier und Mineralwasser. Yvette kam abgehetzt zehn Minuten zu spät. „Habt ihr schon was besprochen?" Dabei schaute sie Karl an. Offenbar, so stellte er freudig fest, hatte sie ihn als Leiter akzeptiert. „Wir haben gewartet, nur schon mal Getränke bestellt."

„Danke!" Yvette setzte sich auf den freien Platz zwischen Erica und Niklas. Die ersten Minuten empfanden sie als seltsam. Sie vertieften sich in die Speisekarten, gaben ihre Bestellung auf. Karl schaute in die Runde. „Irgendwas dagegen, wenn ich heute moderiere?" Niklas verdrehte die Augen: „Mach schon, es darf auch etwas weniger hochgestochen sein." Karl warf ihm einen pikierten Blick zu.

„Hat denn jemand etwas Interessantes zu erzählen, bevor wir zu den Lebensläufen kommen?"

Werner hob die Hand, Karl nickte ihm aufmunternd zu. „Ich habe euch allen etwas mitgebracht", er lächelte und hob eine große Leinentasche, die neben seinem Sitz stand, auf den Tisch. Yvette überreichte er ein teures Parfüm, Erica ein Nagelneccessaire. Fred, Karl und Niklas erhielten jeweils eine Flasche Cognac.

„Bevor ihr fragt: Ja, ich habe diese Sachen mit meiner Geisteskraft aus den Geschäften getragen. Da uns das Schicksal mit diesen Schwierigkeiten konfrontiert, fühle ich mich im Recht, wenn ich mich an der menschlichen Gesellschaft bediene, für die ich so viele Jahre geschuftet habe."

Yvette öffnete die Flasche und tupfte sich vorsichtig ein paar Tropfen auf das Handgelenk. „Das duftet famos, ich danke dir total!" Sie hielt den Unterarm über den Tisch, sodass jeder daran riechen konnte. Karl drehte die Cognacflasche in der Hand, setzte sich die Brille gerade: „Wirklich ein edler Tropfen! Deine moralische Einstellung teile ich voll, daher sage ich nur: ‚Danke!'" Die anderen bedankten sich ebenfalls überschwänglich.

„Wie machst du das denn?" Yvette lachte hilflos. „Ich schaff das nie, hab's natürlich ein paar Mal geübt." Alle redeten auf einmal los, jeder wollte berichten. Alle hatten probiert und getestet, mit unterschiedlichem Erfolg. Als wieder Ruhe eingekehrt war, sprach Karl: „Ich schlage vor, wir machen Werner zum Durchstiegsspezialisten. Niemand beherrscht das Durchgreifen und Durchgehen so gut wie er. Jemand was dagegen?" Keine Gegenstimme war zu hören. Karl war leicht selbstgefällig wegen seiner Bescheidenheit, ja, das stählt ein Team und den Teamleiter, wenn dieser die Fähigkeiten anderer preist und zugibt, dass er durchaus nicht in allen Dingen top ist.

Der Kellner brachte das Essen. Niklas hob seine Hand, Karl nickte ihm auffordernd zu. „Ich schlage vor, wir essen erst in Ruhe, bevor wir die Lebensläufe austauschen?" „Gute Idee, Niklas, so machen wir das!" Karl lebte sich mehr und mehr in die Rolle des erfolgreichen Teamleiters ein. Wenn schon der geschäftliche Erfolg auf sich warten ließ, konnte er wenigstens hier punkten.

Die Runde war während des Essens gesprächig, sie tauschten Allgemeinplätze über das Wetter aus, welche Produkte sie verkauften. Dann war es Zeit. Karl gab die Richtung vor: „Am besten machen wir das der Reihe nach, also alphabetisch. Wie wär's mit dir Erica? Du bist ja unsere Erste." Erica lachte nicht über diesen Witz, sie hatte ihn nicht als solchen verstanden. Sie faltete die Hände auf dem Tisch zusammen und starrte durch ihre dicken Brillengläser auf ihre Daumen.

„Ich müsste lügen, wenn ich einen Lebenslauf vorweisen wollte. Okay, meinem Ausweis kann ich entnehmen, dass ich vor fünfundvierzig Jahren in Detmold geboren wurde. Ich habe ein Abschlusszeugnis von einer Realschule in Hannover. Auf meiner Geburtsurkunde steht ferner, dass meine Eltern Manfred Feist und Ilse Feist geborene Schmittken heißen oder hießen. Aber, so sehr ich mich auch bemühe, ich kann mich nicht an sie erinnern. Graue Schatten sehe ich, wenn ich die Namen lese. Geschwister? Ich habe keine Ahnung. Ich habe meine ganze Wohnung durchsucht, da ist kein einziges Foto von mir als Kind. Nicht mal eines mit Schultüte zur Einschulung. Der Mietvertrag für meine Wohnung wurde am 3. Juni 2001 unterschrieben, aber auch daran kann ich mich nicht erinnern. In meinen Unterlagen habe ich einen Vertrag mit einer Werbemittelfirma gefunden, unterzeichnet von einer Emely Reichler. Sie hat mir auch die monatlichen Abrechnungen geschickt und zweimal meine Provisionen gesenkt. Mehr kann ich zu mir nicht sagen." Sie guckte hilflos hoch. „Das ist irgendwie schlimm, bis gestern habe ich mich völlig normal gefühlt, aber heute habe ich dann festgestellt, dass ich gar kein Leben habe, so wie ich dachte."

Karl nickte. „Danke, Erica, dass du dir die Mühe gegeben hast. Was ist mit dir Fred?"

Fred atmete tief durch und zog einen Zettel aus der Tasche. „Ich habe ein paar Eckdaten, die habe ich mir ähnlich wie Erica aus Dokumenten zusammengesucht. Aber dieses Gefühl, dass ich bis gestern normal war und mein Ich jetzt davonschwimmt – das habe ich genau wie Erica. Also hier meine Daten: Geboren wurde ich am 4. Februar 1976 in München, Eltern: Walter Hoffmann und Inga Hoffmann, geborene Wagner. Einschulung 1983 ebenfalls in München, Abitur 1996 immer noch München. Dann habe ich einen Ausbildungsvertrag zum Bankkaufmann gefunden, datiert 1. August 1997. Offenbar habe ich das nie abgeschlossen. Einen Mietvertrag habe ich auch für mein Apartment hier, das Datum habe ich mir nicht notiert. Anhand meines E-Mailverkehrs konnte ich sehen, dass ich Hochregale verkaufe. Dann war es noch etwas gruselig, ich habe mich nämlich erinnert, dass ich ein Fotoalbum besitze. Mit Bildern von Ferien, Verwandten und so. Um es genauer zu sagen: Ich weiß, dass ich Ferien gemacht habe, Verwandte besucht, aber das ist auch alles, keine Einzelheiten, keine Bilder im Kopf. Ich habe das Fotoalbum gefunden und es euch mitgebracht." Er zog ein kleines Album aus einer Aktentasche und legte es auf den Tisch. Langsam schlug er es auf, blätterte von Seite zu Seite. Es war leer, aber man konnte noch deutlich erkennen, wo einst Fotos gesteckt hatten. Entweder klebte ein bräunlicher Rest eines Klebstoffs auf der Seite, oder aber man sah leere Fotoecken. Keiner am Tisch sprach ein Wort. „Mehr kann ich nicht sagen."

Karl ergriff das Wort. „Jetzt bin ich selbst dran mit meinem Lebenslauf. Ich fürchte, dass sich unsere Geschichten recht ähnlich sind. Keine Fotos, ich habe nicht mal ein Album gefunden. Das Passfoto im Ausweis ist relativ beliebig und das einzige, das es von mir gibt. Geboren bin ich am 12. Oktober 1974 in Engelskirchen, so steht es in meinem Perso. Eine Geburtsurkunde, weiß ich nicht, habe ich gar nicht gesucht. Ich habe auch keine Unterlagen über meine Einschulung, nur ein Abgangszeugnis der Hauptschule. Das nächste ist dann wieder ein Arbeitsvertrag mit der Saltos-Wilsanzki-Vertrieb OHG, unterschrieben von einem Klaus Weiss. Für mein Konto bei der Sparkasse hier habe ich Auszüge bis acht Jahre rückwärts gefunden. Mein Einkommen, das nie besonders hoch war, ist in den letzten Monaten gesunken. Dafür habe ich von Klaus Weiss auch mehrere recht unfreundliche Schreiben bekommen: Die Zahl der Werkzeugwagen, die ich verkaufen würde, wären eine Schande für die Firma und so ähnlich." Er legte eine kleine Pause ein. „Bevor ich hier herkam, habe ich mich richtig geschämt, dass ich erst großartig auffordere, einen Lebenslauf zu erstellen, und dann selbst kaum was mitbringe. Aber es scheint in unserer Runde eher die Regel zu sein. Niklas, kannst du das als Nächster bestätigen?"

Niklas nickte. „Im Wesentlichen, ja. Geboren laut Ausweis am 7.11.1991 in Amsterdam, Eltern Ingo Visser-Ostermann und Melanie Ostermann. Abitur 2010 in Münster. Es gibt ein Abitur-Abschlussfoto von meinem Jahrgang, ich kann mich da aber nicht erkennen. Könnt ihr das?" Er ließ ein Bild rundgehen. Sie schauten ihn an, dann wandten sie den Blick zum Foto und schüttelten den Kopf.

„Eine Geburtsurkunde habe ich nicht, laut Zeugnis war ich ein mäßiger Schüler. Einen Arbeitsvertrag habe ich genau wie Karl mit Klaus Weiss und der Saltos-Wilsanzki-Vertrieb OHG. Ebenso böse Anschreiben von dem Weiss. Ich habe diese GbR mal im Internet gesucht. Die gibt's gar nicht."

„Oh, soweit habe ich nicht geguckt, daran habe ich gar nicht gedacht. Ich hielt das für, na, ja, für selbstverständlich, dass es die gibt. Das ist ja seltsam. Bist du fertig?"

Niklas nickte. „Gut, dann kann ja unser Durchstiegsspezialist das Wort ergreifen." Werner reagierte nicht. „Werner, du bist gemeint!" – „Huch, oh, ich habe meinen Titel noch gar nicht verinnerlicht, sorry." Er lachte. „Also, geboren wurde ich am 25. Mai 1957 in Radevormwald. Ich bin mit meinen 61 Jahren also der Älteste hier. Was ihr wahrscheinlich sowieso schon gesehen habt." Dabei zeigte er auf seinen weißen Schopf. Das sorgte für Erheiterung.

„Nach einer Geburtsurkunde habe ich nicht geguckt, aber ich weiß von einem Brief, dass meine Eltern Hildegard und Klaus hießen, da ist ein Stempel auf der Rückseite des Umschlags, Hildegard und Klaus Kesselmann, die Straße ist unleserlich, dann steht da noch ... *annheim*, also vermutlich Mannheim. Das passt dazu, dass ich die Höhere Handelsschule in Mannheim abgeschlossen habe. Übrigens: Der Umschlag ist leer. Ich habe einen Führerschein, der ist von 1970, aber vor zwei Jahren als Doppel neu ausgestellt worden. Ich bin ein Kollege von Fred, vertreibe Hochregale. Mehr weiß ich nicht über mich."

Nach einer kleinen Pause fuhr Kurt fort: „Nun, Yvette, du bist heute als letzte gekommen und darfst als letzte deine Erkenntnisse vortragen." – „Bist du sauer, weil ich die zehn Minütchen zu spät war?" – „Nein, nein, war ein kleiner Scherz."

Yvette schien nicht überzeugt. „Na gut. Ich wurde am 7. Juli 1993 in Fulda geboren, meine Eltern sind Nadine Strauch und Markus Strauch geborener Müller. Waren scheins ziemlich modern, meine Eltern. Ich habe wohl auch eine kleine Schwester gehabt, ich habe nämlich eine Todesanzeige gefunden. Krass, oder? Ich kann mich an nichts erinnern. Sie ist 1995 in Fulda gestorben und war da acht Jahre alt. Mein Hauptschulzeugnis ist aus Stuttgart. Dann habe ich nichts mehr gefunden, keinen Arbeitsvertrag, so wie manche von euch. Nur Bareinzahlungen auf mein Konto. Ich meine mich zu erinnern, dass ich regelmäßig Umschläge mit Geld im Briefkasten vorfinde. Mein Konto ist derzeit gefährlich nahe bei null."

„Ich denke, ich fasse mal zusammen", sagte Karl nach einer kleinen betretenen Pause. „Für uns alle gilt so ziemlich dasselbe: Geburtsdatum und Geburtsort sind bekannt, Verwandte mit Namen, aber keiner kann sich an die Verwandten erinnern. Ebenso nicht an Schule oder Ausbildung, selbst wenn Unterlagen dazu vorliegen. Wir alle verkaufen online bzw. wir werben für Onlineverkäufe, wir sind alle wenig erfolgreich und unsere Kontostände sind traurig. Dann vermute ich, dass die Firmen, für die wir arbeiten, einen Dachverband haben, denn diese Kurz wollte uns doch alle runterhandeln." – „Das ist wahr, super", rief Erica aus, „nur so kann es sein. Wie können wir die finden?" – „Irgendjemand eine Idee?" Karl sah in die Runde.

Fred ergriff das Wort: „Ich denke, wir haben im Moment größere Probleme, als den Dachverband zu finden. Ich weiß kaum noch, wie ich das Essen heute bezahlen soll, und ich habe das Gefühl, das geht euch allen so?" Fünf Köpfe nickten. „Mir persönlich brennen drei Fragen unter den Fingernägeln: Wie komme ich an Geld? Wie weit geht das Geistersein, egal ob real, Holo oder Außerirdische, und: Gibt es noch mehr von uns?"

Karl war enttäuscht, dass ihm das nicht so prägnant eingefallen war, aber er schluckte das herunter. „Sehr gut, Fred, du hast unsere Probleme auf den Punkt gebracht. Und das mit dem Geld, das steht wirklich ganz weit vorne. Die Stadtwerke drohen mir bereits mit Abklemmen von Strom und Wasser."

Dieser letzte Satz löste einen Redeschwall aus, alle sprachen gleichzeitig und klagten über ihre finanzielle Misere. Bis Kurt nachdrücklich um Ruhe bat. „Es hat keinen Sinn, dass wir rumjammern. Aktion ist gefragt! Hat jemand eine Idee?" Werner schmunzelte und hob die Hand. „Ja, Werner?" – „Ist doch einfach. Ein Bankraub ist kein Hindernis für uns!"

Wieder schwoll der Stimmenwirrwarr an. Kurt klopfte vernehmlich mit der Faust auf den Tisch. „Ruhe, Ruhe, so kommen wir nicht weiter! Ich muss ehrlich gestehen, dass ich vom Ergebnis des heutigen Abends ziemlich erschöpft bin, das hat mich doch alles sehr mitgenommen. Mein Vorschlag: Wir treffen uns morgen bei einem von uns, und Werner, der am besten das Geistige beherrscht, sorgt für Essbares und was zu trinken. Ich würde mich lieber beim Chinesen um die Ecke treffen, aber dafür reichen die Kröten offenbar bei dem einen oder anderen, will sagen: eigentlich bei allen nicht mehr."

Es herrschte Einverständnis. Werner lud zu sich ein, in die Hibiskusstraße 43, vierter Stock. „Ich habe nur zwei Stühle und einen Sessel. Entweder müsst ihr Klappstühle organisieren oder auf dem Boden sitzen." – „Kein Problem, ich sitze auf dem Boden", verkündete Yvette.

„Wir kriegen das schon organisiert, sollten jetzt aber wenigstens mal Telefonnummern austauschen, bevor wir uns in alle Himmelsrichtungen zerstreuen!", schloss Karl die Diskussion.

Tag 3, Der Plan

Erica hatte sich abgehetzt, sie schaute auf die Uhr. Na, sie würde es gerade noch pünktlich schaffen, an der Hausnummer 43 anzukommen. Sie hatte den ganzen Tag wieder mit dem Durchgreifen und Durchgehen experimentiert. Aber eine Regel konnte sie nicht entdecken. Das Geschick von Werner war ihr schleierhaft. Sie erhoffte sich von dem Geldsegen, den sie bald einsammeln könnten, eine Menge. Als Selbstständige waren ihre Krankenkassenbeiträge keineswegs gering, auch wenn sie den niedrigsten Satz bezahlte. Etwa dreihundert Euro haben oder nicht, kann einen großen Unterschied ausmachen. Vor drei Jahren, als sie mit den Mails für Werbemittel und Gravuren begonnen hatte, lief es durchaus zufriedenstellend. Problemlos hatte sie Miete, Nebenkosten, Krankenversicherung und andere Unkosten bezahlt.

Vor einem Jahr hatte sie wegen eines sehr geringen Einkommens restlos alle Versicherungen gekündigt. Wo aber war jetzt noch Einsparpotenzial? Sie stutzte. Was hatte sie denn vor vier Jahren gemacht? Sie konnte sich nicht erinnern. Sie hatte Diabetes mellitus Typ I, den man normalerweise in der Kindheit erwirbt. Das heißt, sie musste eine Kindheit gehabt haben, auch wenn sie komplett aus ihrer Erinnerung verschwunden war. Es musste ein Leben vor der Verkaufstätigkeit gegeben haben. Hatte sie sich vor drei Tagen noch daran erinnern können? Oder war es ihr nur nicht aufgefallen? Sie besaßen alle Personalausweise, das beruhigte. Denn es bedeutete, dass es sie gab. Sie waren alle sechs sichtbar. Vieles von dem, was sie über sich und ihre fünf Kollegen wusste, entsprach nicht ihren Vorstellungen von Geistern. Aber normale Menschen waren sie sicher nicht. Ihren Verdacht auf einen kriminellen Hintergrund hatte sie bisher nicht aufgegeben. Wer weiß, was die Mafia in Sizilien entdeckt oder aus einem genialen Erfinder herausgepresst hatte? Möglicherweise eine Droge, nach deren Einnahme man durch feste Substanz gleiten konnte? Und Werner hatte eine Überdosis bekommen? Oder sie sechs waren Teil eines Experiments, in dem kriminelle Wissenschaftler die perfekte Dosis an ihnen herausfinden wollten?

Sie brauchte ihr Insulin und dafür benötigte sie eine Krankenversicherung und einen Arzt. Wer verschrieb ihr denn immer das Hormon? Das bekommt man ja nicht ohne Rezept in der Apotheke. Es fiel ihr nicht ein. Sie hatte nichts in ihren Unterlagen.

Daraufhin rief sie bei der Krankenkasse an. „Welcher Arzt behandelt meinen Diabetes?", wäre eine idiotische Frage. Sie versuchte es trotzdem. „Entschuldigen Sie bitte meine Frage, die mag Ihnen etwas seltsam erscheinen. Aber ich kann mich beim besten Willen nicht mehr erinnern, bei welchem Arzt ich für den Diabetes behandelt werde. Ich habe seit gestern so Gedächtnisausfälle und fürchte, das hat mit meiner Erkrankung zu tun." Sie hatte Glück, die junge Dame am anderen Ende der Leitung schöpfte keinen Verdacht. „Oh je, das ist natürlich sehr unangenehm. Bitte geben Sie mir Ihre Versicherungsnummer und Ihr Geburtsdatum zum Datenabgleich." So erfuhr sie die Adresse des Arztes: „Es ist der Dr. Graber, Hermelinstraße 1a, Internist und Diabetologe".

Erica bedankte sich herzlich. Sie suchte sich im Internet die Telefonnummer heraus und ließ sich einen Termin geben. Es war erst in zwei Wochen einer frei. Bis dahin war ihr Krankenkassenkonto hoffentlich in Ordnung!

Die Hibiskusstraße war eine typische Wohngegend, wie wir sie nahe dem Zentrum von Großstädten finden: Verschiedenfarbige Acht-Familienhäuser standen Wand an Wand, bei einigen gab es Garagen im Erdgeschoss, einige beherbergten kleine Geschäfte. Im Erdgeschoss von Hausnummer 43 befand sich ein kleiner Elektroladen, dessen Auslage von der Sonne der letzten Jahre ausgeblichen war. Entweder war der Laden nicht mehr aktiv, oder er wurde von seinem Besitzer nicht sonderlich gepflegt. Sie schellte bei *Kesselmann*. Einen Aufzug gab es nicht, das war typisch für diese Häuser aus den fünfziger Jahren. Gut, dachte sie, dass sie Diabetes hatte und nicht Asthma. Dann wäre sie kaum problemlos nach oben gelangt. So kam sie, ohne atemlos zu sein, eine Minute zu spät im vierten Stock an. Die anderen waren anscheinend auch gerade erst eingetroffen. Ihr fiel auf, dass sie alle recht gut verabredete Zeitpunkte einhielten. Ob das Zufall war oder ebenfalls mit ihrem Zustand zu tun hatte?

Werner empfing sie an der Tür. „Schön, dass du es geschafft hast. Komm rein, der Tisch ist schon gedeckt."

Fred, Niklas, Yvette und Karl winkten ihr zu, als sie aus dem kleinen Flur in Werners Wohnzimmer kam. An dem runden Tisch standen zwei normale Stühle und vier Klappstühle. Sie setzte sich zwischen Yvette und Fred. Sie schaute über das Essen, das waren die feinsten Delikatessen. Einiges davon kam für sie nicht in Frage, zu fett, zu viele Kohlehydrate.

„Magst du keinen Kartoffelsalat?", fragte Fred. „Doch, schon, aber ich habe Diabetes Typ I, da muss ich aufpassen, was ich esse, sonst schnellt mein Insulin hoch." Yvette nickte, „Ja, meine Großmutter hatte auch Diabetes, aber die hat immer gespritzt und dann munter gegessen. Das hat ihr Körper nicht lange ausgehalten." Alle verstummten.

„Yvette, du hast ja eine Erinnerung! Sofort aufschreiben!", rief Karl aus. Das war eine Sensation, da waren sie sich einig. „Was weißt du noch über sie? Wie sah sie aus?" Tausende von Fragen prasselten auf sie ein, aber sie konnte keine beantworten. Es befiel sie die übliche Leere im Gehirn.

„Könnte es sein," mutmaßte Fred, „dass wir uns erinnern, wenn wir lockerlassen, aber gezielt keine Erinnerungen abrufen können?" Erica nickte, „Das könnte sehr gut sein, ich erinnerte mich nämlich vorhin auch daran, dass ich drei Jahre lang mit E-Mails Geld verdient habe."

„Dann kann ich euch nur bitten: Sobald euch etwas einfällt, schreibt es auf! Dann erfahren wir vielleicht mehr. Aber versucht gar nicht erst, der Erinnerung bewusst zu folgen. Ich denke, da sind wir uns einig, dass das dem Erinnerungsvorgang im Weg steht." Kurts Vorschlag traf auf allgemeine Zustimmung.

Während alle kräftig beim Essen zulangten, erläuterte Werner seine Strategie: „Ich habe nicht nur in einem einzigen Supermarkt gekauft. Wer oder was immer hinter unserer Entwicklung steht, wie ich es mal nennen möchte, muss nicht mitbekommen, was wir tun. Ob es Kriminelle sind, Außerirdische oder ein Scherz: Ich möchte selbstbestimmt agieren." Dafür waren alle.

„Davon abgesehen, kann ich auch nicht beliebig viel mitgehen lassen. Die Menge liegt, ich habe es ausgetestet, bei zwei Kilogramm. Keine Ahnung, ob ich das steigern kann mit der Zeit. Ich habe zwei Kilogramm Zucker weggeschafft und wieder zurückgetragen. Ein Pfund Zucker mehr, und nichts ging mehr. Das wäre für einen Zuschauer lustig gewesen, ich stand vor der Wand mit dem Zucker auf den Armen und ging munter darauf zu, bis ich unsanft abgebremst wurde. Die ältere Dame, die just in diesem Augenblick um die Ecke kam, hat ganz schön blöde geguckt."

Da lächelten seine Kollegen, eine lustige Vorstellung. Werner war bisher in seinem Leben eher unauffällig gewesen. Nun sonnte er sich darin, dass er endlich etwas konnte, was andere nicht so gut beherrschten. Kurt legte Messer und Gabel beiseite. Dieser Heringssalat, einfach ein Gedicht. Wie lange hatte er sich diese Köstlichkeit schon nicht mehr gegönnt. Seine Mutter ... Er erschrak fast.

„Ey, Leute, mir ist gerade eingefallen, dass meine Mutter einen superleckeren Heringssalat gemacht hat. Den gab es immer, und das kam mir auch jetzt in dieser Sekunde erst hoch, zu Silvester!" Die Runde klatschte. Da waren Erinnerungen, das war ein Trost. „Werner, mit deinen Erfahrungen und unserem Plan für einen Bankeinbruch, was schlägst du vor?"

Werner räusperte sich. „Also, ich denke, es ist ganz wichtig, dass wir zurückhaltend sind. Sobald wir auffallen, also, wenn größere Beträge aus Banken verschwinden oder Safes leergeräumt werden, wird sich das Medieninteresse regen. Das brauchen wir ganz bestimmt nicht. Wenn wirklich eine Kraft dahintersteht, möchte ich nicht, dass sie weiß, was wir tun." Alle nickten bestätigend.

„Aus meiner Erfahrung würde ich sagen, wir nehmen nie mehr als fünf Prozent des Bargelds und nehmen uns maximal drei Banken in einem Monat vor. Das heißt zwar, dass wir unsere Konten nicht so rasch auffüllen können, wie wir das alle nötig hätten ..." Hier seufzte Niklas vernehmlich. „Aber", fuhr Werner fort „wir können erst einmal ein bisschen aufatmen. Es wird kein Strom abgestellt, keine Wohnung gekündigt."

Karl mischte sich ein: „Ja, das finde ich sehr gut. Ich habe keinen Bock, dass mir Außerirdische oder der KGB auf Schritt und Tritt folgen. Vor allem schlage ich vor, dass wir alle ein bisschen mehr üben und somit die Essensversorgung geregelt ist. Da sparen wir viel! Wir gehören offensichtlich nicht zu den Geistern, die nur von der Luft leben. Und durchsichtig sind wir auch nicht."

Yvette hob die Hand.

„Ja, was gibt's?" – „Also mit dem unsichtbar sein, das wäre praktisch, oder? Ich bin nicht durchsichtig, aber ich habe festgestellt, dass für manche Menschen meine Hände unsichtbar sind. Ist das nicht verrückt? Und zwar immer dann, wenn ich das Durchfassen übe und es nicht klappt. Das habe ich per Zufall in einem Gespräch mitbekommen. Ich war im Supermarkt, wie Werner das macht, und wollte mir einen hübschen neuen Lippenstift nehmen, der auf so einem Tisch unter einer Glasplatte lag. Ich lege die Hand darauf, nichts tut sich. Da höre ich zwei Verkäuferinnen tuscheln: ‚Haste das gesehen, die Frau hat ihre Hand durch das Glas gehen lassen!' Die andere hat sich zum Glück nur an den Kopf gepackt, aber ich dachte, das muss ich euch erzählen!"

Nicht nur Kurt staunte. „Yvette, eine tolle Entdeckung. Wie können wir das testen?"

Fred schlug vor: „Versuch es doch mal hier am Tisch, vielleicht können wir das auch beobachten."

Yvette nickte, legte ihre Hand auf den Tisch und drückte sie gegen die Tischplatte. Sie schaute dabei in die Gesichter der anderen, die sie mit aufgerissenen Augen erstaunt anstarrten. Sie guckte selbst auf ihre Hand, das sah alles ganz normal aus.

Kurt war beeindruckt: „Eine wichtige Entdeckung. Das sollte uns vor allem auch vorsichtig machen, wenn wir üben, während andere Menschen in der Nähe sind. Zurück nun zu den Banken. Werner, ich würde dir gerne die praktische Ausgestaltung überlassen."

Werner nickte. „Da ich nicht weiß, ob Geld kilomäßig oder summenmäßig begrenzt ist, wäre es am besten, wir dringen zu zweit in Tresorräume und Ähnliches ein. Wir müssen ja genug für uns alle haben. Damit es nicht zu auffällig wird, dass wir plötzlich alle bar zahlen, tja, da hatte ich noch keine Idee."

Fred grinste breit: „Das ist doch kein Problem. Yvette hat erzählt, dass sie ihr Geld immer bar im Umschlag bekommen hat. Sie kauft jetzt einfach Werkzeugwagen, Werbemittel und Hochregale bei uns. So gibt es bei uns nachvollziehbares Einkommen, so ein Grundeinkommen, das gerade reicht. Unseren Luxus bezahlen wir nach wie vor bar."

Kurt war wieder einmal von seinem Team begeistert: „Das ist genial, Fred! Und ich denke, wir sollten morgen anfangen, es brennt ja bei einigen noch mehr als bei anderen." Erica nickte bei diesen Worten heftig. „Wen würdest du gern mitnehmen? Und an welche Banken hast du gedacht?"

„Ich denke da an Niklas als Begleiter. Es ist Intuition, dass ich ihn vorschlage, ich kann keinen Grund nennen. Und ganz konkret halte ich es für besser, wenn wir mischen: Wir wählen eine Bank, einen Supermarkt und einen Geldtransporter aus. Hat jemand einen Vorschlag?"

Kurt war sich bewusst, dass er die Leitung wieder deutlich übernehmen sollte. „Die Sparkasse am Hornufer, das können wir früh vor Geschäftsbeginn erledigen. Nicht vergessen, wir sind nicht unsichtbar. Sechs Uhr morgens halte ich für geeignet. Neben der Sparkasse liegt der große Baumarkt ‚Bau-dir-was‘. Ich weiß, dass die ihre Einkünfte immer mittags zur Bank schaffen lassen. Für unsere Zwecke sollte da genug herumliegen. Beim Geldtransporter muss ich passen. Weiß da jemand was?"

Fred war sattelfest im Umgang mit dem Internet. Daher bot er an, sich nach einem Geldtransportunternehmen umzusehen und geschickt herauszufinden, wo am frühen Nachmittag etwas zu holen war. Am besten in einem Waldstück.

Kurt klatschte begeistert in die Hände: „Bravo! Ich würde mal sagen, wir treffen uns morgen früh um Viertel vor sechs hinter der Sparkasse, da ist so ein Minipark mit Büschen und kleinen Bäumen, da kann man uns nicht so gut beobachten. Zwei steigen ein, vier stehen Schmiere." Er lachte. „Ich komme mir vor wie in so einem Gaunerfilm in Schwarz-Weiß. Anschließend sollten wir dann frühstücken." Er wandte sich zu Erica: „Wie wär's, du versuchst,

70

etwas Essbares zu organisieren? Lass dir von Werner am besten nochmals erklären, wie er vorgeht. Das hat den Vorteil, dass du gleich die passenden Lebensmittel für dich selbst besorgen kannst. Okay?" Er schaute in die Runde. Alle klopften mit den Fingerknöcheln auf den Tisch, um ihr Einverständnis zu signalisieren. „An unseren Gastgeber heute noch mal herzlichen Dank, ich habe echt lange nicht mehr so gut gegessen. Nach dem Geldeinsacken morgen lade ich euch dann mal zu mir ein. Die Adresse ist Hufelandplatz 3, aufgepasst, das ist eine Souterrainwohnung im Hinterhof."

Tag 4, Finanzielles
Die Sparkasse am Hornufer

Niklas hatte sich für die Geldabhebung passend angezogen. Das Wort ‚Bankraub' passte ihm nicht. Er und seine fünf Kollegen waren durch ihre Vergeistigung deutlich diskriminiert. Deshalb hielt er es nur für rechtens, dass sie sich nahmen, was an Überfluss vorhanden war. Das empfanden die anderen offenbar genauso.

Strammen Schrittes ging er auf den Treffpunkt zu, seine enganliegende schwarze Jeans quetschte ein bisschen. Als er sie gekauft hatte, war er ein wenig schlanker gewesen. Der schwarze Pulli unter der schwarzen Lederjacke zusammen mit den schwarzen Stiefeletten verlieh ihm ein düsteres Erscheinungsbild. Seine kinnlangen Haare hatte er ölig nach hinten gekämmt, das erste Mal in seinem Leben hatte er sich einen Drei-Tage-Bart wachsen lassen. Gut, es war nur ein Ein-Tage-Bart, da er vor drei Tagen nicht geahnt hatte, was er heute vorhatte und dass er sein Image vom bescheidenen jungen Online-Verkäufer zum schneidigen Robin-Hood der Geister umformen wollte. Bei seiner dunklen Haarfarbe passte das alles.

Sternförmig liefen sie aufeinander zu, wieder einmal exakt pünktlich. Er dachte daran, dass Yvette beim ersten Treffen unpünktlich gewesen war. Aber die Zeiten stimmten ansonsten immer präziser, das wurde jedes Mal besser. Handelte es sich um eine Geistereigenschaft? Erica raunte ihm zu: „Ich hätte dich fast nicht erkannt, du bist ja zum Fürchten." Er war sich nicht sicher, ob sie ihn auf den Arm nahm oder es ernst meinte. Deshalb reagierte er nicht darauf.

Karl hatte eine Plastiktüte dabei. Er sah in die Runde. „Ich war heute Vormittag schon fleißig. Wir müssen unsere Spuren verwischen. Ich habe sechs nagelneue Prepaid-Handys besorgt. Mein Vorschlag: Wir holen uns monatlich neue. Ist ja jetzt einfach. Wir sollten dann auch jeweils neue Codenamen für uns überlegen, also für die Sicherheit." Yvette stöhnte: „Meine Güte, was für ein Rumgetue mit den Nummern. Wie soll ich mir auch noch ständig neue Namen merken?"

Fred warf ein: „Unsere Namen fangen mit unterschiedlichen Buchstaben an, es gibt keine Verwechslungsgefahr. Wenn wir dann immer neue Namen mit unserem Anfangsbuchstaben nehmen, kann man sich das doch leicht merken."

Karl schüttelte den Kopf: „Nee, nee, das ist durchschaubar. Ich denke mal über ein System nach. Aber hier in die neuen Handys habe ich erst einmal eure richtigen Namen einprogrammiert."

Erica blinzelte ihn durch die Brillengläser an: „Du denkst ja fast an alles!"

72

Karl lächelte geschmeichelt. „Ich gebe mir zumindest Mühe." Er verteilte die neuen Handys, er hatte unterschiedliche Modelle desselben Herstellers gewählt. „Unsere Namen stehen jeweils als Kurzwahl auf dem Startbildschirm. Eine WhatsApp-Gruppe habe ich ebenfalls für uns eingerichtet. Gibt's jemanden hier, der WhatsApp noch nie benutzt hat?" Er hatte damit gerechnet, dass Werner als Ältester sich melden würde. Er musste einsehen, dass er da einem Vorurteil aufgesessen war. „Also ich hab's mal auf dem Handy gehabt, aber nie wirklich genutzt. Mit wem auch?", sagte Yvette. „Aber ich werd' schon damit zurechtkommen!"

„Wie bist du denn an Handys und Karten gekommen?", erkundigte sich Fred neugierig.

„Ich habe mir zwei in unterschiedlichen Geschäften gekauft. Dann habe ich ein bisschen experimentiert, ich sah nicht ein, mein weniges Geld auszugeben. Also habe ich die restlichen vier nach Werners Methode aus Elektromärkten geschleust. Das war allerdings gar nicht so einfach, überall sind Menschen und Kameras. Ich wünschte", er seufzte, „wir wären unsichtbar. Das kann man doch eigentlich als Geist verlangen!"

Er sammelte die alten Handys ein. „Die Karten werde ich später herausnehmen und zerschneiden, dann in Säure auflösen, die Geräte selbst mit einem Hammer zerschlagen und auf diverse Mülltonnen am anderen Ende der Stadt verteilen. Wenn mir da jemand helfen möchte, würde ich mich freuen. Wir haben heute ja noch mehr vor." Erica hob die Hand: „Okay, ich bin dabei."

Werner schaute Niklas von oben bis unten an. „Findest du das nicht ein bisschen übertrieben und eher auffällig?"

Niklas antwortete schnippisch: „Na ja, für so eine Rentner-uniform, wie du sie trägst, bin ich wohl noch zu jung." Die Stimmung war plötzlich angespannt. „Also, wenn du mir so kommst, dann mache ich hier nicht den zweiten Mann. In jedem guten Krimi kannst du sehen, wie Bankräuber an-gezogen sind. Unauffällig schwarz eben!" Werner tippte sich nur mit dem Finger an seine Baseballkappe. Gestern hatte er sein Outfit noch um diese Kappe ergänzt. Er war jetzt nahezu unsichtbar in seiner Beliebigkeit, was für Niklas wahrhaftig nicht zutraf. Yvette vermittelte: „Du siehst echt geil aus, könnte mich glatt in dich vergucken", Niklas wurde rot. „Aber Werner hat recht, gerade bei einer Bank ist diese Kleidung vielleicht doch zu offensichtlich." Niklas schmollte, Werner wurde ungeduldig. „Was ist denn nun?".

Karl sah sich genötigt, als Leiter der Gruppe einzuschrei-ten. „Wir haben jetzt nicht mehr die Zeit, das auszudisku-tieren. Vor uns liegt heute noch eine zeitraubende Auf-gabenliste. Ich schlage vor, dass wir deine", und dabei sah er Niklas an, „wirklich sehr markante Kleidung für einen anderen Coup heute reservieren. Für den Geldtransporter im Wald bist du absolut geeignet. Du hast doch was ge-funden, Fred?" Der nickte. Niklas maulte: „Ja, okay, dann jetzt nicht." – „Wer meldet sich freiwillig für den ersten Job?"

Yvette trat vor. „Bevor wir hier länger rumhängen, ich kann da noch was lernen!" Karl sah Werner fragend an: „Ist das okay für dich?" – „Klar, doch, komm, lass uns rein-gehen."

Die beiden näherten sich der Wand, die hinter Büschen und Bäumen fast komplett verborgen war. Die anderen verteilten sich um die Sparkasse. Die Handys hielten sie bereit, falls sie Alarm schlagen mussten.

Yvette sah aus, als wäre sie kurz vor einem Nervenzusammenbruch: „Ich bin noch nie durch eine Wand gegangen. Bin etwas nervös." – „Aber das ist doch kein Problem, locker sein ist alles. Denke nicht darüber nach, was du vorhast. Geh einfach und sei dir gewiss: Die Wand ist nur eine optische Täuschung. Für uns gibt es keine Wände." Yvette klapperte mit den Zähnen, sie fröstelte. „Hast du noch nie Probs gehabt?", wollte sie von Werner wissen. Der schüttelte den Kopf. „Nie. Klappte immer. Also komm schon, wir müssen los." Er reichte ihr seine Hand. Sie nahm sie und langsam gingen sie noch näher an die Wand. Werner steckte einen Fuß durch, dann den anderen und er zog an Yvettes Arm. Sie sah, wie ihr Arm durch die Mauer glitt und bekämpfte die Panik, die in ihr aufstieg. „Augen zu und durch", schärfte sie sich ein und folgte Werner mit geschlossenen Augen. Nach zwei Schritten standen sie im Foyer der Sparkasse. „Wow, Werner, wir haben es geschafft!" Der Angesprochene lächelte. „Hab ich dir doch gesagt, das ist alles bestens. Ich denke, zehntausend Euro wären für den Start einen Versuch wert, oder?" Yvette nickte geistesabwesend. Sie war fasziniert von der Stille, der fehlenden Geschäftigkeit. „Lass uns in den Keller gehen, da sind sicher die Tresore", riss Werner sie aus ihren Gedanken. „In den Bereichen hier oben ist kein Geld."

„Denkst du denn, dass wir auch durch Stahlwände gehen können?" – „Ich weiß es nicht, aber ohne es zu probieren, werden wir es nie wissen." Sie gingen an den Kassen vorbei. „Halt!", rief Yvette, „ich wollte immer schon so ein Sparschwein von der Sparkasse, die haben mir nie eins gegeben". Sie versuchte, durch das Glas zu greifen, dass die Kasse vom Foyer trennte. „Wow, wow, wow, ich hab's geschafft!" Stolz hielt sie Werner ein kleines Sparschwein entgegen. „Ja, wunderbar, Yvette, aber wir sollten uns jetzt wirklich konzentrieren." – „Ist ja schon gut, bisserl Spaß muss auch sein." Ihr Begleiter verdrehte die Augen und ging zur Treppe nach unten. „Es ist schon komisch, dass wir durch Wände gehen können, Zimmerdecken uns aber aushalten. Wir können auf einem Sessel sitzen, aber durch seine Lehne greifen." Er schüttelte den Kopf. „Vielleicht werden wir es ja eines Tages verstehen."

Yvette war das alles ziemlich egal. Sie dachte: „Wenn das heute klappt, kann ich mich auch später mal selbst bedienen. Zu viel Bescheidenheit nutzt niemandem. Und ich habe mir schon so lange kein flottes Outfit mehr zugelegt." Es war, als hätte der ältere Mann ihre Gedanken gelesen: „Es ist schon sehr gut, dass Karl so besonnen ist. Nicht zu viel Geld, nicht zu viel auf einmal. Wenn wir entdeckt werden – wer weiß, was dann passiert?" Sie waren am Fuß der Wendeltreppe angekommen. Die Wand zum Tresorraum stellte kein Hindernis mehr da. Die Tresorwände selbst reichten nahtlos bis zur Decke. Werner tastete vorsichtig die Metalltür ab und drückte mit dem Zeigefinger auf das Metall. Die Hand rutschte durch. Er schob den Kopf durch und zog ihn wieder zurück. „Das ist ein richtiger Raum hinter der Tür, am anderen Ende der Wand sind Regale. Wir müssen also da rein, sonst kommen wir nicht an das Geld." Yvette nickte tapfer. Werner nahm sie an die Hand, genau wie bei der Außenwand. Auch hier klappte es. Sie beide standen staunend vor dem ordentlich sortierten Geld, das in

Regalen lag. Werner nahm systematisch zwei bis drei Scheine aus der Mitte der Stapel, mal hier, mal da.

„An was du alles denkst, ich hätte einfach einen Stapel genommen! Aber ich sehe schon, so ist das wesentlich unauffälliger. Wann glaubst du, wird das entdeckt?" – „Bei der nächsten Inventur, schätze ich." – „Geil, das heißt, niemand wird wissen, wann das war." – „Aus demselben Grund nehme ich auch nicht exakt zehntausend Euro. Ich zähle mit, so um die neuntausendachthundert. Ich werde versuchen, ob ich damit durch die Wand komme." – „Warum du? Ich meine, nicht, dass ich mich darum reiße ..." – „Weil ich ein bisschen mehr Übung habe und von uns allen wohl am weitesten bin. Das heißt, da ich ja schon gelernt habe, dass Mengen begrenzt sind, fange ich mal mit der ganzen Summe an."

Werner steckte sich die Scheine in kleinen Bündeln in die Taschen seiner Weste. Er machte einen Schritt auf die Tresorwand zu. Er tastete, nein, fest. „Aha, die Summe ist wohl zu hoch, zu schwer kann das nicht sein. Ich werde mich scheinweise herunterarbeiten, bis es klappt. Du kannst es ja mal mit einzelnen Scheinen probieren." – „Ich warte erst mal." Während Werner die Wand nach passenden Stellen abtastete, sah Yvette sich weiter um. Sie hatte beinahe, halbautomatisch, ihr Kaugummi unter ein Regal geklebt. Hui, wenn Werner das gesehen hätte, der wäre sicher ausgeflippt.

Von denen, die Schmiere standen, kam nichts. Sie schaute auf ihr Handy. Scheiße, daran hätten sie denken müssen, hier gab's natürlich kein Netz. Sollte sie das ihrem Begleiter sagen? Lieber nicht stören. Sie blickte auf die Uhr, erst sieben. Sie ließ den Blick über die Regale gleiten. Was stand denn da für eine Dose?

Sie hob den Deckel hoch. Das waren doch sicher keine Glassteine? Flugs steckte sie einen in die Jackentasche. Einer nur würde nicht auffallen. Sie kaute weiter. Werner probierte immer noch. Ach, einen zweiten würde auch keiner bemerken. Sie klappte den Deckel wieder zu.

Sie wurde ungeduldig: „Was ist denn nun?" – „Das ist offenbar immer noch zu viel. Ich bin jetzt schon runter auf knapp sechstausend. Hast du mal einen oder zwei Scheine probiert?" – „Nö", sie schüttelte den Kopf, nahm zwei Scheine in die Hand und ging auf die Wand zu. Die blieb metallisch hart und kalt. „Ich habe keine Chance."

Werner zählte laut mit. Bei viertausendachthundert konnte er durch die Wand. Und war innerhalb von zwei Nanosekunden wieder im Tresorraum.

„Was ist das denn? Da ist ein Reinigungstrupp im Foyer, warum hat uns keiner gewarnt?" – „Konnten sie nicht, ist kein Netz hier." Yvette kaute nervös und legte die Scheine zurück. Sie tastete vorsichtig mit einer Fußspitze, ja, ohne Geld ging es. Wie blöde ist das denn! Dann musste der alte Mann eben zweimal gehen.

Während sie das dachte, kam sie sich schon schäbig vor. Der ‚alte Mann' war total fit und jünger als ihr Vater. Jünger als ihr Vater? Sie zog sofort Zettel und Stift aus der Hosentasche und notierte die Erkenntnis.

Sie warteten eine halbe Stunde, die Staubsauger waren leise summend durch die dicke Metallwand zu hören. „Wir geben noch eine Sicherheit von zehn Minuten, dann müssen wir raus, sonst kommen die ersten Mitarbeiter."

„Könnten wir nicht hinten raus?" – „Habe ich bereits probiert, das ist zu dicht, Mauerwerk plus Tresorwand, schaffe ich nicht und du dann vermutlich schon gar nicht."

Werner steckte seinen Kopf äußerst behutsam in die Wand, Zentimeter für Zentimeter und versuchte, etwas zu hören. Da war nichts. Er drückte sein Gesicht vorsichtig in die Wand, immer weiter. Seine Nase stieß als erstes auf die Rückseite eines Bildes. Er fluchte. Demnächst müssten sie noch besser planen.

Schließlich fand er eine offene Stelle, er sah sich um, die Luft war rein. Er winkte Yvette zu und ging vor, er glitt durch die Wand. Vor dem Tresor wartete er auf sie. Die Zeit wurde eng. Als er Yvettes Silhouette durch die Wand sah wie ein Halbrelief, nahm sein rasender Pulsschlag wieder ab. Ihr Gesicht kam als Erstes. Er wartete. Ihre Stimme überschlug sich voller Panik: „Werner, hilf mir, ich komme weder vor noch zurück!"

Das fehlte noch! Er griff ihre Hand, so wie das beim Hereingehen funktioniert hatte. Sie rührte sich nicht von der Stelle. Ihr Gesicht war rot angelaufen, der Schweiß tropfte auf den Boden. Werner überlegte. Er rief Karl an: „Wir hatten kein Netz im Tresor. Jetzt steckt Yvette in der Wand fest und ich rechne damit, dass in wenigen Minuten die ersten Mitarbeiter kommen. Nach hinten raus können wir nicht, ich hab's probiert, das ist zu dick."

„Ich komme." Karl stemmte sich durch den Eingang und lief auf Werner zu. „Wo ist sie?" Werner zeigte nach links, wo Yvette mittlerweile in Tränen ausgebrochen war. Das Make-up war komplett verschmiert. Beide zogen an ihr, sie rührte sich nicht vom Fleck.

Werner überlegte: „Sag mal, hast du irgendwas einge-steckt, was dich zurückhält?"

Yvette wollte schon verneinen, als ihr die beiden klitze-kleinen Juwelen wieder einfielen. „Ach doch, Sekunde." Sie griff mit der Hand in die Jackentasche, da konnte sie gerade noch hineinreichen, und ließ die Steine auf den Boden kullern. Sofort glitt sie durch die Wand. Sie war einem Zusammenbruch nahe. Karl tätschelte ihr die Schul-ter: „Ist schon gut, Mädel, wir müssen uns beeilen, was war denn?" – „Ach, da waren so ein paar Klunker, ich dachte, macht doch nix, wenn ich da einen oder zwei mitnehme. Fiel bei der Menge gar nicht auf, ich war vorsichtig." – „Hast du sie zurückgelegt?" – „Nein, wie denn? Ich wollte nur raus."

Die beiden Männer sahen sich an, Karl schaute auf seine Armbanduhr. „Mist, zu spät! Da müssen wir nachher noch-mal irgendwie rein. Aber jetzt erst mal weg." Werner zog die völlig verheulte Yvette durch die Wand, Karl folgte. Er-schöpft ließen sie sich auf den Absatz vor der Tür fallen. In dem Augenblick kam ein Mann an die Tür. „Guten Tag, wir öffnen erst in einer halben Stunde. Das ist mir nicht so recht, wenn sie hier auf der Treppenstufe herumsitzen." Karl wollte etwas entgegnen, aber dann schluckte er das he-runter. Bloß nicht auffallen!

„Tschuldigung, meiner Tochter ist nur gerade übel ge-worden. Wir gehen sofort!" Damit zog er Yvette an der Hand hoch, die leicht stolperte. Der Mann, kein geringerer als Zweigstellenleiter Hainer Krafft, schüttelte den Kopf und murmelte was von „Die Jugend von heute ist schlimm, aber das sich jetzt schon die Erwachsenen nicht mehr benehmen können!" Er schloss die Tür auf und ging in sein Büro.

Die sechs Spamgeister setzten sich auf die Bank hinter der Sparkasse. Yvette weinte wieder: „Es tut mir so leid, ich habe da nicht nachgedacht, ich wollte doch niemandem schaden!" – „Ist schon gut", seufzte Karl. „Wir werden alle noch Fehler genug machen, weil wir uns nicht auskennen. Lasst uns lieber überlegen, wie wir die Steine zurücklegen können." Keiner wusste einen Rat, sollten sie es darauf ankommen lassen? Vor allem war Yvette nicht zu beruhigen, allein deshalb mussten sie etwas unternehmen.

„Ich gehe da jetzt rein, ich bin vorsichtig und schnell. Noch ist der Typ allein, wenn ich Glück habe, bin ich zurück, bevor sonst noch wer kommt." Sprach Niklas und verschwand durch die Wand, ehe jemand widersprechen konnte. Erica beobachtete ihn, wie er durch die Wand glitt. Das bei anderen zu sehen, war faszinierend. Sie warteten. Nichts tat sich. Angestellte trafen ein und betraten die Bank. Von Niklas keine Spur. „Wir können ihn da jetzt nicht zurücklassen!" Niemand widersprach Karl. Mittlerweile trafen die ersten Kunden ein, die fünf drückten sich in die Büsche. Zusammen gesehen zu werden, war keine gute Idee. Sie durften doch nicht auffallen!

Mit dem dritten Kunden kam Niklas ganz normal aus dem Foyer geschritten, durch die Glastür nach draußen. Er war blass, der Schweiß stand ihm auf der Stirn. „Das war knapp! Aber jetzt ist alles in Ordnung." – „Was hast du gemacht?" – „Hineingehen war einfach. Aber als ich zurückwollte, hörte ich Stimmen. Ich bin dann in die äußerste Ecke des Tresorraums und hab's auf gut Glück versucht, weil es da ruhig war, kaum ein Geräusch. Und landete prompt in der Damentoilette! Meine Güte, wie blöde ist das denn? Zurück wollte ich auf keinen Fall und bin einfach hoch erhobenen Hauptes da rausmarschiert. Wieder Glück gehabt, außer einem älteren Herrn war da niemand vor den Toiletten, und der polierte gerade seine Brille. Ich habe fröhlich ‚Guten Tag' gesagt und bin an ihm vorbei. Ich habe den Kopf runtergehalten, damit möglichst niemand mein Gesicht sieht. Und jetzt bin ich hier."

„Danke, Niklas", schniefte Yvette und trocknete sich die Augen ab. „Ich würde sagen, wir treffen uns in einer Stunde wieder hier", brach Karl das Schweigen. „Dann ist der Baumarkt dran. Das wird eine ganz andere Art der Herausforderung sein, denn er ist jetzt nicht geschlossen. Oder sollen wir das vertagen?" Niemand war dafür, weil Werner und Yvette ja nur 4800 Euro hatten sicherstellen können. „Also gut, wir sehen uns in einer Stunde!"

Der Baumarkt „Bau-dir-Was"

Karl und Erica nutzten die Zeit, um die alten Handys zu entsorgen. Sie fuhren mit der Bahn in vier verschiedene Stadtteile. Nachdem sie die Geräte auf Werkseinstellung gesetzt hatten, nahmen sie die SIM-Karten aus den Handys. Da sie keinen Hammer bei sich trugen, verwendeten sie einen großen Stein. Sie zerschmetterten die Geräte, mischten die Teile und trennten sie dann in vier Päckchen. Erica hatte offensichtlich Spaß an der Zerstörungsaktion.

„Du hast ja eine Menge Zerstörungsenergie in dir!"

Erica schaute Karl nachdenklich an. „Da kannst du recht haben. Ich habe einiges aufgestaut. Die miserable Arbeitssituation, der Ärger mit dem Diabetes, mein schlechtes Sichtvermögen, ach, es gab einfach nicht viel Schönes in meinem Leben." – „Und das hat sich geändert?" Karl war neugierig. – „Jetzt, wo du mich fragst, ja. Ich habe seit langem endlich mal wieder das Gefühl ‚zu leben'. Das ist so eine abgenudelte moderne Formulierung, aber es stimmt. Das ist doch ulkig, ich gehöre als Geist nicht wirklich zu den Lebenden und fühle mich doch lebendiger als viele Jahre lang. Wie ist das bei dir?"

Karl sortierte die Handysplitter. „Es ist schon einiges anders geworden. Es hat sich gebessert."

Seine Begleiterin schwieg, sie wollte nicht in ihn dringen.

„Und wenn es nur die Tatsache ist, dass ich nicht mehr allein bin. Ich habe mir immer gesagt, dass ich praktisch für das Alleinsein geschaffen bin. Ich kannte keine Langweile, vermisste nichts. Dennoch ist es mir jetzt so, als hätte ich was versäumt. Ich habe eine Aufgabe, ich glaube, das habe ich immer gesucht. Verantwortung zu übernehmen."

Nach einer halben Stunde hatten sie alles erledigt. Erica klagte über Kopfschmerzen und leichten Schwindel.

„Kann es sein, dass deine Brille nicht korrekt ist? Ich habe mal gelesen, dass das zu diesen Symptomen führen kann." – „Oh, nein, bitte nicht. Ich habe schon so eine hohe Dioptrienzahl, wenn das noch mehr wird, ich mag gar nicht daran denken." – „Schon mal an Kontaktlinsen gedacht? Oder eine OP? Soll ja Wunder wirken." – „Ich bin sehr empfindlich mit meinen Augen, ich habe mal Kontaktlinsen versucht. Mit einer bin ich bis zwei Zentimeter vors Auge gekommen, dann musste ich mich übergeben. Und OP? Bloß nicht, da wache ich möglicherweise gar nicht mehr auf."

Selbst hinter den dicken Brillengläsern war zu erkennen, dass sie die Augen schreckensweit aufgerissen hatte.

„Weißt du was? Wir gehen jetzt zum nächsten Optiker und lassen mal nachschauen, wie viel schlimmer es geworden ist. Vielleicht ist es gar nicht so viel. Und teure Gläser, die du dir bald leisten kannst, sind wesentlich dezenter!"

Erica lächelte. „Hmmm, du hast natürlich recht, ich weiß das. Ich fahre zwar kein Auto, aber ich werde sonst noch eine Gefahr für mich selbst. Andererseits werde ich jeden Cent, den wir heute ergattern, für Miete und Ähnliches benötigen." Als sie am nächsten Brillendiscounter vorbeikamen, schubste Karl sie in das Geschäft.

„Was kann ich für Sie tun?", fragte ein älterer Herr mit einer modischen schwarzgeränderten Brille.

Erica platzte heraus: „Ich wollte immer schon mal wissen, ob es auch Optiker gibt, die keine Brille tragen. Oder ist eine Sehunschärfe Vorbedingung für die Ausbildung?" Der Optiker warf Karl einen fragenden Blick zu, der sich darauf nicht einließ, sondern gelangweilt ein paar Modelle auf dem Rondell rechts neben ihm anschaute.

„Nun ja, es ist nicht direkt Voraussetzung, aber irgendwie ergibt es wohl unsere Sehschwäche, dass wir gern anderen Menschen helfen wollen, die unter den äh gleichen Beschwerden leiden." – „Sie meinen, eine Sehschwäche prädestiniert zum Beruf des Optikers?" – „Unbedingt!" Der Optiker nickte vehement. – „Wäre es dann nicht die logische Folge, dass in der Altenpflege nur alte Menschen arbeiten, alle Krankenschwestern in der Onkologie Krebs haben?"

Der Optiker blickte sie zweifelnd von oben bis unten an, er wusste nichts darauf zu antworten. „Suchen Sie eine Ausbildung? Dann sind Sie bei uns leider nicht an der richtigen Adresse. Wir sind kein Ausbildungsbetrieb."

Karl ergriff das Wort, bevor Erica weiter Aufmerksamkeit auf sich zog. „Meine, äh, Freundin, möchte ihre Sehschärfe kontrollieren lassen." Erica warf ihm einen leicht verärgerten Blick zu. Endlich im Leben hatte sie einmal den Mut, eine Frage zu stellen, die ihr seit Jahren unter den Fingernägeln brannte, und er bremste sie. Dabei hätte sie das gern ausdiskutiert. Der Optiker war froh, dass er wieder in sein berufliches Fahrwasser zurückrudern konnte. Die aufsässige Frau sah für ihn so aus, als würde sie im nächsten Moment eine Diskussion über die Ausbeutung in Billigbetrieben vom Zaun brechen. Er atmete tief durch. „Kommen Sie bitte mit!"

Das Paar war ihm suspekt. Mit einer Kopfbewegung und einem Blick gab er einer Mitarbeiterin zu verstehen, dass sie ein Auge auf den Begleiter haben sollte. Man weiß ja nie ...

Die junge Frau lächelte Karl an. „Kann ich Ihnen helfen? Wünschen Sie ein neues Modell?"

„Nein, danke, ich warte nur." Sonst war niemand im Laden. Die Stimme des Optikers war leise aus dem kleinen Nebenraum zu hören, der mit einem Vorhang vom Verkaufsraum abgetrennt war. Karl kannte das zu Genüge: „Lesen Sie bitte die unterste Reihe, ja, danke." Nach ein paar Sekunden: „Ist das jetzt besser oder schlechter als vorher?" Etwa fünf Minuten später kehrten der Optiker und Erica in den Verkaufsraum zurück.

„Ich weiß nicht, wer Ihnen die letzte Brille verkauft hat. Oder auch verschrieben, wenn es ein Arzt war. Die ist völlig falsch für Sie!"

Erica wurde blass. „Wie viel schlimmer ist es denn?" – „Schlimmer? Keineswegs. Ihre Brillengläser sind viel zu stark. Ich würde mich nicht wundern, wenn Sie unter Kopfschmerzen oder sogar Schwindelanfällen leiden!" – „Sie haben Recht. Aber vor ein paar Tagen ..." Karl unterbrach sie. „Wir sind auf der Durchreise. Ich weiß, dass die Anfertigung einer Brille gewöhnlich ein paar Tage dauert. Haben Sie vielleicht eine Möglichkeit, uns hier und jetzt etwas zu verkaufen, was besser ist?" – „Ungern. Sie wissen ja als Brillenträger selbst, dass eine Brille sorgfältig angepasst werden muss." Karl sah auf die Uhr. „Unser Zug fährt bald." Der Optiker benetzte seine Lippen. Ein schnelles Geschäft lockte ihn nahezu unwiderstehlich. Und vermutlich wäre eine Brille mit einer leichten Fehleinstellung immer noch besser für die Frau als das, was sie jetzt auf der Nase trug.

„Also, ich hätte da eine Brille, die ist für einen anderen Kunden. Sie ist eine halbe Dioptrie zu niedrig, würde ansonsten aber den bei Ihnen vorliegenden Augenbedingungen entsprechen." Er warf den beiden einen prüfenden Blick zu. „Sie ist aber recht teuer!" – „Wie viel?", fragte Karl zurück. – „Fünfhundertsechsundsechzig Euro." Der Optiker benetzte sich erneut die Lippen. – „Wir nehmen Sie für dreihundert."

Der Optiker schüttelte bedauernd den Kopf: „Ich kann Ihnen die Brille nicht für dreihundert Euro verkaufen, das ist ein Verlustgeschäft. Vierhundertvierzig?" – „Dreihundertsiebzig. Das ist mein letztes Angebot."

Der Optiker seufzte theatralisch. „Aber nur, weil Sie in einer Notsituation sind. Ich nehme nur Bargeld."

„Kein Problem." Karl hatte sechshundert Euro von dem Sparkassengeld in seiner Brieftasche deponiert. Er entnahm ihr sieben Fünfzig- und einen Zwanzigeuroschein.

Erica setzte die Brille auf und schaute in den Spiegel. Gar nicht so übel! Das ungleiche Paar verließ das Brillengeschäft. „Ich bewundere dich, wie du so hart gefeilscht hast. Das hätte ich mich im Leben nicht getraut." – „Du wirst es nicht glauben, ich wundere mich selbst." Erica warf Karl einen prüfenden Blick zu. War das ein Scherz oder war es ihm ernst? Seine Mimik verriet nichts. „Siehst du denn jetzt besser?", wollte Karl wissen. „Es ist Wahnsinn, die Farben sind viel klarer, es ist nicht mehr so verschwommen." – „Es passieren merkwürdige Dinge mit uns. Wir sollten die anderen mal fragen, ob sie auch Veränderungen an sich bemerken."

Erica nickte. Es war Zeit, zum Treffpunkt zu gehen. „Und noch eins, Erica. Bitte versuche, keine Fragen zu stellen, die auf andere Menschen merkwürdig oder komisch wirken. Wir dürfen nicht auffallen!" Karl hatte das Gefühl, dass er immer stärker in seine Führungsposition hineinwuchs.

„Ist okay. Du hast ja recht." Alle waren, was jetzt niemanden mehr überraschte, pünktlich.

„Wie gehen wir vor?", erkundigte sich Fred. Karl übernahm erneut die Führungsrolle. „Yvette, was macht die Unsichtbarkeit der Hand?"

Die junge Frau sah überrascht hoch. „Woher weißt du das? Da hat sich echt was geändert, ich kann jetzt spürbar in Dinge greifen. Vorher war das ja so, dass ich den Eindruck hatte, Gegenstände sind fest, aber das ist viel besser geworden. Entwickeln wir uns?" – „Den Eindruck habe ich allerdings! Das besprechen wir aber im Detail heute Abend bei mir. Niklas, geh doch bitte mal vorsichtig von hinten ins Gebäude. Meiner Ansicht nach müssten da ein paar kleine Säcke mit Geld stehen. Es wäre gut, wenn wir das Geld nehmen können, bevor es im Wagen ist. Schau vor allem auch nach dem Wachpersonal und gib uns Bescheid."

Niklas nickte. Seine Tarnkleidung würde jetzt von Vorteil sein. In einer schattigen Ecke steckte er behutsam seinen Kopf in die Wand. Er hatte Glück, niemand war in dem Flur. Er glitt durch die Wand. Er hörte Stimmen. Vorsichtig schaute er um die Ecke. Zwei Mitarbeiter hatten sich Getränke am Automaten gezogen, der in der kleinen Kochecke stand. Sie setzten sich an den Tisch und unterhielten sich. Rechts war eine verriegelte Tür. Dahinter mussten die Säcke stehen! Schnell rutschte er in den Raum, genau. Am liebsten hätte er einen Sack genommen und wäre zu seinen Kollegen zurückgekehrt, aber er wusste ja: Die Gefahr, sofort aufzufallen, war zu groß. Er hörte Stimmen langsam näherkommen. „Der Transporter kommt heute eine Viertelstunde eher." „Wie kommt's?" „Keine Ahnung, hat mir der Chef gesagt." Niklas musste sich blitzschnell entscheiden.

Derweil diskutierte die Gruppe draußen über die Möglichkeiten, in Gebäude zu sehen. Yvette hatte darauf hingewiesen, dass es doch gefährlich sei und man nur zu leicht auffallen könnte, wenn man immer mit dem Kopf durch die Wand geht, „um die Lage zu peilen". Das stimmte. Sie überlegten.

„Wenn wir durch die Wand gehen, kommt unsere Kleidung doch mit, nicht wahr?", fragte Fred. Die anderen nickten. „Unsere Armbanduhr auch, wie ist das mit Handtaschen?" Erica war erstaunt: „Das ist ja wahr, da habe ich noch nie drauf geachtet!"

Fred lachte: „Es gibt vieles, auf das wir noch nicht geachtet haben. Ich vermute, dass alles, was wir am Körper oder mit uns tragen, von der Geistigkeit mitergriffen ist. Das heißt, wenn ich ein Rohr in die Hand nehme, müsste das doch ebenfalls mit durch die Wand kommen!"

Karl hatte sofort verstanden, was Fred sagen wolle. „Genial, wir brauchen nur ein Stück Rohr, das wir durch die Wand schieben, durch das wir dann in den Raum schauen. So ein Rohr ist ja viel unauffälliger als der ganze Kopf oder Körper."

Werner räusperte sich. „Wenn das funktioniert, geht es noch simpler. Ein Blatt Papier, aufgerollt, müsste den gleichen Zweck erfüllen und wäre viel einfacher mitzunehmen."

Alle sprachen aufgeregt durcheinander. Yvette griff kurzerhand in ihre Handtasche und zog einen gebrauchten Fahrschein aus dem Portemonnaie. Sie drehte ihn zu einer kleinen Rolle und ging damit zur Wand. Das Papier glitt problemlos in die Steine. „Ich kann nichts sehen!" „Kein Wunder", brummelte Werner, „die Rolle ist doch viel zu kurz". Da niemand ein größeres Stück Papier bei sich trug, schlug Karl vor, dass sie in die Abfalleimer auf dem Hof schauen könnten. Eine leere Tüte von einer Bäckerei würde völlig reichen. In diesem Augenblick bog der Geldtransporter um die Ecke. Karl schaute auf die Uhr. „Die sind fünfzehn Minuten zu früh! So ein Mist!" Er rief Niklas an, der aber nicht antwortete. Wie sich später herausstellte, hatte er sein Telefon lautlos gestellt, als er bemerkt hatte, dass Mitarbeiter im Nebenraum waren.

„Meine Güte, hoffentlich sieht ihn niemand. Das wäre wirklich alles andere als unauffällig", merkte Erica an.

„Kann mal einer in den Baumarkt gehen? Vielleicht können wir Niklas von innen warnen." – „Mache ich, Karl!" Mit diesen Worten verschwand Fred im Baumarkt.

Der Transporter fuhr rückwärts an die Laderampe. Die große Tür am Gebäude öffnete sich und zwei Angestellte, bepackt mit Geldsäcken, marschierten zu dem Transporter und beluden ihn. Wachpersonal stand neben der Tür und schaute über den Hof. Innerhalb von zwei Minuten waren sie fertig, die rückwärtige Tür des Wagens wurde verriegelt und der Transporter fuhr vom Hof.

„Tja, da haben wir Pech gehabt. Blöde. Heute Morgen haben wir weniger ergattert als gehofft, jetzt gar nichts." Karl seufzte. „Da müssen wir doch kleinere Brötchen backen. Wo bleiben aber die beiden? Habt ihr Polizei oder sowas gesehen? Nicht, dass ihnen was passiert ist?"

Sie gingen nach vorne an den Eingang, kein Polizeiwagen. Karl gab Zeichen, dass sie den Baumarkt auf getrennten Wegen verlassen und sich in zehn Minuten am Hintereingang treffen sollten. Sie schlenderten wie normale Käufer von Regal zu Regal. Fred und Niklas waren nicht zu sehen. Werner sah sich bei Bohrmaschinen um, er brauchte eine neue. Die alte war, ach egal, wie alt sie war, auf jeden Fall verdreckt und zu nichts mehr nutze. Er entschloss sich, nachts wieder hierher zu kommen und sich eine Maschine zu holen. Er suchte sich eine aus und platzierte sie sorgfältig so, dass er sie mit wenigen Schritten durch die Wand würde greifen können. Er war erstaunt über sein Vorstellungsvermögen. Woher wusste er denn, welche Wand sich wo genau außen befand? Er hatte so etwas nie nachvollziehen können, schon Baupläne überschritten seine Vorstellungskraft bei weitem. Er musste das den anderen berichten.

Als sie nach der verabredeten Zeit an den Hintereingang kamen, standen Niklas und Fred schon dort. Karl wollte etwas sagen, aber Niklas schüttelte den Kopf. „Lass uns von hier weggehen." – „Ich muss jetzt was essen, sonst drehen meine Insulinwerte durch und ich kippe um!" Keiner wollte in der Cafeteria des Baumarkts sitzen. Im benachbarten Einkaufszentrum holten sie sich von der Bäckerei Kaffee und Kleinigkeiten zu essen. Draußen suchten sie sich eine Bank, es war schon warm genug, um im Freien zu sitzen.

„Was bin ich froh, dass sie euch nicht erwischt haben!", sagte Karl. „Ich dachte mich, trifft der Schlag, als ich den Transporter so früh kommen sah." Niklas nickte. „Ich war zum Glück gewarnt, ich hab's einem Gespräch entnommen, dass wir nicht genug Zeit haben. Wir müssen unbedingt eine Lösung finden, wie wir Räume untersuchen, bevor wir hineingehen. Das war echt knapp, zwei Meter weiter links und ich wäre über die Mitarbeiter gestolpert." – „Da haben wir schon was", beruhigte ihn Yvette. „Aber", sie sah in die Runde, „was machen wir jetzt? Läuft ja nicht so toll. Wir brauchen doch alle dringend Geld!"

Niklas grinste breit und zog Scheine aus seiner Jackentasche, Fred ebenso. Die anderen staunten. „Was ist das denn?" – „Zählt mal nach, ich weiß nicht, wie viel es ist. Als ich gehört habe, dass der Transporter früher kommt, habe ich einfach mal versucht, durch die Säcke zu greifen.

Das ging! Warum auch immer, waren die Säcke für mich wie ein Nebel, die Geldscheine aber greifbar. Ich habe mir aus jedem Sack einen kleinen Stapel genommen, keine Zeit zum Zählen. Da ich noch wusste, dass Werner nicht mehr als viertausendachthundert durch die Wand bekommen hat, war ich vorsichtig. Irgendwie hatte ich aber wohl zu viel, die Wand war zu! Ich wollte schon was in die Säcke zurücktun, da sah ich Fred. Ich winkte ihn herbei und stopfte ihm einige Scheine in die Jackentaschen. Und dann sind wir schnell raus. Zum Glück war draußen auch gerade niemand, aber es war haarscharf."

Werner hatte mittlerweile nachgezählt und pfiff bewundernd durch die Zähne.

„Gut gemacht, Jungs, das sind satte sechstausenddreihundertsiebzig Euro zusammen." – „Das sind ja zusammen glatt, äh, also mehr als zwölftausend Euro, Wahnsinn!", freute sich Yvette. – „Nicht ganz, es sind elftausendeinhundertsiebzig." Erica gab gerne mit ihren Kopfrechenfähigkeiten an.

Karl studierte die Gesichter seiner Schicksalsgenossen. Die anderen schienen genauso erschöpft wie er selbst.

„Wisst ihr was? Wir haben heute festgestellt, dass es klappt. Wir können uns finanzieren. Wir müssen aber über Vorsichtsmaßnahmen nachdenken. Ich für meinen Teil bin ziemlich erschossen, ich weiß nicht, wie euch das geht?" Alle nickten.

„Mein Vorschlag daher: Wir lassen es für heute gut sein. Wir verschieben den Transporter auf morgen. Yvette geht noch zur Bank und zahlt das Geld auf ihr Konto ein. Dann können wir überlegen, wie genau es weiter verteilt wird. Wer es am dringlichsten benötigt. Jetzt aber trennen wir uns und treffen uns heute Abend, wie besprochen, bei mir. Ich besorge noch was zu essen und zu trinken. Wie wär's?"

Niklas nickte erleichtert. „Das war Stress pur, ich habe noch nie so viel Angst gehabt. Ich merke, dass mir das nicht in den Kleidern hängengeblieben ist. Ich wäre dankbar für diese Lösung!" – „Dann lasst uns mit Handheben abstimmen. Wer ist für Feierabend jetzt?" Sechs Hände gingen hoch.

Der Abend bei Karl

Karls Wohnungstür stand weit auf. Yvette, Niklas, Erica, Werner und Fred sahen sich besorgt an. War etwas passiert? Fred betrat die kleine Wohnung vorsichtig und klopfte an die Tür:

„Hallo, jemand da?" Karl kam mit einer Grillschürze um den Bauch aus einem Raum rechts von einem winzigen Flur. „Kommt rein, ich habe fast alles vorbereitet." – „Du weißt aber, dass deine Tür offenstand?"

„Na, klar. Wir sind doch superpünktlich. Also wusste ich auf die Sekunde genau, wann ihr eintrefft. Die Tür habe ich exakt fünf Sekunden vor diesem Zeitpunkt geöffnet. Für die Treppe ins Souterrain braucht man nicht länger. Auf Geister ist Verlass. Es gibt gegrilltes Fleisch, gegrillte Auberginen und zwei Dips. Ihr könnt euch schon mal ins Wohnzimmer setzen, ich mische nur noch kurz den Salat. Und Brötchen stehen schon da."

Er ging in die Küche zurück und rief: „Niklas, kannst du bitte schon mal einschenken? Rotwein, Mineralwasser und Saft stehen auf der Fensterbank. Für mich bitte Rotwein."

Fred sah sich um. Er fragte sich, ob einer von ihnen eine größere Wohnung hatte? Verwandte oder Partner? Eher nicht. Das Fenster füllte nahezu die eine Wand. Rechts stand eine uralte Schrankwand mit Fernsehgerät. Ein Sessel war auf den Fernseher ausgerichtet. Auf dem altmodischen Linoleumboden lag unter dem Tisch ein blauer Teppich, unter dem Sessel ein Läufer aus demselben Material.

Der Tisch war gedeckt. Geschirr und Besteck waren einfach, sie stammten entweder aus einem Ramschverkauf oder einem Billigsupermarkt. Fred kannte das. So muss man leben, wenn es von vorn bis hinten nicht reicht. Mitten auf dem Tisch stand ein elektrischer Grill.

„Hast du den Grill noch nie benutzt? Der sieht aus wie neu." – „Der ist neu", rief Karl aus der Küche. „Ich habe den heute im Baumarkt sogar mit Geld bezahlt". Yvette lachte: „Aha, so einer bist du. Du willst in einem Geldverschleuderungsverein einen Führungsjob erhalten."

Sie ließ den Blick über die Speisen auf dem Tisch gleiten. „Hmmm, die Brötchen sehen köstlich aus. Und die Kräuterbutter! Muss ich wirklich noch warten?" – „Ich komme doch schon!" Mit einer riesigen Salatschüssel kam Karl aus der Küche, seine Schürze hatte er abgelegt. Dann holte er Fleisch und Auberginen. Er belegte den Grill. „Bis das fertig ist, können wir schon mal Salat und Brötchen essen." – „Du hast dir ja richtig viel Arbeit gemacht! Hast du das auch alles bezahlt?", erkundigte sich Niklas.

„Nein, das ist alles nach der *Methode Werner* aus Supermärkten geschleust, unterstützt mit einer Papierrolle zum Checken der Situation. Greift zu!" – „Kochst du immer für dich?"

Karl schüttelte den Kopf. „Ich koche zwar gern, aber für mich allein macht mir das selten Spaß. Hätte ich Familie oder Freunde, könnte ich einladen. Aber meine Erinnerung zeigt da, wie wir das kennen, null. Außerdem habe ich in den letzten Jahren gar nicht das Geld gehabt, vernünftige Zutaten zu kaufen."

Die sechs widmeten sich dem Essen. Erica, die genau überprüfte, wie viel sie aß, legte als Erste das Besteck zur Seite. „Das war einfach superlecker, ich habe schon lange nicht mehr so köstlich geschlemmt. Sorry, Werner, ich meinte das nicht abfällig. Das Essen bei dir war auch bestens." – „Keine Sorge, ich verstehe genau, was du meinst. Was Selbstgekochtes ist eben durch nichts zu überbieten."

„Ich würde euch nach dem Essen gern einen Espresso anbieten, aber ich wollte nicht auch noch ungefragt so einen Riesenkaffeeautomaten kaufen, der alles kann. Obwohl das immer mein Traum war. Ich kann euch aber gern einen Kaffee nach alter Sitte zubereiten."

Sie hatten kräftig zugelangt, es gab nur wenige Reste. Karl packte sie sorgfältig zusammen. „Ihr könnt was mitnehmen, sonst esse ich das zum Frühstück." Als alle mit Kaffee versorgt waren, besann er sich wieder auf seine Führungsposition.

„Bevor wir das mit dem Transporter morgen besprechen, gibt's noch ein anderes Thema, das mir wichtig scheint. Ich habe heute nahezu live miterlebt, dass Ericas Brillenwerte sich drastisch verbessert haben." – „Stimmt, Erica, und die neue Brille sieht supergut aus. Hat Klasse, und macht dich um Jahre jünger!", rief Yvette spontan aus. Die Angesprochene errötete. „Freut mich, es ist auch total schön, wieder besser zu sehen." – „Nun, ich habe den Eindruck, dass wir alle in gewissen Bereichen positive Entwicklungen erleben. Wie wär's, wir nehmen uns zehn Minuten Zeit und jeder notiert die Veränderungen, die er an sich bemerkt?" Damit verteilte er Blöcke und Kugelschreiber.

„Wow, edle Teile", grinste Niklas, der seinen Stift von allen Seiten beäugte. „Auch nach dem *Werner-Verfahren* gekauft?" Karl lächelte zurück und nickte. Werner badete sich in der Aufmerksamkeit, die seine Methode fand.

Sie nippten am Rotwein oder Saft, Mineralwasser hatte nur Erica gewählt. Sie konzentrierten sich. Nach zehn Minuten sammelte Karl die Zettel ein. Karl rückte seine Brille zurecht und sah zu Erica: „Leider haben sich meine Augen nicht verbessert. Mal schauen, ob wir einen Trend beobachten können." Er nahm Ericas Zettel als ersten: „Erica gibt an: bessere Sehschärfe, mehr Mut, sich durchzusetzen, forscher insgesamt." Werner hatte notiert: „Besseres Orientierungsvermögen, weniger Angst vorm Alter." Niklas gab an, dass seine Haut deutlich reiner geworden sei, auch die Schuppen, die ihm immer so peinlich gewesen waren, rieselten nicht mehr. Yvette lächelte: „Du wirst noch ein richtiges Schnuckelchen!"

„Außerdem schlafe ich deutlich besser. Seit meinem Schulabschluss habe ich unter Alpträumen gelitten. Und jetzt? Nichts mehr!"

Fred? Er hatte nie eine auffallende Begabung gezeigt. Die anderen bestätigten lebhaft, ja, genau das hatte auch für sie gegolten! Aber IT und Mathe seien dann noch mittelprächtig gegangen. Seit drei Jahren habe er versucht, sein Englisch aufzufrischen. Mit Kursen auf CD. Das sei so eine Routine seitdem: Jeden Morgen Vokabeln lernen, Aufgaben machen. Er sei aber nie auf einen grünen Zweig gekommen. Und heute habe er zum ersten Mal die Vokabeln von zwei

Lektionen ohne Fehler hinbekommen! Er lächelte glücklich.

Yvette freute sich: „Hui, da habe ich ja noch Aussichten, eines Tages mal richtig rechnen zu können." Karl schüttelte den Kopf: „Darauf würde ich mich an deiner Stelle nicht verlassen. Es passiert nicht bei allen dasselbe, sonst müsste ich ganz ohne Brille lesen können. Aber was du hier schreibst, ist doch auch bemerkenswert: ‚Habe vor Hunden immer tierisch Angst gehabt, egal ob klein oder groß. Heute Morgen bin ich einem frei laufenden Riesenköter begegnet, da habe ich sonst immer Herzrasen bekommen und habe mich in die entfernteste Ecke gedrückt. Aber nein, ich bin auf das Tier zu, wie in Trance, und habe ihn gestreichelt. Sein Herrchen war total platt, der Hund sei sonst eher scheu!" Alle schauten Karl an, was war mit ihm passiert?

„Meine Haare werden wieder dichter am Hinterkopf, und auf dem Kopf oben wächst wieder ganz leichter Flaum. Das ist biologisch eigentlich gar nicht möglich." Fred stand auf und fuhr mit der Hand vorsichtig über Karls Kopf. „Verrückt, das stimmt!"

Karl beugte sich nach vorn. „Wir alle haben uns entwickelt. Bis jetzt sind es positive Dinge, die sich bei uns zeigen. Eine Linie kann ich nicht erkennen, mal sind es Charaktereigenschaften, mal Äußerlichkeiten. Hat jemand eine Idee?" Erica meldete sich zu Wort: „Hat dir das was ausgemacht, dass dir fast keine Haare mehr wuchsen?"

Karl antwortete prompt: „Überhaupt nicht, das ist mir völlig egal." Nach einer kleinen Pause senkte er den Kopf, dann hob er ihn wieder und schaute offen in die Runde. „Wenn ich ehrlich in mich hineinhorche, doch, es hat mir sogar sehr viel ausgemacht. Ich habe mir nur anerzogen, so zu tun, als wäre es mir egal. Dabei habe ich immer irgendwie gedacht, auch wenn ich weiß, dass es Quatsch ist, dass meine Männlichkeit darunter leidet. Wenn sich der Haarwuchs wirklich wieder verdichten sollte, da wäre mein Gefühl so mit mir selbst doch schon deutlich verbessert."

Es entspann sich eine rege Diskussion, bis Niklas an sein Glas klopfte und das Wort ergriff: „Ich fasse mal zusammen. Mir stellt sich das eindeutig so dar, dass sich bei jedem von uns das zum Positiven wendet, worunter er bzw. sie vorher richtig gelitten hat. Ich bin gespannt, was da noch kommt!"

Alle nickten. „Wäre doch geil", fügte Yvette hinzu, „wenn wir jetzt quasi Supermänner und Superfrauen würden." – „Das können wir an Erica besonders gut sehen. Wie wär's, du suchst morgen früh einen anderen Optiker auf und lässt deine Sehstärke überprüfen?" – „Mache ich."

Es war spät, Werner hatte bereits dreimal kräftig gegähnt. Karl übernahm erneut die Führung: „Noch ein paar Kleinigkeiten zu dem Geldtransporter morgen. Die Recherche von Fred war äußerst gründlich und penibel. Vielen Dank, dafür! Er hat mir vorhin drei Möglichkeiten vorgelegt. Wenn es euch recht ist, diskutieren wir das jetzt nicht mehr lang, sondern ich entscheide?" Fünf Köpfe nickten zustimmend.

„Da gibt es einen um sechzehn Uhr morgen Nachmittag, der startet von der hiesigen IchSpar-Bank. Er bringt die Monatseinnahmen zur Landesbank. Ich schlage ein gemeinsames Vorgehen vor: Wir treffen uns um 15:58 Uhr an der Bank. Dann müssen wir schnell sein: Sobald die Geldsäcke im Wagen verstaut und die Tür geschlossen sind, zieht das Wachpersonal ab und Fahrer und Beifahrer verriegeln den

Fahrerbereich. Dann haben vier von uns wenige Sekunden, um in das Innere des Wagens zu gelangen. Während der Fahrt entnehmen wir wie immer das Geld in kleinen Portionen verteilt aus den Säcken. Fred hat herausgefunden, dass die Fahrer regelmäßig in einem Waldstück eine Frühstückspause einlegen. Niklas fährt mit Yvette direkt zu dem Waldstück. Du, Niklas, parkst das Auto in einer kleinen Lichtung, schau mal auf dem Navi, sie heißt ‚Zum hohlen Baum‘. Yvette lässt du vorher aus dem Auto steigen. Wenn die Fahrer ihre Frühstückspause abhalten, Yvette, sonst du dich am Rande dieses Waldstücks. Du trägst eine blonde Lockenperücke, die habe ich heute Morgen besorgt, genau wie diese Decke. Du trägst ein Kleid. Wenn die Jungs mit dem Auto kommen, tust du so, als seist du von einer Mücke gestochen und fuchtelst hin und her. Dabei zerrst du an deinen Klamotten. Die Fahrer werden allenfalls einen Überfall vermuten und daher nicht aussteigen, das müssen sie auch nicht. Sie sind von dir so abgelenkt, dass sie nicht merken, wie wir aus dem Wagen aussteigen. Wir verziehen uns hinter ein paar Baumstämme und warten, bis der Transporter wieder abgefahren ist. Dann laufen wir zu Niklas und fahren alle ... ja, wohin sollen wir fahren?“

Yvette lächelte: „Ich kann das Kleid auch ausziehen, ich bin nicht so zimperlich. Gucken ist erlaubt.“ – Karl grinste: „Wie du meinst, Yvette. Sonst alle einverstanden?“ – Fred war begeistert. „Mein Leben war schon lange nicht mehr so spannend!“ – Erica ergänzte: „Anschließend können wir uns bei mir treffen. Das liegt ein wenig außerhalb, daher gut, wenn Niklas euch mit dem Auto mitnimmt. Meine Adresse ist Göttekerstraße 324.“

„Prima!" Karl verabschiedete seine Gäste. Ja, Fred hatte etwas Richtiges gesagt. Auch er hatte zum ersten Mal in seinem Leben oder seit langem wieder – das konnte er wegen seines fehlenden Gedächtnisses für Vergangenes nicht eindeutig entscheiden – etwas, auf das er sich freuen konnte. Menschen, die er gern wiedersah.

Mandy Kurz

Mandy stand mit dem Rücken an die kühle Wand des Supermarkts gelehnt, es war ihr egal, ob sich Steinstaub von der Mauer auf Bluse oder Rock festsetzte. Der Wind blähte die cremefarbene Bluse auf. Der enge Rock verrutschte nicht. Ein paar Haare lösten sich aus dem streng nach hinten gekämmten Zopf. Sie hatte die Augen geschlossen und versuchte, gleichmäßig zu atmen.

Was für ein Mann! Sie hatte an der Kasse gestanden, eine kleine Schüssel Salat in der Hand. Ihre Figur hatte sie nicht von ungefähr, dafür war äußerste Disziplin erforderlich. Im Kühlregal standen drei Sorten Salat, die sie abwechselnd kaufte: Montag und Donnerstag gab es den gemischten Salat mit Putenstreifen, Dienstag und Freitag den Blattsalat mit Mozzarella und Schinkenstreifen, Mittwoch und Samstag Gurken-Tomatensalat mit Thunfisch und Ei. Sonntags gönnte sie sich nachmittags eine große Tasse Milchkaffee und ein Stück Torte, dann war abends aber nicht einmal mehr ein Salat erlaubt. Sie hielt die acht Euro fünfundsiebzig bereit. Vor ihr kaufte eine Kundin jede Menge Süßigkeiten. Kein Wunder, dass sie eine Speckrolle um den Bauch trug. Gelangweilt beobachtete sie, wie der Kassierer einen Schokoriegel nach dem anderen über den

Scanner zog. Plötzlich sah sie eine Bewegung an den Eingangstüren, die fast geräuschlos zur Seite glitten.

Ein majestätisches Raubtier, ein Alpha-Mann, ohne Frage, stand nun im Laden. Etwa zehn Zentimeter größer als sie, dunkle Gesichtsfarbe, wobei sie nicht entscheiden konnte, ob das von der Sonne kam oder ihm bei der Geburt mit auf den Weg gegeben worden war. Trotz der glühenden Mittagshitze trug er eine schwarze Leder- oder Kunststoffjacke mit feiner roter Paspelierung am Reißverschluss. Die Jacke reichte über die Taille und war auf Figur geschnitten. Die gleichfarbige Hose passte in Schnitt und Material dazu. Seine schwarzen Haare waren streichholzlang. Der Bart war exakt gekürzt. Atemberaubend! Sein Gang war unterdrückte Kraft. Wenn sie es nicht besser gewusst hätte, würde sie an einen äthiopischen Prinzen inmitten der westlichen Welt glauben. Er hatte vom Eingang direkt die Kasse angesteuert, an der sie stand. Nachlässig und wie gelangweilt warf er ein Päckchen Zigaretten auf das Laufband, sonst kaufte er nichts. Sie suchte wie im Fieber nach einer Möglichkeit, mit ihm ins Gespräch zu kommen, aber ihr fiel nichts ein. Sie bezahlte den Salat. Neben dem Eingang befand sich eine Theke, auf der man seine Einkäufe aus dem Einkaufswagen umpacken konnte. Sie nahm sich ausgiebig Zeit, um ihren Salat in der Handtasche zu verstauen. Dafür umwickelte sie ihn mit einer Werbezeitung, damit nicht doch vom Dressing etwas in ihre edle Ledertasche tropfte. Sie spürte, wie er an ihr vorbeiging, ohne zu stocken. Das passierte ihr praktisch nie, dass ein Mann sie nicht bemerkte! Sie verließ den Laden und wartete vor der Tür und beobachtete, wie er mit energischem Schritt die Straße hinunterging. Sie konnte es nicht fassen, diese konzentrierte

Männlichkeit, die aus ihm strömte. Und dann war er aus ihrem Blickfeld verschwunden.

Fünf Minuten blieb sie stehen. Eine ältere Dame mit Rollator beobachtete sie. „Ist Ihnen nicht gut, junge Frau? Kann ich Ihnen helfen?" Mandy schüttelte den Kopf und versuchte, wieder aus ihren Träumen ins Diesseits zurückzukehren. „Das ist sehr nett, vielen Dank, aber mir geht's gut. Ich habe nur ein paar Minuten den herrlichen Sommerwind genossen." Die alte Dame beugte sich wieder über ihren Rollator und setzte ihren Weg trippelnd fort.

Mandy ging zu ihrem Wagen, sie schaute auf die Armbanduhr. Sie hatte das Ende ihrer Mittagspause erreicht. Beeilen war angesagt, wollte sie sich nicht den Zorn ihres Chefs auf sich ziehen. Zwar nahm er selbst es mit Terminen nicht so genau. Dennoch wurde er äußerst unangenehm, wenn einer seiner Mitarbeiter unpünktlich war. Als Abteilungsleiter war er der Sektionsleiterin Romina Blumenauer unterstellt. Manchmal bekam Mandy den Eindruck, dass ihn nur die Tatsache, dass eine Frau in der Hierarchie über ihm stand, davon abhielt, seine Mitarbeiterinnen körperlich zu belästigen.

Sie hasste es, wenn er ihr gegenübersaß und sie mit Blicken fast verschlang. Sein weiß-bläuliches Doppelkinn fiel weich auf den Hals, wo es mit jedem Wort vibrierte. Seine kleinen tiefliegenden Augen sackten hinter einer Brille noch weiter in den Kopf zurück. Er trug Leinenanzüge, Hemd und Krawatte, jahrein, jahraus. Wenn der Job nicht so großzügig bezahlt würde und ihr nicht so großen Freiraum ließe, wäre sie sofort gegangen. Allein um diesen monatlichen Besprechungen, deren Name ‚Team-Meeting' so harmlos klang, zu entgehen, hätte es sich gelohnt, woanders anzuheuern.

Sie legte ihre Handtasche auf dem Schreibtisch ab, stellte den Salat in den Kantinenkühlschrank. Sie nahm die drei Mappen für heute unter den Arm und ging zu Madsons Büro. Sie klopfte. Die Tür glitt auf.

„Immer wieder schön, Sie zu sehen, Frau Kurz. Ich gebe eben Frau Blumenauer Bescheid, sie wollte uns heute Gesellschaft leisten." Er drückte eine Taste auf seiner Telefonanlage. Seine Augen blinzelten lüstern hinter den Brillengläsern. Mandy schaute ihn an, als sei er ein Stück Dreck, das sich von der Straße auf den Chefsessel verirrt hätte. Er schnaubte vor Wut und beugte sich über den Schreibtisch. Der blaue Hemdkragen war dunkel vor Schweiß. „Eines Tages krieg ich dich, du kleine Hure", flüsterte er. Mandy spürte, wie die Tür hinter ihr aufging. „Könnten Sie das netterweise wiederholen, Herr Madson? Ich habe sie leider nicht verstanden." – „Nicht wichtig, es ging nur um die Benzinrechnung vom letzten Monat. Darüber können wir später sprechen."

Romina Blumenauer setzte sich an linke Seite des Besprechungstischs und lächelte Mandy aufmunternd an. „Sie hatten wie immer drei Teams zu bearbeiten. Ich denke mal, wir können das schnell vom Tisch bringen. Sicher haben alle Teams die neuen Verträge unterschrieben?"

Auf Mandys glatter Stirn formte sich eine winzige kleine Ärgerfalte, was sie in Madsons Augen noch begehrlicher machte. Er malte sich gern aus, wie er sich dieses Muster an Beherrschung mit der aufreizenden Figur vornehmen würde. Erst wäre sie ein wenig verärgert, so wie jetzt, dann böse, zum Schluss würde sie ihn anflehen. „... nicht wahr,

Herr Madson?", rissen ihn Romina Blumenauers Worte aus seinen Träumen. „Natürlich, ja, selbstverständlich, wie sonst?" Wovon hatten sie wohl gesprochen? – „Liebe Frau Kurz, was war denn nun genau mit den Teams? Wie Herr Madson uns gerade bestätigt, interessiert ihn das auch sehr."

„Bei zwei Teams hat es geklappt wie immer. Sie waren völlig eingeschüchtert von der Umgebung und als dann der Griff durch die Tür kam, waren sie vollends entnervt. Binnen zehn Minuten hatten sie ohne Ausnahme ihre Unterschriften unter das Dokument gesetzt.

Beim dritten Team gibt es Probleme. Erst lief alles, wie geplant. Einer brach sogar vor Schock zusammen, das beschleunigt normalerweise die Bereitschaft, die Unterschrift auf das Papier zu setzen. Ich habe, wie es die Regel ist, Herrn Hoffmann – den Mann, der zusammenbrach – liegen lassen. Das wirkt immer kühl und grausam und setzt weitere Ängste frei." Mandy schwieg.

„Ja, und dann?", wollte Romina wissen.

„Nichts und dann. Die Kamera nimmt ja nicht wirklich etwas auf, sie dient nur zur Abschreckung und Erzeugung einer bedrohlichen Atmosphäre. Als ich abends den Raum kontrollierte, war niemand mehr da. Die Dokumente waren noch nicht unterschrieben! Ich habe dann bis zum nächsten Tag gewartet, aber da kam niemand."

Madson lehnte sich im Sessel zurück: „Haben Sie denn nicht mal versucht, die Leute telefonisch zu erreichen? Heute hat doch jeder ein Handy."

Mandy unterdrückte ihren Zorn nur mit Mühe. War sie eine kleine Schülerin? „Natürlich habe ich angerufen, mehrmals. Keiner geht ans Handy. Ich habe in den Jahresschriften nachgesehen, es ist aber noch nie geschehen, dass ein ganzes Team verloren geht. Ein Teammitglied wird schon mal von den anderen beseitigt, das kommt vor. Aber wer sollte das ganze Team beseitigen?"

Romina und Oliver sahen sich an. Oliver schüttelte den Kopf, „Nein, ein solcher Fall ist mir auch noch nicht untergekommen."

Romina legte ihr Tablet auf den Tisch und scrollte sich durch eine Liste. „Theoretisch könnten alle gestorben sein. Wir hatten vor vielen Jahren einmal den Fall, dass ein Team sich von uns gelöst und selbstständig gemacht hat. Das war damals ein Versuchsteam. Im Gegensatz zu sonst hatten wir Kandidaten mit hohen Intelligenzquotienten und exzellenten sozialen Beziehungen ausgesucht, weil wir dachten, das müsste die Verkäufe steigern. So geschah es auch erst, aber nach dem Preissenkungstreffen haben sie sich davongemacht. Sie sind gemeinsam geflohen, so etwas können wir nicht zulassen! Unser Exekutivkomitee konnte sie finden und eliminieren."

Mandy war entsetzt. Was es alles gab!

„Einen Versuch mit Akademikern haben wir nie wieder gemacht. Ein oder zwei intelligente Persönlichkeiten in den Teams schaden nicht, haben wir festgestellt. Die knicken ein." Romina schaute Mandy an: „Sind denn begabte oder irgendwie außergewöhnliche Menschen in Team 3?" Mandy schüttelte den Kopf: „Sie unterscheiden sich in nichts von den anderen Teams. Mittlere bis niedrige Intelligenz, sozial schwach eingebunden, schlechte Zahlen in den letzten drei Quartalen. Ängstlich bis panisch, so wie es unsere besten und billigsten Verkäufer eben sind. Im Durchschnitts-IQ liegen sie sogar noch unter den Teams 1 und 2."

Romina legte ihre Stirn in Falten. „Wir müssen herausfinden, was mit diesem Team ist. Sie sind entweder alle tot, dann werden wir sie finden. Oder aber sie versuchen, in den Untergrund zu gehen, sonst hätten sie sich gemeldet. Im Untergrund hinterlässt man Spuren. Was schlagen Sie vor, Madson, damit wir die sechs finden?"

Oliver kaute auf seiner breiten Unterlippe. „Ja, also erstmal Krankenhäuser abklappern, Todesanzeigen lesen. Weiterhin anrufen. Handys nachverfolgen, es sind ja Verträge aus unserem Haus, oder?"

Romina nickte. „Wenn sie nicht tot sind, werden wir sie über die Handys finden."

„Gut, Madson Sie kümmern sich um die Krankenhäuser, Frau Kurz ist für die Handyschaltungen verantwortlich. Wenn einer von Ihnen irgendwo etwas Ungewöhnliches sieht oder liest: Geben Sie mir sofort Bescheid. Es sind Geister!"

„Was passiert, wenn sie ausgebrochen sind und wir sie finden?", wollte Mandy wissen. Romina zuckte die Schultern. „Das ist dann die Sache des Exekutivkomitees. Die sind nicht zimperlich." Damit war die Besprechung beendet. Mandy kehrte in ihr Büro zurück und rief die IT-Abteilung an.

Tag 5, Mehr Geld, dazu Übles
Der Geldtransporter

„Wir stehen hier pünktlich, wie von Geisterhand geführt", witzelte Fred. Das gemeinsame Lachen, das folgte, war befreiend, die Gruppe war ein wenig angespannt. Karl hoffte, dass sich das mit mehr Routine legen würde. Er verteilte Handschuhe, denn wenn der KGB dahinter stand, konnte man nicht vorsichtig genug sein. Diesen Verdacht hatte er noch nicht abgelegt.

Der weiße Transporter kam pünktlich um die Ecke. Hinter der Frontscheibe konnten sie zwei dunkel gekleidete Personen erkennen. Der Wagen fuhr anderthalb Meter weiter und setzte rückwärts in den Wald hinein. Karl nickte den anderen zu. Fast gleichzeitig stiegen sie durch die Metallwand, Werner allen voran. Er war, wenn es ums Durchdringen von Wänden ging, immer noch der Beste. Der Anblick, der sich ihnen bot, war Labsal für ihre Augen, wie es Erica hinterher schilderte. Karl flüsterte: „Wie verabredet, immer aus verschiedenen Säcken nehmen. Erica, du gehst nach vorn, Werner du nimmst die linke Seite, Fred, du hältst dich rechts, ich bleibe hier hinten." Erica verzog den Mund. „Was ist los?"

Ihr Gesicht war rot vor Anstrengung. „Ich kriege den Fuß nicht komplett rein!" „Okay, dann planen wir um, ich gehe nach vorn, du packst hinten, und Fred, kannst du bitte kurz wieder raus und schauen, was man sieht?"

Wenige Sekunden später kehrte Fred zurück. „Ich muss schon lachen, es sieht witzig aus. Der Schuh ist herabgefallen, eine Sohle mit weißer Socke ist zu sehen. Ich denke, dass es von weitem nicht zu sehen ist wegen der gleichen Farbe. Wenn allerdings ein Spaziergänger vorbeikäme, wird's eng. Ich habe kurz überlegt, ob ich Ericas Fuß in das Auto drücke. Aber dann haben wir beim Verlassen eventuell dasselbe Problem, und das wäre wirklich schlimm! Sollen wir abbrechen?"

Alle schüttelten den Kopf, sie brauchten das Geld. „Wir planen um, wir packen hier nur zu dritt. Du, Fred, gehst wieder raus und stehst Schmiere. Wenn jemand kommt, ziehst du Erica raus, das merken wir anderen dann. Wir beeilen uns!" Fred verschwand nach draußen. Werner hatte als erster seine etwa dreitausend Euro zusammen und ging durch die Rückwand. Karl runzelte die Stirn, sie wollten doch gemeinsam den Wagen verlassen? Werner kehrte zurück und flüsterte: „Habe Fred was gegeben, jetzt nehme ich neu!", und begann erneut, Scheine in seine Jacke zu stecken. Karl nickte ihm zu.

Die fünf Minuten rasten vorbei. Karl gab das Zeichen zum Rückzug. Erica war schnell draußen, sie atmete auf. Wer weiß, was hätte passieren können? Fred folgte ihr, dann Karl und ... Wo blieb Werner? Es war wichtig, dass sie sich hinter die Bäume zurückzogen, der Transporter würde gleich wieder losfahren und sie sonst im Rückspiegel entdecken. Es blieb nicht einmal Zeit, den Kopf durch die Rückwand zu stecken, um nachzuschauen, denn der Fahrer ließ den Wagen an. Auf Karls Befehl hin liefen Erica und Fred mit ihm hinter die nächstgelegenen Bäume. Karl griff zum Handy und rief Niklas an. „Werner ist noch im Transporter, wir müssen was tun." Niklas unterbrach ihn: „Ich werde mich mit dem Auto neben die Straße an der kleinen Kreuzung vorn stellen und, sobald ich den Transporter sehe, die Straße überqueren und die Vorfahrt missachten. Wenn Werner raus kann, merkt er die Verlangsamung und kann herausrollen. Wenn er nicht kommt, müssen wir ihn woanders abpassen. Hast du ihn schon mal angerufen?"

„Nein, wir haben die Handys ausgeschaltet, solange wir im Wagen waren. Wäre ja übel gewesen, wenn ein Anruf eingegangen wäre, während wir einpackten. Aber wir machen das, wie du gesagt hast! Anschließend komm bitte hierher, okay?" – „Alles klar."

Niklas und Yvette hatten ihre Lichtung dank Navi problemlos gefunden. 15:53 Uhr waren sie eingetroffen, Zeit genug, um eine Decke auszubreiten. Yvette legte sich lasziv hin. Als sie den Transporter hörte, drehte sie sich nicht einmal um. Sie kämpfte gegen imaginäre Mücken, sprang auf und riss sich schließlich wie verärgert das Kleid vom Körper. Ihre knappe pinke Unterwäsche verbarg nicht viel. Mit dem Kleid schlug sie nach den Mücken. Sie bewegte sich in vollendeten Linien, so wie Tänzerinnen in Bars an einer Stange schlängeln. Wenn die beiden Fahrer nicht völlig abgestumpft waren, hatte sie das gehörig abgelenkt. Kaum war der Geldtransporter verschwunden, zog sie sich an und faltete die Decke zusammen. Geruhsam wollte sie zum Auto zurückgehen. Niklas stand vor dem Wagen und winkte ihr zu, sie solle sich beeilen. Er setzte sich ins Auto und ließ den Motor an. Yvette merkte, dass etwas nicht stimmte. Sie lief die letzten Schritte und schmiss sich auf den Beifahrersitz. Niklas fuhr sofort los.

„Was ist schiefgelaufen?" – „Werner steckt noch im Transporter, ich werde von der kleinen Kreuzung vor der nächsten Ortschaft dem Wagen die Vorfahrt nehmen, damit Werner raus kann. Wenn er nicht kommt, müssen wir weiter planen, wir müssen ja die anderen auch noch einsammeln. Und du musst dich verstecken, sonst riechen die doch Lunte!"

Kurz vor der Kreuzung sprang Yvette aus dem Auto. Erst hatte sie nur runterrutschen wollen. Was aber, wenn ein Fahrer irgendwie Einblick in den Wagen bekäme? Puh, so aufregend hatte sie sich den Tag nicht vorgestellt. Sie beobachtete, wie Niklas dem Transporter die Vorfahrt nahm. Reifen quietschten, der große Wagen hielt an.

Niklas machte eine Handbewegung, die ein sorry andeutete und gab Zeichen, dass er den Wagen vorbeiließ. Der Fahrer schüttelte den Kopf. Niklas setzte seinen Weg fort, der Transporter nahm wieder Fahrt auf. Von Werner keine Spur.

Niklas drehte, Yvette sprang wieder ins Auto und sie fuhren so schnell wie möglich zu dem Waldstück, in dem ihre drei Kollegen warteten. Yvette hatte Karl telefonisch Bescheid gegeben, dass Werner immer noch nicht zu sehen war. Er teilte ihr mit, dass sie dem Wagen entgegengehen würden.

Mittlerweile war es fast achtzehn Uhr. Die Stimmung war bedrückt. Was war passiert, warum steckte Werner immer noch in dem Wagen? Was würde mit ihm passieren, wenn der Transporter vom Wachpersonal geöffnet wurde und er mitten zwischen den Säcken säße? Dass sie allesamt auffliegen würden, war ihre geringste Sorge. Erica sprach aus, was die anderen ebenfalls dachten: „Ich merke jetzt, wie Werner mir doch mehr als ein Kollege geworden ist, er ist eher ein Freund." Sie blickte hoch: „Das gilt für euch alle. Ich spreche sonst nicht so gern über sowas, aber ..." Es war nicht nötig, dass sie weitersprach. Alle nickten. „Lass uns zu mir fahren, wenn Werner irgendwie noch einmal davongekommen ist, wird er zu uns stoßen."

Der Abend bei Erica

Die Göttekerstraße 324 war ein zehnstöckiger Hochhausbau. Vier identische Häuser standen in einem Carré zusammen um einen parkartig angelegten Platz mit Bänken, alten Bäumen und einem kleinen Spielplatz. Die Anbindung an die Stadt mit dem Bus war ausgezeichnet, umgeben waren die vier Häuser von Reihenhaussiedlungen. Zur Zeit des Baus war dieser Komplex ein Vorzeigeobjekt gewesen. Bezahlbarer Wohnraum für jedermann!

Mit den Jahren waren die Häuser heruntergekommen. Beim Bau war geschmiert worden und viele Handwerker hatten an allem gespart, vor allem an der Qualität ihrer Materialien und ihrer Zuverlässigkeit. Es wunderte daher niemand, dass die Göttekerstraße schon nach wenigen Jahren als Problemviertel galt. Von Prestigeobjekt war keine Rede mehr. Erica war vor knapp acht Monaten eingezogen, als sie sich die Miete in dem Vier-Familienhaus in einem beschaulichen Vorort definitiv nicht mehr leisten konnte.

Sie hatte am Vormittag Essbares und Getränke besorgt. Sie genoss mittlerweile ihr Geistsein, es hatte ihr bisher nur Vorteile gebracht: bessere Sehkraft, erhöhtes Selbstbewusstsein. Vom Zugreifen ganz zu schweigen. Sie hatte wie verabredet morgens einen zweiten Optiker aufgesucht, der dieselben Werte feststellte wie sein Kollege vom Vortag. „Tut mir leid", sagte Erica beim Verlassen des Ladens, „Ich hätte Ihnen gerne etwas zu verdienen gegeben." Er lächelte zurück. Sie hatte sich zwei Sätze als Alternativen überlegt. Die andere – falls die Augen sich verändert hätten – wäre gewesen: „Oh, vielen Dank. Da werde ich gleich einen Termin beim Augenarzt vereinbaren, damit ich ein Rezept für eine Brille erhalte. Ich komme dann wieder."

Auch wenn sie vormittags nicht ahnte, dass die Transporterentnahme sich so langwierig gestalten würde, hatte sie vorgesorgt. Sie hatte ihren runden Wohnzimmertisch nach oben geschraubt. Wie klug von ihr, dass sie damals einen höhenverstellbaren Tisch gewählt hatte! Sie deckte ihn mit Tellern, Bechern und Bestecken. Nichts Feines dabei, woher auch? Ihr teures Porzellan, ein Erbstück ihrer Eltern, hatte sie vor einem Jahr verkauft. Halt! Ein Erbstück ihrer Eltern? Dieses kleine Mosaiksteinchen ihrer Erinnerungen notierte sie sich sofort. Die Antipasti hatte sie auf dem Markt gekauft. Erstens war es schwierig, dort etwas mitgehen zu lassen, außerdem fand sie es unfair. Das Leben der Markthändler war hart genug. Brot, Butter, ein paar Fertigsalate und Getränke hatte sie bei drei Supermärkten durch die Wand entführt. Die drei Läden gehörten alle zur Kaufhier-Kette, die sie verabscheute. Die Mitarbeiter dort wurden mit Tricks und Kniffen noch unter dem Mindestlohn gehalten. Sie hatte letztlich im Fernsehen einen Bericht über die Kaufhier-Häuser gesehen. Besitzer war eine ominöse Gruppe, die ‚Bincanto Holding'. In der Sendung hatten sie sich mit dieser Holding auseinandergesetzt. Die Führungskräfte waren zu keinem Interview bereit, aber auf dem Parkplatz standen die teuersten Wagen, die man sich vorstellen kann. Ericas Gerechtigkeitssinn sträubte sich vehement dagegen. Diese Autos waren garantiert nur die Spitze des Reichtumseisbergs – aber die Mitarbeiter schinden. Sie hoffte nur, dass die Angestellten bei der nächsten Inventur nicht für die paar Dinge geradestehen mussten, die sie hatte mitgehen lassen. Aber soweit sie wusste, wurden nur Fehlsummen in der Kasse persönlich angelastet.

Die Salate hatte sie in Schüsseln umgefüllt und mit Haushaltsfolie abgedeckt. So standen sie im Kühlschrank und warteten auf hungrige Esser.

Um Punkt neunzehn Uhr klingelte es. Niklas, Fred, Yvette und Karl standen vor der Tür. Von Werner immer noch keine Spur. Die Stimmung war niedergeschlagen. Keiner hatte so rechten Appetit, obwohl sie den ganzen Tag nichts gegessen hatten. Karl erkundigte sich nach Ericas Brille. Nein, da hatte sich nichts getan. Aber sie hatte noch etwas festgestellt: Sie benötigte deutlich weniger Insulin als früher. Eine weitere Besserung! „Wenn das so weitergeht, kann ich auf Tabletten umstellen. Das wäre wunderbar, weil es viel praktischer ist."

„Ich habe heute etwas Beunruhigendes bemerkt. Ich würde aber lieber warten, ob Werner nicht doch noch kommt, bevor ich berichte. Sagen wir, wir warten bis zwanzig Uhr?" „Gute Idee, Fred!", antwortete Karl.

Sie plauderten erst über Belanglosigkeiten wie das Wetter und die Stadtpolitik. Erica berichtete von ihrer neu gewonnenen Erinnerung an das Porzellan, das sie aus Geldmangel verkauft hatte. Niklas überlegte: „Mir scheint es doch auffällig, dass wir alle kurz vor dem finanziellen Ruin stehen, nachdem wir anfangs mit unserer Tätigkeit unseren, wenn auch bescheidenen Lebensunterhalt bestreiten konnten. Dann wollten unsere Auftraggeber unsere Provisionen senken, was wir alle abgelehnt haben. Daraufhin wurde uns unser Geistsein demonstriert. Ich gestehe, dass ich kurz davor war, die neuen Bedingungen zu akzeptieren, als ich Fred zusammenbrechen sah. Was wäre passiert, wenn ich unterschrieben, wenn wir alle unterschrieben hätten?"

„Ein guter Gedankengang, Niklas. Darüber sollten wir ..." Das Klingeln an der Tür unterbrach Karl. Die Fünf saßen starr auf ihren Plätzen. Erica ging zur Tür und schaute durch das Guckloch. Dann riss sie die Tür auf und umarmte Werner, der müde und erschöpft aussah. „Oh, Werner, wir haben uns alle so große Sorgen gemacht! Was ist passiert? Ach, komm erst mal rein!"

Die Geister umarmten sich. Alle redeten auf Werner ein, stellten Fragen, erzählten. Werner schaute auf den Tisch:

„Seid mir bitte nicht böse, es ist alles gut ausgegangen. Ich kann vor Durst kaum sprechen und bin mächtig hungrig. Können wir erst essen?" Die anderen merkten jetzt selbst, dass sie dringend etwas brauchten. Yvette war unschlüssig: „Habt ihr schon mal gehört, dass Geister essen müssen, so richtiges Zeugs halt? Ich dachte immer, die geistern nur so rum." Niklas nickte: „So kenne ich das auch vom Feinstofflichen. Das war ja mein erster Eindruck, als ich mich über Geister umgelesen habe. Dass wir feinstofflich sind." – „Schön und gut. Aber echt, ich hab' nur Hauptschule", maulte Yvette, „da habe ich nix von feinstofflich und so gelernt." – „Darüber lernst du auch in der höheren Schule nichts", beruhigte Niklas sie. „Feinstofflich ist eben alles, was es gibt, aber was du nicht anfassen kannst. So wie Geister eben. Feinstoffliches kannst du nicht messen und anfassen."

„Na, dich kann ich anfassen", lachte Yvette und zwickte Niklas in den Arm. „Ja, das war eben das Erste, was ich dachte, dass wir durch eine Art Sieb von der Grobstofflichkeit in die Feinstofflichkeit gewechselt haben, die übrigens von der Wissenschaft gar nicht anerkannt wird."

Während des kleinen Austauschs griffen alle kräftig bei dem Essen zu.

Karl war nachdenklich. „Das ist allesamt Wissen aus alten Zeiten. Die Kurz hat aber zu uns gesagt, dass wir Spamgeister sind. Keine Ahnung, ob sie wusste, was sie uns da vorenthielt. Aber ich gewinne mehr und mehr den Eindruck, dass wir neue Wesen sind. Irgendwo zwischen Menschen und Geistern, so wie wir sie kennen."

Niklas nickte: „Das wäre eine gute Erklärung. Wir wären dann mittelstofflich."

Fred lachte: „Solange wir nicht mittelstoffelig sind." Die anderen fielen ein und die Spannung wich allmählich. Er fuhr fort: „Da Werner wieder heile angekommen ist, wäre es mir lieb, wenn ich euch erst berichten kann, was ich festgestellt habe, denn es ist beunruhigend."

Karl war sofort einverstanden: „Alles, was uns beunruhigt, gehört ohne Verzögerung auf den Tisch!"

„Nun, ich habe massiv den Eindruck, jemand sucht uns. Zumindest hatte ich das Gefühl, schon seit gestern, dass ich beobachtet werde. Ich vermute, außer mir hat niemand ein Festnetztelefon?" Er schaute in die Runde. Die anderen fünf schüttelten den Kopf. „Ich habe gestern und heute mehrere Anrufe erhalten. Auf dem Anrufbeantworter ist nichts, aber das Telefon speichert die Nummern. Im Display steht nur ‚extern'. Das habe ich noch nie gesehen. Ich kenne das, wenn keine Nummer hinterlassen wurde, aber ‚extern'? Ich habe mich im Internet umgesehen, die dort vorgeschlagenen Erklärungen und Lösungsmöglichkeiten treffen für mich nicht zu. Manchmal stehen sogar nur sechs Sternchen im Display. Ich weiß nicht, was das ist, aber es ist unheimlich, meine Nackenhaare stehen hoch, wenn das Telefon klingelt. Ich bin nie drangegangen. Außer euch habe ich nur berufliche Kontakte, die rufen alle mit Nummer an. Ich habe heute Morgen den Telefonstecker aus der Leitung gezogen.

Als ich nach unserem Abenteuer wieder zu Hause war, klingelte es kurz darauf bei mir an der Haustür. Ich habe eine verdeckte Kamera über der Tür. Da standen so zwei Typen in grauen Overalls, die Aufschrift der Hausverwaltung ‚Wir Helfen' auf der Brust angebracht. Achtung, ich kenne meine Hausverwaltung. Die haben so einen ganz merkwürdigen Humor, deswegen steht bei den Typen eingestickt ‚Wir Hellfen‘ mit zwei L. Das hier war korrekt geschrieben, der Rotton war auch nicht so ganz getroffen, alles wohl in Eile zusammengestellt. Nachdem ich auf das Klingeln nicht reagiert habe, fingen die an, vor die Tür zu klopfen. Ich hatte total Angst, mir schlug das Herz bis zum Hals. Die beiden schauten sich an, der eine zog einen Dietrich oder sowas aus der Hosentasche und begann, an meiner Tür rumzumachen. Zum Glück kam in dem Augenblick meine Nachbarin von gegenüber aus der Tür. So eine quirlige, hilfsbereite Griechin. Das war den Typen offensichtlich unangenehm. Der eine sagte, ja, sie machten sich Sorgen um mich, ich hätte mich seit Wochen nicht gemeldet. Elena, so heißt die Nachbarin, war misstrauisch und sagte, das fände sie komisch, sie hätte mich heute Morgen noch gesehen. ‚Ach, dann haben wir uns wohl geirrt, vielen Dank‘. Damit trollten sich die Typen von dannen. Mir war klar, dass die nicht lange wegbleiben würden.

Also bin ich raus aus der Wohnung, ständig links und rechts und nach hinten geguckt. So Abenteuer kenn ich nur aus dem Fernsehen! Ich hatte noch eine Weile Zeit bis um achtzehn Uhr, daher habe ich einige Winkel geschlagen, bin mit verschiedenen Bahnen und Bussen gefahren. Ich denke, mir ist niemand gefolgt. Aber es wird brenzlig, den Eindruck werde ich nicht los!“

Alle schwiegen. Geist sein und Sachen mitgehen lassen, ist lustig. Aber verfolgt zu werden, ist es auf jeden Fall nicht. Karl sah sich wieder einmal in seinem KGB-Verdacht bestätigt. „Meine Güte, ich hatte gedacht, es reicht, wenn wir auf Prepaid-Handys umsteigen. Jetzt fürchte ich, dass

wir uns nach einer neuen Bleibe umsehen müssen. Okay?"
Niemand widersprach. Er wandte sich Werner zu. „Bevor
wir das planen und in Angriff nehmen, möchte ich aber
gern hören, was mit dir war. Wieso bist du nicht aus dem
Transporter raus? Und wo warst du? Warum hast du nicht
angerufen?"

Werner berichtete: „Ich hatte ja gelernt, dass wir keine
Unsummen nehmen können. Also dachte ich, ich bin clever
und lade meinen Teil bei Fred ab und hole mir dann mehr.
Ihr erinnert euch sicher. Ich habe so überschlägig mitge-
zählt, wollte wieder raus, da ging das nicht. Ich habe zwei
Bündel zurückgestopft, neu versucht, es ging nicht. Ich
wusste, dass die Zeit knapp ist. Jetzt stand ich da mit einem
Bündel von Zwanzig-Euro-Scheinen, aber ich konnte die ja
nicht einfach in den Wagen werfen. In aller Eile habe ich
sie in irgendwelche Säcke gesteckt. Das hat aber so lange
gedauert, weil das ja auch sorgsam verteilt sein wollte, dass
ich nicht mitbekommen habe, wie der Transporter angerollt
ist. Bei laufender Fahrt kann ich nicht raus, so sportlich bin
ich nicht. Also zumindest nicht mehr. An einer Stelle
bremste der Transporter so plötzlich ab, dass ich von den
Säcken zugeschüttet wurde. Bis ich da rausgekrochen war,
war der Wagen schon wieder in voller Fahrt. Ich hatte mir
aus drei Geldscheinen eine Rolle gedreht, mit der ich nach
draußen schauen konnte. Sie haben dann wohl noch eine
Firma angefahren, um Geld einzusammeln. Ich geschaut,
hinter dem Wagen standen drei Leute, rechts war gut ein-
sehbar, zur Linken war eine Mauer. Ich habe alles auf eine
Karte gesetzt und mich zur linken Seite rausrollen lassen.
Dort habe ich gelegen, bis der Wagen beladen war. Zum
Glück ist die Seite im Schatten, es war schon Dämmerung.

Der Transporter ist davongebraust. Was ich nicht gesehen hatte: Mein Handy war aus der Tasche gefallen, der Transporter ist drüber gerollt. Deswegen konnte ich euch nicht anrufen, denn ich weiß keine eurer Nummern auswendig." Karl unterbrach ihn: „Ich hoffe, du hast die Handyteile eingesammelt?"

„Ja, habe ich, du hast uns mit deinem KGB-Gerede ja alle ganz kirregemacht. Hier." Damit schüttete Werner den Inhalt seiner rechten Hosentasche auf den Tisch. Er fuhr fort: „Blöderweise hatte ich nur ein paar Cent in der Brieftasche, ich dachte ja, wir nehmen wieder was Bares mit. Mein Konto ist in den Miesen, da kriege ich schon seit fünf Tagen kein Geld mehr aus dem Automaten. Zum Glück ist das hier in der Nähe passiert, sonst würde ich erst morgen früh gekommen sein. Ich bin zu Fuß gegangen, hatte zu viel Angst, beim Schwarzfahren erwischt zu werden."

Alle überlegten. „Der Plan ist klar, denke ich." Karl ergriff erneut die Führungsrolle. Es war mittlerweile schon automatisch. „Wir müssen hier weg, wir müssen verschwinden. Und zwar innerhalb der nächsten Stunde. Irgendjemand sucht uns, und ich denke nicht, dass dieser Jemand uns wohlgesonnen ist. Wir brauchen ein neues Telefon für Werner, wir müssen unsere Nummern dringend auswendig lernen. Jeder von uns muss einen Notgroschen bei sich haben, irgendwo eingenäht. Ich schlage vor, zwanzig Euro für jeden."

„Meinst du, wir können noch nach Hause und packen? Außer Fred natürlich?" Yvette dachte an ihre Kosmetiksammlung.

Fred schüttelte den Kopf: „Kann ich nicht empfehlen. Ich bin heute nochmal davongekommen, aber es würde mich nicht wundern, wenn sie, wer immer das auch sein mag, nach und nach unsere Wohnungen abklappern. Lasst uns doch das Geld zählen und dann ...“ Er konnte seinen Satz nicht mehr beenden. Es klingelte an der Tür.

Die Konsequenzen

Keiner bewegte sich. Sie hielten starr vor Angst den Atem an. Erica zeigte auf die Tür und schaute Karl fragend an. Der schüttelte energisch den Kopf. Nach zwei Minuten schellte es erneut. Erica fühlte, wie Panik in ihr hochstieg. Sie warteten. Jemand klopfte an die Tür, Yvette zuckte zusammen.

„Frau Feist, Sie sind doch da, oder?“

Erica flüsterte: „Das ist Frau Winsterer, meine Nachbarin.“ – „Dann geh an die Tür, aber schau vorsichtig, ob sie allein ist!“ – „Ich komme, Sekunde bitte!“

Erica öffnete die Tür einen Spalt. Sie sah niemanden außer Frau Winsterer. „Entschuldigen Sie bitte, ich war gerade auf der Toilette.“

Die Nachbarin sah sie misstrauisch an. „Ich habe Ihre Schritte gehört! Und ich wollte Ihnen doch nur das Päckchen geben, das der Postbote für Sie abgegeben hat.“ Mit diesen Worten händigte sie Erica einen dicken wattierten Umschlag aus.

„Danke, Frau Winsterer.“ Sie schloss die Tür rasch. Die Nachbarin brummte ein paar Worte, „undankbare Kuh“ ließ sich unter anderem vernehmen.

„Ich biete Werbemittel mit Gravur per E-Mail an. Ich habe vor zwei Wochen selbst fünfundzwanzig Stück bestellt, ich wollte einfach mal sehen, wie die Qualität ist.“ Sie griff zu einer Schere.

„Vorsicht!", rief Niklas, „wer weiß, was in dem Umschlag ist!" Erica zuckte die Schultern: „Na, was wird wohl drin sein? Ein Bündel von Kugelschreibern, mit einem Gummi zusammengehalten, in Blisterfolie. Zusammen mit der Rechnung. Ist nicht meine erste Bestellung."

Beherzt schnitt sie eine Seite offen und zog die Stifte heraus. „Siehst du!" – „Nochmal Glück gehabt", meinte Niklas. „Das hätte auch was Übles sein können."

Erica wollte etwas sagen, aber Karl unterbrach sie:

„Bitte lasst uns das nicht weiterführen, für solchen Kleinkram haben wir keine Zeit. Das nächste Mal kann jemand an der Tür stehen, der uns an den Kragen will. Mein Vorschlag: Wir verlassen die Wohnung, so wie wir sind, nehmen nur das Geld mit. Wir sollten die Nacht in einem großen Kaufhaus verbringen. Dort können wir planen, was wir brauchen und wo wir hinwollen. Und uns das Nötigste mitnehmen. Das muss nicht viel sein, wir können ja jederzeit an Nachschub kommen. Ein Handy für Werner mit einer neuen Karte brauchen wir ganz dringend." Er sah sich die Trümmer des alten Handys an. „Vielleicht ist die Karte ja noch intakt, Fred, schaust du mal? Du hast hier den größten technischen Verstand." – „Wir gehen besser erst, ich checke das später."

Karl ging zuerst. Vor der Wohnungstür schaute er nach rechts und links. Auf den Zehenspitzen schlichen sie die Treppe hinunter, durch den Hausflur bis zur Haustür. Karl hob die Hand und gab ein Zeichen, dass die anderen warten sollten. Er steckte eine Papierrolle durch die Wand neben der Tür und wisperte:

„Wenn da jemand ist und auf uns wartet, wird er die Tür beobachten."

Nach einigen Sekunden gab er ein weiteres Zeichen. Sie öffneten die Tür und verließen das Haus. Die Straße war ausreichend beleuchtet, sie huschten rasch in die gegenüberliegende Haustür, die durch einen darüber liegenden Erker im Dunklen war. So arbeiteten sie sich von einer dunklen Stelle zur anderen. Entfernt war ein Radio aus einem geöffneten Fenster zu hören, sonst gab es keine Geräusche. Werner hob die Hand hinter sein rechtes Ohr: „Da kommt was!" Da hörten es die anderen auch. Vom Ende der Straße war ein leichtes Surren zu vernehmen. Das Geräusch kam näher und entpuppte sich als das Motorgeräusch einer dunklen Limousine, die mit ausgeschalteten Scheinwerfern durch die Straße schlich. Vor der Hausnummer 324 blieb der Wagen stehen. Zwei maskierte Männer stiegen aus, einer machte sich an der Haustür zu schaffen. Im Wagen schien niemand mehr zu sein. Karl lief so leise und schnell er konnte zur nächsten Straßenecke, bog um die Ecke. Die anderen folgten ihm. „So schnell ihr könnt zum Kaufhaus an der Grabenstraße!"

Atemlos erreichten sie das Kaufhaus binnen weniger Minuten. Yvette kommentierte es als Erste: „Das ist komisch, hier ist es doch eigentlich stockduster, aber ich kann sehen. Also Umrisse, nicht dolle sehen, aber es geht." Werner nickte: „Genau, das ist bemerkenswert! Ich bin sonst extrem nachtblind, hier sehe ich aber genug, um nicht zu verunglücken."

Karl gab Anweisungen, die alle widerspruchslos akzeptierten: „Wir dürfen nur das Nötigste mitnehmen und wir müssen bald weg. Wir dürfen keine Spuren hinterlassen. Es ist jetzt klar: Wir werden gesucht! Und die Typen, die in die Göttekerstraße gekommen sind, sahen nicht so aus, als wollten sie mit uns Kaffee trinken und übers Wetter plaudern. Keine Ahnung, ob sie wissen, dass wir durch Wände gehen können."

Fred nickte. „Ich hab' ja erst gedacht, du spinnst mit den Prepaid-Handys. Aber du hattest total recht!"

„Am besten wäre es, wir würden die Stadt verlassen und aufs Land umziehen für eine Weile. Aber wie kommen wir dahin? Wenn wir hier Fahrräder mitgehen lassen, ist doch klar, was wir vorhaben. Wenn wir zu Fuß gehen, ist unser Radius zu stark eingeschränkt. Und selbst wenn wir wegkämen, wohin sollten wir gehen? Ich kenne keinen verlassenen Bauernhof hier irgendwo. Wenn jemand einen Vorschlag hat?"

Werner hob die Hand. „Ich finde, wir müssen auf jeden Fall in der Stadt bleiben. Ich will wissen, was hier abgeht, wer hinter mir her ist. Wenn wir sicher verschwinden könnten, dann würde ich das vorziehen. Aber hat einer von uns Lust, ständig von einem Ort zum anderen zu huschen im Dunkel der Nacht? Gleichzeitig bemerken wir doch alle Veränderungen an uns. Wir müssen so agieren, dass wir vieles einkalkulieren an Positivem, aber auch an Rückentwicklungen."

Yvette meldete sich zu Wort: „Ich glaube nicht an eine Rückentwicklung. Wenn wir das auch noch berücksichtigen wollen, können wir nichts tun. So haben wir wenigstens die Möglichkeiten an Orte zu gelangen, die relativ gut abgeschottet sind. Ich denke da an die Kanalisation oder Tunnel der U-Bahn. Da gibt es viele Möglichkeiten, die Wanddurchlässigkeit zu nutzen. Auch wenn ich gelegentlich noch steckenbleibe, es wird immer weniger. Am Transporter konntet ihr meinen Fuß schieben, das funktionierte in der Sparkasse nicht." – „Kanalisation klingt gut, aber kommen wir durch horizontale Wände?", überlegte Karl laut.

„Ausprobieren!" Yvette sah voller Tatendrang in die Runde. „Ich versuch's gleich hier. Wir holen ein Seil aus der Sportabteilung, ihr seilt mich an und dann probiere ich, durch die Decke zu gehen, indem ich meine Willenskraft einsetze."

Das fanden sie einen guten Plan. Niklas holte ein Seil, band es Yvette um die Taille. Die junge Frau stellte sich in die Mitte des Raums und sprang dreimal hoch. Der Boden blieb hart. Dann beugte sie sich nach vorn und legte die Hände sanft auf den Boden. Er gab nach! Sie warf den anderen einen triumphierenden Blick zu. Sie bückte sich und glitt mit den Händen, den Armen und dem Kopf aus dem Sichtfeld der restlichen Gruppe, bis sie gänzlich verschwunden war. Das Seil ruckte, Niklas und Fred hielten es fest. Wenige Minuten später kam Yvettes Kopf zum Vorschein, atemlos keuchte sie: „Zieht mich hoch, Leute!".

Das Absinken ins unter ihnen gelegene Stockwerk war simpel, sie fiel nicht. Sie geriet in eine Art langsames strudelndes Schweben und erreichte so die nächste harte Fläche.

Dann wollte sie zurück, nur klappte das nicht! Deshalb zog sie am Seil, aber das hatten Niklas und Fred zuerst falsch verstanden. Sie mutmaßten, dass es der Sturz war. „Ich wusste nicht, wie ich nach oben kommen sollte, das bleibt ein Problem. Ich wollte nicht laut rufen. Aber runter ist megaeinfach. Man muss wohl nur mit dem Kopf zuerst durch. Hände und Kopf sind die Teile, so könnte die Erklärung sein, die alles durchdringen und den Rest mitziehen."

Sie stampfte mit dem Fuß auf den Boden. Er gab nicht nach.

Werner schlug vor, den Versuch zu wiederholen. „Und diesmal mach doch mal Schwimmbewegungen, um nach oben zu treiben. Sonst ziehst du am Seil."

„Ich kann nicht schwimmen." Yvette wurde rot. – „Ich kann schwimmen", erklärte Fred. „Wenn das bei mir klappt, nehme ich dich mit runter und bringe dir schnell das Schwimmen bei. Sonst hilft uns das alles nicht viel. Sind hier sonst noch Nichtschwimmer?" Karl, Niklas, Werner und Erica schüttelten den Kopf. Niklas band das Seil Fred unter den Armen fest. Dieser beugte sich, wie er das bei Yvette gesehen hatte nach unten, und gelangte auf diese Weise ein Stockwerk tiefer. Das Gefühl war gigantisch, es erfüllte ihn fast mit Euphorie. Er machte langsame Schwimmbewegungen. Er hätte schreien können vor Begeisterung, sprach aber nur leise, man konnte nie vorsichtig genug sein: „Es klappt, wie ihr seht! Komm Yvette."

Karl hielt ihn zurück: „Wie lange dauert es, bis du Yvette die Schwimmbewegungen beigebracht hast?" – „Nicht mehr als fünfzehn Minuten." – „Okay, dann ab mit euch. Wir kümmern uns in der Zwischenzeit um ein neues Handy für Werner. Ein bisschen was zu essen brauchen wir auch, Schlafsäcke. Mehr mag ich nicht auf einmal mitnehmen. Wenn wir wieder zusammen sind, gehen wir in die U-Bahn runter. Wir suchen uns einen Ort, an dem wir schlafen können. Der Schlafsack wird alle zwei Stunden weitergegeben. Es muss sowieso immer jemand Wache schieben. Morgen organisieren wir alles durch."

Erica hatte einen Einwand: „Das ist alles gut und schön. Ich habe aber kein Insulin. Das brauche ich spätestens morgen früh. Selbst wenn ich in eine Apotheke gehe, wüsste ich nicht, wo das Zeug verstaut ist. Also, das muss im Kühlschrank aufbewahrt werden. Aber finde ich in einer x-beliebigen Apotheke den Kühlschrank?" – „Okay, dann planen wir um. Niklas, würdest du mit Erica zur Farmhaus-Apotheke gehen, die ist direkt um die Ecke? Zu zweit solltet ihr das schaffen, wir treffen uns in fünfzehn Minuten hier, und dann geht's weiter." – „Gut, Karl. Aber das Insulin wird ein Problem bleiben, weil es eine Spur hinterlässt. Selbst wenn ich nur eine Packung mitnehme oder eine Spritze aus einer Packung, das fällt auf." – „Mag sein, aber nicht sofort. Das Problem habe ich auf dem Schirm. Aber jetzt erstmal los!"

Jeweils zu zweit

Fred und Yvette tauchten als Erste ab. Fred genoss das Tiefensegeln, wie er es nannte, aufs Neue. „Ist das nicht absolut gigantisch? Das ist fast so, als könnte ich fliegen. Wer hat nicht Träume, in denen er fliegt? Und wir gleiten hier im Strudel, müssen dazu nicht einmal Flügel bemühen." Yvette grinste breit, er hatte recht.

„Ich fange jetzt direkt mit dem Schwimmunterricht an. Wenn du es schneller lernst als in fünfzehn Minuten, können wir uns hier auf der Etage noch etwas umsehen. Soweit ich das gesehen habe, stehen hier die Lebensmittel."

Yvette nickte: „Na, dann mal los". Fred bat seine Schülerin, sich mit dem Bauch auf den Boden zu legen. „Die Füße brauchst du im Gegensatz zum Schwimmen im Wasser überhaupt nicht, wir konzentrieren uns auf die Armarbeit." Er führte ihre Arme in Schwimmbewegungen, dann forderte er sie auf, es nachzumachen. „Prima, das geht schnell. Komm, steh auf, dasselbe im Stehen." Yvette stand auf und klopfte sich den Staub von der Jeans. „Hier müsste auch mal jemand ordentlich saubermachen!"

„So, jetzt mach dieselben Bewegungen wie im Liegen." Sie stellte sich erst etwas unbeholfen an, denn es ist gar nicht so einfach, eine Bewegung von einer Ebene in die andere zu übertragen. „Ruder mal nicht so wild um dich, das ist nicht nötig. Schau mal!"

Fred beugte seine Arme an den Ellbogen so, dass die Fingerspitzen aufeinander zeigten. Dann bewegte er seine Arme, indem er die Schultergelenke anhob und wieder absenkte und sie dabei rotieren ließ. Ganz ruhig. Yvette wiederholte die Bewegungen. „Klappt auch hervorragend! Jetzt musst du nur noch ein bisschen Tempo zulegen." Wieder machte er ihr vor, was er meinte.

„Das sind aber doch keine Schwimmbewegungen! Ich kann zwar nicht schwimmen, aber man weiß doch, wie das aussieht." – „Ganz ruhig, wir sind noch nicht fertig! Das Rotieren der Schultergelenke dient zum Abheben vom Boden. Siehst du?" Fred schwebte dreißig Zentimeter hoch und sackte dann wieder langsam nach unten. „Jetzt du!"

Yvette wiederholte das Abheben mehrmals hintereinander. „Wow, das macht Spaß." – „Ja, ich weiß, aber es kostet dich viel Kraft und wenn du es zu oft machst, bekommst du einen fiesen Muskelkater." – „Woher weißt du das, bist du schon mal geflogen?" – „Nee, aber ich habe eine Weile regelmäßig trainiert. Daher weiß ich, dass Muskelgruppen, die man selten einsetzt, zu Muskelkater neigen, wenn man sie plötzlich hart drannimmt. So, und jetzt setzt du nach dem Abheben die Armbewegungen ein, die ich dir auf dem Boden gezeigt habe. Ich zeig's dir einmal."

Fred bewegte seine Schultern auf und ab, mit einem kleinen Ruck kam er auf dreißig Zentimeter Höhe. Am höchsten Punkt setzte er die Schwimmbewegungen ein und glitt zur Decke. Um wieder nach unten zu sinken, beugte er den Rumpf nach unten und hielt die Arme, als wollte er von einem Sprungbrett ins Schwimmbecken springen.

„So, jetzt du."

Es gelang Yvette nicht gleich beim ersten Mal. Das größte Problem war es, den richtigen Punkt zu finden, an dem sie von der Rotations- in die Schwimmbewegung überging. Nach zehn Anläufen hatte sie es geschafft. „Das ist genial!"

Fred nickte. „Das Einzige, was die Schwimmer jetzt noch lernen müssen, ist der richtige Absprung. Aber das ist in wenigen Sekunden erklärt."

Er schaute auf die Uhr. „Wir haben noch acht Minuten, du hast fix gelernt. Lass mal schauen, wir brauchen ein bisschen Schwarzbrot, das hält besser. Vielleicht eine Packung Knäckebrot. Ein Paar Äpfel und Wasser. Viel mehr als zwei Kilo können wir pro Person nicht nehmen, das wissen wir. Und in der Hand halten können wir beim Tiefensegeln auch nichts."

Sie stopften sich die Hosen- und Jackentaschen voll. Fred lockerte seinen Gürtel, steckte sich zwei Wasserflaschen in den Hosenbund und zurrte den Gürtel wieder fest. Sie schwebten etwas schwerfälliger als zuvor zur Decke und gelangten zurück in den ersten Stock.

Werner und Karl saßen schon dort, Karl erklärte Werner die wichtigsten Funktionen seines neuen Handys. Leider hatten sie das gewünschte Modell nicht gefunden, nur ein etwas Älteres, das Karl vor drei Jahren besessen hatte.

„Gib mir mal die SIM-Karte." Karl zog sie aus der Hosentasche und reiche sie Fred.

„Von außen sieht sie unbeschädigt aus. Am einfachsten ist es doch, wir probieren sie jetzt direkt im Handy aus." – „Stimmt, jetzt wo wir das schon haben, ist das deutlich einfacher, als irgendwelche elektronischen Kniffe auszutüfteln", grinste Karl. „Wir haben übrigens einen prima Schlafsack gefunden, der sich extrem klein zusammenfalten lässt."

Fred legte die Karte in die dafür vorgesehene Schublade, schob diese ins Gerät und schaltete das Handy ein. Die PIN wurde abgefragt, Werner tippt sie ein und strahlte. Fred freute sich: „Sauber, sauber. Es funktioniert! Übrigens kann ich euch beiden, während wir auf Erica und Niklas warten, schon mal die Startbewegung zum Luftschwimmen zeigen. Wir haben schon etwas Essbares und ein bisschen Wasser mitgebracht."

Sie entleerten ihre Taschen. „Prima, dass ihr dran gedacht habt. Sobald wir das Gleiten beherrschen, holen wir auch noch was."

Es dauerte keine Minute, und Werner konnte mit Karl ins untere Stockwerk abtauchen, wo sie die Vorräte ergänzten. Karl schaute nach ihrer Rückkehr auf die Uhr. „Die Apothekengänger sind überfällig, was sollen wir tun?" In diesem Augenblick kamen Erica und Niklas durch die Wand.

„Alles okay bei euch?" – „Ja, ging alles gut", erklärte Niklas. „Wir hatten nur leichte Probs mit dem Metallgitter vor der Tür. Das Stück Wand zwischen Tür und Fenster war zu schmal, durchs Glas zu rutschen erschien uns zu auffällig, weil die Fenster beleuchtet sind. Wir dachten, dass das Gitter kein Problem ist, wir haben ja auch den Transporter geknackt. Aber ein Gitter hat irgendwas, was anders ist. Vielleicht Energiewellen, ich habe keine Ahnung. Erst als wir merkten, dass wir die Hände in einer Drehbewegung führen müssen, hat's dann endlich geklappt. Das hat uns fünf Minuten gekostet. Der Kühlschrank war einfach zu finden, zum Glück. Wir haben Ampullen aus unterschiedlichen Packungen mit verschiedenen Haltbarkeitsdaten entnommen. Außerdem noch eine Packung Metformin zusammengestellt aus diversen Schachteln."

„Das hielt ich für ratsam, weil ich den Eindruck habe, mein Insulinbedarf sinkt. An Tabletten kommt man viel unauffälliger und sie sind auch leichter zu transportieren. Ich hoffe, meine Vermutung bestätigt sich." – „Vielleicht," meinte Karl, „solltest du die Tage mal zu einem Arzt gehen und das dort überprüfen lassen." – „Ich habe in gut einer Woche einen Termin bei meinem Diabetologen, aber wenn wir wirklich verfolgt werden, dann kann ich den Termin knicken. Da stehen unsere neuen Freunde sicher schon bei Fuß!" – „Weiß deine Chefin oder dein Auftraggeber, dass du Diabetikerin bist?", erkundigte sich Niklas.

„Keine Ahnung, kann sein. Aber Insulin habe ich nie erwähnt. Aber wenn die bei allen Ärzten nachschauen, finden sie meinen Namen sofort." – „Okay, da überlegen wir uns auch was", ergänzte Karl. „Jetzt aber sollten wir langsam losziehen, wir müssen uns alle etwas erholen und ausruhen, bevor es hell wird. Und das ist nicht mehr lange. Wenn wir jeder noch drei Stunden Schlaf finden, können wir uns glücklich preisen. Folgt mir einfach. Und auf dem Weg lernt bitte meine Handynummer auswendig. Sie ist null eins acht zwei – sieben fünf null – sechs neun eins eins."

Fred runzelte die Stirn, „ich kann mir das besser merken als null hundertzweiundachtzig, siebenhundertfünfzig, neunundsechzig, elf." – „Egal, Hauptsache du weißt sie im Notfall!"

Die nächstgelegene U-Bahn-Station war in circa dreißig Minuten Fußweg zu erreichen. Werner schlug die Abkürzung über die Kanalisation vor. „Da sparen wir fast 'ne Viertelstunde!" – „Gute Idee, im Prinzip, Werner. Aber wie sollen wir uns da durchfinden? Ich habe keinen Plan vom Untergrund", mahnte Karl.

„Kein Problem. Mein Orientierungssinn hat sich von miserabel zu sehr gut gemausert. Ich gehe vor. Am besten rutschen wir neben diesem Kanaldeckel nach unten." – „Ich habe noch einen kleinen Rucksack mitgenommen, wem irgendwas zu schwer ist, der kann's bei mir reintun."

Karl runzelte die Stirn: „Yvette, bitte frag doch vorher, bevor du etwas nimmst, ob wir einverstanden sind!" – „Ich bin doch nicht im Kindergarten, oder? Und du bist nicht mein Papi!" – „Es ist kein Anlass für diesen scharfen Ton, du scheinst unsere Situation nicht zu verstehen. Das ist so typisch für ..."

Erica hatte den Eindruck, die beiden gingen sich gleich an die Gurgel. Sie zog Yvette am Arm mit sich. „Komm, der Rucksack ist prima und ein praktischer Gedanken. Keine Frage."

Yvette warf Karl einen triumphierenden Blick zu, der seinen Mund öffnete, um etwas zu entgegnen. Erica sah ihn beschwichtigend an: „Natürlich ist es richtig, was du sagst. Wir wissen nicht genau, was wir können, was die Leute von uns wollen, die hinter uns her sind, wer das überhaupt ist. Keiner weiß, wo wir morgen sein werden. Insoweit sollten wir auch bei Kleinigkeiten Absprachen treffen. Aber wir üben doch alle noch die neue Gemeinschaft. Dazu gehört auch das Vertrauen zueinander. Ich bin sicher, Yvette hat ihre Wahl vorsichtig getroffen, kein Durcheinander gemacht und keine Spuren hinterlassen, oder?"

Yvette nickte. „Ist doch klar, bin doch nicht blöde!" – „Bitte nicht wieder aufregen. Wir müssen alle mal zur Ruhe kommen, statt uns gegenseitig anzugiften. Lasst uns Werner folgen, damit wir ein ruhiges Plätzchen finden. Heute haben wir eine Menge erlebt, das müssen wir erst verarbeiten."

Karl erkannte sofort, wie überlegen Erica auf die Situation reagiert hatte. Mist, so souverän wollte er sein. Nicht, dass diese Frau ihm die Führungsrolle abspenstig machte, die er doch bestens ausfüllte? Er sah Yvette an, die mit den Tränen kämpfte.

Er räusperte sich. „Erica hat recht, was wir vor allem brauchen, ist Ruhe." Er schwieg einige Sekunden. „Es tut mir leid, Yvette, mein Temperament ist mit mir durchgebrannt. Das ist einfach, weil ich mir Sorgen um euch alle mache."

Werner war schon vorgegangen und winkte ihnen ungeduldig. Sie beeilten sich, um ihn wieder einzuholen. Sein Orientierungssinn ließ nichts zu wünschen übrig. Nach einer knappen Viertelstunde hatten sie nicht nur den U-Bahn-Tunnel erreicht, sondern auch einen Abstellraum an der Seite gefunden, der, wie sich an den Staubspuren ablesen ließ, kaum benutzt zu werden schien. In einem Regal lagen gefaltete Wolldecken. Was für ein Glücksfund! Die Klimaanlage funktionierte hier ebenfalls.

„Wer übernimmt die erste Wache?", fragte Karl in die Runde.

Niklas erklärte sich bereit, noch eine Stunde wach zu bleiben. Wenn sie Glück hatten, käme keiner in diese Ecke und sie könnten sogar etwas länger schlafen als geplant.

Fred gab Karl einen Zettel. „Hier, das wollte ich dir die ganze Zeit schon geben. Ich habe mir das Kennzeichen von dieser Limousine aufgeschrieben: FDK-IK 618." „Super und danke! Komisches Kennzeichen, wofür soll FDK denn stehen? Und was war das eigentlich für ein Wagen?" – „Keine Ahnung, noch nie gesehen." –

„Pssst", kam von Werner. „Wir müssen schlafen. Morgen wird ein anstrengender Tag!"

Tag 6, Anstrengende Stunden
Start in den Tag

Fred wurde als Erster wach. Er schaute auf die Uhr. Es war kurz nach fünf, die ersten U-Bahnen würden bald fahren. Sie alle hatten mittlerweile ein Blatt Papier oder eine Zeitung bei sich, um durch Wände zu schauen, bevor sie hindurchgingen. Fred genoss das Schwimmen nach oben. Er wäre gerne in den kühlen Morgen geglitten, aber dann hätten sich die anderen Sorgen gemacht. So schaute er nur aus dem Raum. Es war ein Nebengleis, Arbeiter oder Reinigungskräfte waren keine zu sehen. Er sah sich nach einem Wasseranschluss um, aber da war nichts. Wenn sie öfter in dem Tunnel kampieren wollten, mussten sie mehr Wasser hierher schaffen. Jeden Morgen dieses pelzige Gefühl, nein, das war nichts. Er musste dringend eine Toilette finden. Gestern Nacht hatten sie die Gleise benutzt, das war jedoch keine Dauerlösung.

Er weckte Karl. Langsam wachten die anderen auf. „Es war gut für eine Nacht hier. Aber uns fehlt fließendes

Wasser, eine Toilette. Das ist kein Dauerzustand, leider." Karl stimmte ihm zu.

„Das ist wirklich schade, ich dachte, wir hätten einen idealen Platz gefunden. Es ist erstaunlich, welche Normalitäten man übersieht, wenn man in Not ist." Das Rattern der ersten U-Bahn im Haupttunnel war nicht mehr zu überhören. Yvette meldete an, dass auch sie dringend eine Toilette benötigte. „Noch mal die Gleise nutzen, nee danke. Jetzt ist Morgen, da kommt dann plötzlich eine Bahn vorbei, gar nicht lustig. Und es ist dringend." Sie zog eine Grimasse, die die Dringlichkeit unterstützen sollte. Alle schauten Karl an.

„Also, hmm, schwierig. Irgendwie müssen wir bald hier raus, sehr bald. Wer ist bereit, als Späher zu erkunden, wie die Lage über den Tunneln ist, kommen wir ohne Aufsehens raus?" Niklas hob die Hand. „Gut, dann mach du das. In der Zwischenzeit räumen wir anderen hier auf. Unsere Notvorräte legen wir hinter die Decken. Als Zufluchtsort für absolute Notfälle scheint mir dieser Raum geeignet. Oder auch als Treffpunkt, falls wir uns aus den Augen verlieren und keinen Kontakt halten können. Wir wissen nie, wann wir einmal getrennt werden. Mein Vorschlag: Wenn einer von uns mehr als sechs Stunden nicht erreichbar ist, treffen wir uns hier." Die anderen nickten, sie hatten keinen besseren Plan.

Yvette stürzte wenige paar Minuten später nach draußen. „Ich kann nicht mehr, sorry". Erleichtert kehrte sie zurück. „Ich hatte Glück, da war niemand. So ein Mist, da ist man schon mal ein Geist und muss trotzdem pissen. Ups, sorry."

Nachdem Niklas die Gegend ausgekundschaftet hatte, kam er mit einer positiven Meldung zurück. „Wir haben instinktiv einen äußerst geeigneten Platz gewählt. Da läuft noch niemand rum. Wenn wir jetzt direkt nach oben stoßen, dürfte es unauffällig sein. Nicht weit von hier ist der Stadtpark, da gibt es öffentliche Toiletten und ein Café. Ich kenne die Ecke hier grob, das ist ein Fußweg von etwa fünfzehn Minuten. Mein Magen knurrt."

Sie machten sich auf den Weg. „Ich würde im Stadtpark gern ausprobieren, ob ich auch im Freien nach oben schwimmen kann. Das wäre ja wie fliegen."

„Gute Idee, Fred, das ist hochinteressant. Aber erst einmal zu den Toiletten, dann zum Café."

„Aber Karl, wir könnten doch auch in dem Café auf die Toilette gehen, ist sicher sauberer." Erica grauste es bei dem Gedanken an öffentliche Anlagen.

Karl schüttelte den Kopf. „Wir müssen unauffällig bleiben. Wenn wir zu sechst um diese frühe Uhrzeit ein Café betreten, bleibt das nicht unbemerkt. Und wenn wir dann noch alle gleich aufs Klo stürzen, erregt das zu viel Aufmerksamkeit. Aber weil ich weiß, dass diese öffentlichen Toiletten für Frauen unangenehmer sind als für uns Männer, könnt ihr beide ja bis zum Café vorgehen, wir nutzen die Parktoiletten. Okay?" Sie hatten es eilig, nach oben zu kommen. Erica flüsterte Yvette zu: „Es mag ja sicher sein da unten, aber irgendwie werde ich da doch ein wenig klaustrophobisch." – „Klaustro was?" – „Na, ich habe das Gefühl, ich bin wie in einem Grab." – „Stimmt, geht mir genauso. Ich war froh, dass dieser Raum nicht unsere Dauerbleibe werden soll. Ist auch so komisch, mit fünf fast fremden Leuten in einem Zimmer. Klar, wir gehören irgendwie zusammen, aber schlafen tue ich lieber allein. Also, nicht immer, du weißt schon, was ich meine."

Sie lernten das Schauspielern. Yvette und Erica betraten das Café als Erste. „Wir sind mit ein paar Freunden hier verabredet, wir brauchen einen Tisch für acht Personen." Der Kellner, offensichtlich noch verschlafen, führte sie zu einem großen runden Tisch in der Ecke. „Danke!"

Erica stürzte, kaum, dass sie saßen, auf die Toilette. Dann wusch sie ihr Gesicht und die Hände, die aneinanderzukleben schienen. Hierfür mussten sie eine Lösung finden. Einen Morgen mal nicht zu duschen oder sich nicht zu waschen, das war okay. Aber dann wurde es doch nicht mehr so angenehm. Sie dachte mit Wehmut an ihre kleine Wohnung zurück. Dort konnte sie kochen und duschen, wann sie wollte. Was hatte sie verbrochen, dass sie plötzlich ein Geist war? Sie wünschte sich, dass alles nur ein Traum war, und war sich sicher, dass die anderen ähnlich fühlten.

Nach fünf Minuten kam Werner. „Oh, schön, dass du hier bist. Die anderen kommen sicher auch bald, oder denkst du, sie haben unsere Verabredung vergessen?"

„Keine Ahnung. Ich soll euch allerdings schöne Grüße von Konrad bestellen. Der hat über Nacht Fieber bekommen und kann heute nicht."

Werner stellte sicher, dass der Kellner in ihrer Nähe war, als er das sagte. Es war schon erstaunlich, sie hatten gar nichts verabredet, aber jeder wusste, was vermieden werden musste. Nach weiteren fünf Minuten schlenderten Niklas und Fred herein.

„Kommen Klaus und Karl noch?"

„Bin schon hier", rief Karl. „Aber Klaus lässt sich entschuldigen, seine Tochter fährt auf Klassenfahrt, er hatte das vergessen. Er muss sie natürlich zum Bus bringen." Alle nickten verständnisvoll.

Erica rief den Kellner. „Zwei unserer Freunde können nicht kommen, sollen wir uns umsetzen? Wir wollen Ihnen nicht einen ganzen Tisch blockieren." – „Das ist kein Problem, um diese Zeit ist nie viel los."

Erica strahlte den Kellner durch die Brille an. „Prima, wir können dann auch gleich bestellen." Das Café verfügte über eine Spezialfrühstückskarte. Sie bestellten dreimal das Maxi-Frühstück für zwei. Das war üppig, aber es blieb kein Krümel zurück. Während des Essens berichteten sie sich gegenseitig von gemeinsamen Freunden, was bei denen so passiert war in letzter Zeit, wie sie beruflich die Karriereleiter erklommen hatten oder nicht. Ein Leben zu erfinden, kann Spaß machen. Werner als der Älteste berichtete stolz von seinen Enkelkindern, der Jüngste hätte jetzt mit dem Reiten angefangen. Niemand, der diesem Gespräch gelauscht hätte, wäre auf die Idee gekommen, dass relativ Fremde zusammensaßen. Niklas beichtete seinen Freunden, dass er das Studium abgebrochen habe. „Jura war ein Fehlgriff. Ich habe nach dem Abi auf meinen Vater statt auf meine eigenen Wünsche gehört. Er wollte unbedingt, dass ich auch Rechtsanwalt werde und mal seine Kanzlei übernehme. Aber es ist einfach nichts für mich, zu trocken."

„Und was willst du jetzt machen?" – „Lehrer werden. Ich denke, das liegt mir mehr."

Und so plauderten sie munter, bis sie mit dem Frühstück fertig waren. Yvette verabschiedete sich als Erste: „Die Arbeit wartet, ich hoffe, wir treffen uns bald wieder?" – „Bestimmt", riefen die anderen. Erica umarmte sie herzlich. Innerhalb einer Viertelstunde hatten sie alle das Café verlassen und waren sich einig, dass sie ihre Sache gut gemacht hatten. Der Kellner würde nichts Außergewöhnliches über sie berichten können. Karl schickte den anderen eine Nachricht: „In zehn Minuten am Bootssteg."

Pünktlich trafen sie ein und setzten sich auf den Rasen.

„Ich bin ein wenig ratlos", gestand Karl. „Einerseits habe ich den Eindruck, es ist besser, wenn wir uns öfter trennen. Dann sind wir unauffällig. Andererseits fühle ich mich mit euch zusammen sicherer."

Fred räkelte sich. „Bevor wir uns weiter den Kopf zerbrechen, probiere ich jetzt erstmal, wie das mit dem Fliegen ist." Er stand auf und führte die erforderlichen Bewegungen durch. Er sprang mit der Schulterrotation hoch und setzte am obersten Punkt die Schwimmbewegungen ein. Das brachte ihn allenfalls zehn Zentimeter höher, dann sank er wieder zu Boden. Nach einigen Versuchen brach er enttäuscht ab. „War ein schöner Traum. Es funktioniert wohl nur mit einer Decke über dem Kopf." – „Danke, Fred. Wieder was gelernt! Wir müssen aber dringlich etwas Sinnvolles für die nächsten Tage oder Wochen planen." Karl war erneut erfolgreich in seine Rolle als Teamleiter geschlüpft: „Es gibt einige Punkte oder Probleme, die wir klären müssen. Die letzte Nacht hat uns gezeigt, dass wir dringend eine Unterkunft mit menschenwürdigen Bedingungen benötigen." Er sah die anderen lachen. „Okay, okay, ich korrigiere mich: mit geisterwürdigen Bedingungen." Er grinste. „Wir brauchen eine Wohnung. Sie muss klein sein, damit keiner weiß, dass wir sie zu sechst nutzen. Trennen in der Wohnsituation halte ich für zu gefährlich. Wir müssen zusammenbleiben!" Die anderen nickten.

„Da wir nicht innerhalb eines Tages eine Wohnung finden werden, schlage ich vor, dass wir die nächsten Nächte in Hotels und Pensionen verbringen. Niklas und

Yvette könnten zum Beispiel heute Nacht ein Doppelzimmer buchen. Wir kommen dann nach. Das wird eng und ungemütlich, aber wenigstens haben wir sanitäre Anlagen zur Verfügung. Morgen Abend gehe ich dann in ein Reisebüro und buche eine Ferienwohnung für drei Personen. Da sollte Platz für uns alle sein. Gleichzeitig durchforsten wir die Internet-Portale nach günstigen Wohnungen oder kleinen Häusern. Mit vielen uneinsehbaren Ecken und Kanten. Die Wohnung muss mindestens drei Zimmer haben. Den Traum," dabei sah er Yvette an, „dass wir jeder ein Einzelzimmer bekommen, muss fürs Erste ein Traum bleiben. Alles wird einfacher, wenn wir mehr über uns und über die Pläne des KGB wissen." – „Aber", unterbrach ihn Werner, „Du weißt doch gar nicht, ob der KGB dahintersteckt!" – „Nein, weiß ich nicht. Aber glaubst du denn, das ist alles Zufall?" – „Nein, glaube ich nicht. Aber wer weiß denn, ob da nicht eine andere Quelle hinter den ganzen Spam-Mails steckt, irgend so ein Kapitalistensyndikat? Wir sollten für alle Möglichkeiten offenbleiben, solange wir nicht genau wissen, wer da die Drähte zieht. Sonst blockieren wir unser Gehirn!"

Karl überlegte kurz. „Okay, ich bestehe nicht auf dem KGB. Du hast ja recht, Werner." – „Wenn keiner was gegen diesen Plan hat, komme ich zum nächsten Punkt."

Fred meldete sich: „Ich weiß nicht, ob du es schon vorgesehen hast, aber wir brauchen dringend einen PC. Mit so einem Handy kann ich zwar auch vieles finden, aber es ist zeitaufwändig und unübersichtlich." – „Nein, daran habe ich nicht gedacht. Ich setze einen PC mit entsprechendem Zubehör auf die, wie ich sie nenne, Einkaufsliste. Am besten kümmerst du dich selbst darum. Du weißt, was für ein Gerät du willst, du scheinst da die meiste Ahnung zu haben." Fred nickte.

„Der zweite Punkt ist Versorgung mit Nahrungsmitteln und vor allem Geld. Da haben wir mittlerweile so viel Erfahrung, dass ich denke, das müssen wir nicht mehr alle zusammen unternehmen. Werner und Yvette, wie wär's mit euch mit als Finanzaufbesserer? So um die sechstausend Euro sollten zusammenkommen."

Beide waren einverstanden. „Das heißt, Fred ist mit der Suche nach einem PC beschäftigt. Das dürfte recht aufwändig sein, denn so ein Teil wird schnell vermisst. Hast du einen Plan?" – „Ja, habe ich. Ich werde bei dem größten Elektroladen in der Stadt das Lager besuchen. Bis zur nächsten Inventur fällt das nicht auf. Ich denke an einen Laptop. Wenn möglich, werde ich Kleinteile wie Maus, zusätzliche Tastatur usw. in anderen Läden holen." – „Das ist gut. Sollte es nicht klappen, musst du eben morgen legal einen kaufen. Damit bleibt die Nahrungsbeschaffung in deinen Händen, Niklas, denn ich möchte mit Erica einen Arzt aufsuchen. Wir werden ein Ehepaar auf Reisen mimen, habe ich mir überlegt, das dringend einen Schnelltest benötigt. Kann ja nicht jeder Arzt auf die Schnelle eine Blutprobe untersuchen. Zu zweit ist das sicher besser, als wenn sie allein geht. Ich überlege noch, ob ich auf Diabetes mache, und wir irgendwie versuchen, die Blutprobe zu tauschen. Das können wir aber nur vor Ort entscheiden. Was meinst du, Erica?"

Sie nickte. „Das ist eine Superidee. Ich habe heute Morgen Insulin gespritzt und habe den Eindruck, das war schon zu viel. Ich möchte das noch mal richtig eingestellt wissen. Wenn Niklas vor dem Einkauf von Lebensmitteln noch eine Spritze in einer Apotheke für mich kauft, kann ich mir selbst Blut abnehmen. Dann wird der Tausch einfacher." – „Okay. Sollen wir dann jetzt zu dritt losziehen? Sobald ich deine Spritze habe, mache ich mich auf den Einkaufsbummel." Er lächelte schräg.

„Perfekt! Dann treffen wir uns im Steakhaus in der Winzerstraße um halb fünf zum Essen. Das sollte reichen. Bei Verzögerungen schickt mir bitte unbedingt eine SMS oder benachrichtigt mich irgendwie. Oder drückt die Kurzwahl für meine Nummer. Wenn's ganz arg ist, sagt gar nichts, nur durchklingeln lassen. Übrigens denkt auch alle mal über eine Transportmöglichkeit nach. Wir können Niklas' Auto nicht benutzen. Wir müssen schneller werden als immer nur zu Fuß. Bei so kleinem Radius findet man uns schnell, selbst wenn wir unsere Spuren erfolgreich verwischen. Hat außer Niklas noch jemand einen Führerschein? Ich nämlich nicht." – „Bevor meine Augen sich total verschlechtert haben, muss ich wohl einen Führerschein gemacht haben. Ich habe noch so einen Lappen im Portemonnaie." – „Bestens, Erica! Es ist nicht zufällig einer von euch ein begnadeter Techniker? Dann könnte man sich ein Auto vom Schrottplatz zusammenbauen. Offiziell eins kaufen ist, zumindest zurzeit, wo wir nur unsere alten Papiere haben, schwierig." – „Nur unsere alten Papiere? Du erstaunst mich immer wieder. Wie weit du in die Zukunft denkst!" – „Na, Niklas, das war doch hoffentlich keine leere Schmeichelei!" Karl drohte ihm scherzhaft mit dem Finger.

„Nee, echt." – „Gut, noch Fragen?"

Keiner meldete sich. Sie gaben sich die Hände, Erica umarmte alle.

Besorgungen
Lebensmittel

Niklas fand seine Aufgabe unkompliziert. Er konnte sich Zeit nehmen. Er hetzte überhaupt nicht gern, und die Hektik der letzten Tage hatte ihn geschlaucht. Als Erstes suchte er die nächstgelegene Filiale seines Lieblingsdiscounters Spar-Du auf. Mit Hilfe eines Smartphones war sie schnell gefunden. Er las regelmäßig die Hauswurfsendungen. Wie sonst hätte er mit seinem knappen Einkommen über die Runden kommen können? Er hatte Yvette für ihren Scharfsinn bewundert, sich einen Rucksack mitzunehmen. Wären die Ereignisse nicht so dramatisch verlaufen, hätte er angeregt, dass alle sich mit einem Rucksack ausrüsten. Immer nur Verstecke suchen und dahin zurückkehren bei Bedarf, war deutlich zu langwierig. Und bei SparDu gab es Rucksäcke im Sonderangebot. Von 50 Liter Volumen für die Wanderreise bis zu 10 Litern für den kleinen Einkauf. So eine mittlere Größe sagte ihm zu. Mit der Zeit könnten sie sich Zweit- oder Drittrucksäcke für schwerere Transporte zulegen.

Zuerst inspizierte er das SparDu-Gebäude von außen. Er prägte sich die Seite ein, die zu einer steilen Mauer mit Bewuchs führte. Da würde er gerade durchpassen. Und könnte zwischendurch ein paar Sachen abladen. Er schlenderte durch den Markt, bis er zu den Angebotsregalen gelangte. Das Regal war vollgestopft mit Rucksäcken, einen oder zwei mitzunehmen wäre völlig unauffällig. Er entschied sich für ein grau-rot-kariertes Modell mit Netzen hinten und an den Seiten sowie einer kleinen Vordertasche. Er schätzte den Rucksack auf dreißig Liter Volumen. Er sah sich um, nicht nur nach Kunden und Personal, sondern auch nach

Kameras. Vor der von ihm gewählten Wand waren das Brotregal und eine Tiefkühltruhe aufgestellt. Er schaute sich um, keine Kamera zeigte auf das Brotregal, wohl aber auf die Truhe. Die Mitarbeiter schoben riesige Paletten durch die Gänge und konzentrierten sich voll auf ihre Tätigkeit. Zwei Kundinnen standen am Gemüsestand und unterhielten sich. Das war der geeignete Augenblick! Er stellte sich seitlich vor das Brotregal. Noch einmal nach allen Seiten geschaut und sofort schob er den Rucksack mit Schwung durch das Regal und in die Wand hinein. Wenn das funktionierte, und warum sollte es das nicht tun?, wäre einkaufen deutlich unproblematischer.

Auf diese Weise schob er diverse Lebensmittel durch die Wand. Das Leben besteht nicht aus Essen allein! Er stand vor den Shampoos, Zahnpasten, Zahnbürsten. Da fiel sein Blick auf die Damenkosmetik. Haarfärbemittel! Genau das brauchten sie! Vor lauter Panik hatte bisher niemand daran gedacht, dass es wichtig war, ihr Äußeres zu verändern. Er überlegte. Sie durften nicht zu viel auf einmal mitnehmen. Und nichts wäre verhängnisvoller, als wenn „der Gegner" – egal ob KGB, eine kriminelle Vereinigung oder ein paar Wahnsinnige – ahnen würde, dass sie ihr Äußeres veränderten. Besser wäre es, einen Drogeriemarkt aufzusuchen.

Er legte ein Brot in seinen Einkaufswagen und ging zur Kasse. Falls in diesem Laden Wachsamkeit herrschte, so würde ein Kunde, der wenig kauft, nicht so auffallen wie einer, der plötzlich verschwunden war. Er zahlte. Normalerweise war er gern freundlich zu den Kassiererinnen und scherzte oder wünschte ihnen etwas Besonderes: „Einen wunderbaren Tag noch die Dame, lassen sie ihn sich nicht durch sauertöpfische Kunden wie mich verderben", brachte immer einen Lacher. Jetzt nicht. Unauffälligkeit war Trumpf.

Erleichtert stellte er fest, dass seine Durchreichetaktik aufgegangen war. Er packte die Lebensmittel in den Rucksack, der nun prall gefüllt war. Er ließ ihn hinter dem Discounter liegen. Direkt neben dem SparDu befand sich ein Drogeriesupermarkt. Auch hier machte er sich erst mit den Örtlichkeiten und den Wänden vertraut. Es gibt immer eine Stelle, die ein wenig außerhalb der Beobachtung von Menschen und Kameras liegt, er musste sie nur finden. Er traf eine sorgfältige Auswahl von Zahnbürsten, Zahnpasta, er vergaß nicht einmal die Zahnseide und Zahnstocher. Es war so viel, was sie brauchten. Kleidung zum Beispiel, noch ein Tag, und er fürchtete, er würde stinken wie ein räudiger Otter. Aber alles geht nun mal nicht auf einmal. Karl hatte recht, das Nötigste musste her und eine Bleibe. Dann kämen andere Dinge. Auf jeden Fall nahm er zwei Packungen ‚Reinst aus der Tube' mit. Kann nicht schaden! Bei den Haarfärbemitteln beschränkte er sich auf Blond, Schwarz und Brünett. Dann stellte er die schwarze Farbe zurück. Schwarz gefärbte Haare sehen immer künstlich aus. Ein leichter Braunrot-Ton war besser. Oh ja, zwei Packungen mit je zehn Einmalrasierern, die hätte er fast vergessen. Und einen Spiegel zum Aufstellen, nicht zu groß. Nachdem er diese Gegenstände geschickt in die ausgewählte Wand gesteckt hatte, kaufte er eine Packung Kämme im Sonderangebot und eine Schere zum Haareschneiden.

Er wusste, dass sein Spitzbart ein auffälliges Merkmal war. Er holte den Rucksack und kehrte direkt zum Stadtpark zurück und suchte sich eine ruhige Stelle zwischen den Bäumen. Erst schnitt er die langen Barthaare mit der Schere ab, dann rasierte er sich das Kinn glatt. Am liebsten hätte er direkt seine Haare gekürzt, aber da wartete er lieber, um herauszufinden, ob einer seiner Freunde das besser konnte. Amüsiert stellte er fest, dass er jetzt, nach diesen wenigen Tagen an sie schon als seine Freunde dachte. Not schmiedet zusammen! Aber es war nicht nur die Notwendigkeit, er fühlte eine Verbundenheit. Als seien sie eine Einheit.

Er schaute auf die Uhr. Er hatte reichlich Zeit. Nachdem das Adrenalin des Einkaufens verpufft war, merkte er, wie Müdigkeit in ihm hochkroch. Kurzentschlossen fuhr er mit der Straßenbahn zum Hauptbahnhof und mietete sich ganz legal, er kicherte, ein Schließfach. Dort verstaute er seine Anschaffungen. Dann begab er sich schnellstmöglich zu ihrer Notunterkunft im U-Bahn-Tunnel. Er stellte seinen Smartphone-Wecker so, dass er ohne Hetze die Einkäufe holen und zum Steakhouse gehen konnte. Es dauerte nicht lange und er schlief ein, das Rattern der U-Bahnen aus den anderen Tunneln konnte ihn nicht davon abhalten.

Geld

Werner und Yvette lasen die WhatsApp-Nachricht von Niklas: „Beim Einkaufen etc. nicht jedes Mal durch die Wand, reinreichen ist genug."

„Was meint er mit reinreichen?", wollte Yvette wissen. Werner hatte es sofort verstanden: „Er meint, du musst nicht mit jedem Teil immer durch die Wand gehen. Du kannst die Teile, die du mitnehmen willst, in die Wand stecken. Das ist deutlich unauffälliger, weil du dann als ganz normaler Kunde den Laden verlassen kannst, ganz normal mit einer Kleinigkeit im Einkaufswagen."

Er fragte Niklas:

„Wird die Zweikilogrenze damit umgangen?", aber der hatte sein Handy bereits auf stumm gestellt.

„Wenn wir beide jetzt sechstausend Euro an Land ziehen, sollte das, mit dem, was wir bereits haben, für ein paar Tage ausreichen. Zum Schluss gehst du mit fünfhundert Euro an den Schalter und tauschst sie in irgendeine nichteuropäische Währung um. Falls sich dann jemand an dich erinnert, wir müssen ja wirklich höllisch aufpassen, ist das eine schöne falsche Fährte."

Yvette nickte. So ein Abenteuer, das war doch besser als zu Hause rumzusitzen und anzügliche E-Mails zu verschicken. „Findest du das nicht auch irre, bei aller Sorge, wie sich unser Leben geändert hat? Da ist richtig was los!" – „Hmmm, ganz ehrlich, ich säße lieber im Sessel und würde einen langweiligen Film oder eine Tierdoku gucken." Yvette schaute Werner zweifelnd an, war das ein Scherz oder meinte er das ernst? Er lenkte ab. „Welche Bank oder Sparkasse schlägst du vor?" – „Wie wär's mit der Filiale am Domplatz? Da können wir bei dem schönen Wetter zu Fuß hingehen, sind vielleicht dreißig Minuten."

Werner seufzte. „Ich bin in den letzten Tagen so viel zu Fuß gelaufen, wie seit Jahren nicht mehr. Aber gut. Kann mir nicht schaden." Sie schlenderten erst am Fluss entlang und nahmen dann die Einkaufsstraße zum Domplatz. Yvette blieb vor Kosmetikgeschäften und Boutiquen stehen und starrte sehnsüchtig auf die Auslagen. „Ich fürchte, Yvette, dein Äußeres musst du ein wenig schlichter gestalten. Du fällst auf!" – „Nee, das denke ich aber gar nicht. Schau dich doch um, ich bin voll der Trendtyp. Es wäre auffällig, wenn wir nur noch als graue Gestalten rumlaufen." – „Hmm, ich weiß nicht, wir sollten das in der Gruppe besprechen."

Sie umkreisten das Bankgebäude einmal. In der Etage über der Bank befand sich eine Bibliothek. Werner war der Ansicht, dass ein Einstieg von oben besser wäre. Für Yvette spielte das keine Rolle. Sie durchschritten die Bibliothek, Werner bemerkte, dass sein neuer Orientierungssinn auch unbekannte Gebäude erfasste. Wie eigenartig! Er äußerte seine Vermutung: „Ich kann die Wände im Keller quasi vor meinem inneren Auge sehen. Obwohl ich noch nie drin war! Das ist eine Fähigkeit, die für uns sehr nützlich ist." – „Cool, das macht doch vieles einfacher! Siehst du nur Wände und so oder auch Menschen?" – „Nur Wände. Menschen wären natürlich noch besser. Aber erst einmal freue ich mich über diese Möglichkeit."

So fanden sie heraus, dass sich hinter dem Regal mit römischer Geschichte ein Heizungsschacht befand, der bis in den Tresorraum reichte. Um Einbrüche zu verhindern, waren Quergitter eingebaut. „Kein Problem für uns, einfach Hände drehen, und wir sind dadurch!"

Während sie mit dem Kopf zuerst nach unten glitten, entdeckte Yvette die Kameras. „Ups, schau mal, eine Kamera, was machen wir?" – „Wir halten die Luft an, bis wir ganz dünn sind, und rutschen eng an der Wand entlang, das müsste gehen."

Im Tresorraum waren beide mittlerweile geübt: ein paar Fünfzig-Euroscheine hier, ein paar Zwanziger dort. Sie zählten in Ruhe. Als sie nach wenigen Minuten hörten, wie das Gitter vor dem Raum quietschte und zwei Schlüssel in die entsprechenden Schlüssellöcher gesteckt wurden, quetschten sie sich in die Wand. Es war so einfach! Als sie das Schließen der Tür und das erneute Drehen der Schlüssel hörten, erkundeten sie mit kleinen Papierröllchen die Lage.

Die Luft war rein! Yvette verteilte ihr Geld genau wie Werner in Hosen- und Jackentaschen. Nur fünfhundert Euro steckte sie ins Portemonnaie.

Mit Schulterrotation und Schwimmbewegungen allein konnten sie nicht nach oben zurückkehren, das hätten die Kameras gesehen.

Sie probierten, die Wand hochzukriechen, indem sie die Schwimmbewegungen an der Wand vollführten. Das funktionierte, sie kamen ungesehen nach oben, aber ihre Hosen und Jacken waren staubbedeckt, die Hände aufge-schürft. In der Bibliothek klopften sie sich ihre Kleidung sauber und halfen sich dabei gegenseitig. Yvette jaumerte über die Schürfwunden. „Das mache ich aber nicht noch-mal!" – „Wir müssen den Plan etwas ändern. Ich hole in einer Apotheke eine Heilsalbe und Pflaster, du wartest hier in der Bibliothek."

Nach etwa einer halben Stunde kam Werner zurück. Yvette saß auf einem Stuhl, ein Buch auf dem Schoß, und war eingeschlafen. Sie rieben sich die Hände ein, klebten Pflaster auf die schlimmsten Stellen und verließen die Bibliothek durch den normalen Eingang.

„Schaffst du das mit dem Umtauschen allein? Es ist besser, man sieht uns nicht zusammen." – „Klar, Null Pro-blemo."

Werner setzte sich vor dem Gebäude auf eine Bank, von der aus man den Dom sehen konnte. Yvette näherte sich dem Schalter. Ein netter junger Mann stand auf der anderen Seite. Was für eine Chance, hier einmal wieder himmlisch zu flirten! Aber nein, was für ein Käse, unauffällig sein war angesagt. Der Bankangestellte händigte ihr die gewünsch-ten Kuna aus. „Sie machen Urlaub in Kroatien?" Yvette strahlte ihn an. „Ja, mein erster Urlaub seit Jahren. Und die Strände da sollen noch ganz unberührt sein." – „Das kann ich bestätigen, ich war über Ostern zwei Wochen in Makarska. Einfach himmlisch! Wenn Sie noch nicht gebucht haben, kann ich das empfehlen." – „Danke, sehr nett!" Yvette steckte ihre etwa dreitausendsechshundert Kuna ein. „Haben Sie sich verletzt?", erkundigte sich der Schalterbeamte mitleidig. „Ja, beim Renovieren der Wohnung, wissen Sie, ich bin gerade umgezogen, da habe ich echt Mist gebaut. Kommt davon, wenn man glaubt, man kann alles allein machen!" – „Ach, ich kann mir nicht vorstellen, dass sie keine Freunde haben, die Ihnen helfen." Er machte eine Pause und sah sie an. Oh, eine solche Steilvorlage für einen Flirt, sollte sie doch? Sie seufzte innerlich. „Wenn ich aus Kroatien zurück bin, vielleicht helfen Sie mir dann?" Sie warf ihm einen koketten Blick zu und verließ die Bank. So sehr sie ihre neuen Freunde mochte, ein attraktiver Mann war weiß Gott nicht dabei. Sie ging an Werner vorbei und gab ihm einen Wink mit den Augen. Er verstand sofort und folgte ihr in angemessenem Abstand. So führte Yvette ihn zu einer Sparkasse. Sie trafen sich in einer schattigen Ecke.

„Ich würde gern wissen, ob die dreitausend Euro-Grenze für eine Geldquelle gilt oder für mehrere." – „Gut", Werner nickte, „das ist wichtig zu wissen".

Er sondierte das Gebäude, gab Yvette den Weg vor. Sie zählten das Geld ab, sie waren mittlerweile routiniert. Dreitausend Euro pro Person klappte nicht, die Wand war fest. Yvette war im Begriff aufzugeben, aber Werner wollte systematisch herausfinden, ob es eine neue Grenze gab. Und, siehe da, sie lag bei zweitausend pro Person. Yvette grinste breit: „Wetten in der nächsten Bank ist es eintausend?" Werner teilte ihre Ansicht.

„Aber danach, ist dann Schluss oder folgt es einer mathematischen Formel?" – „Geh mir weg mit Mathematik", quiekte Yvette. „Das ist der reine Horror für mich! Bei den Logarithmen und der Differentialrechnung ist endgültig Schluss bei mir."

Werner schaute sie prüfend an: „Hast du nicht gesagt, du hast einen Hauptschulabschluss?" Sie nickte. „Und ihr habt Differentialrechnung gelernt? Das ist aber ungewöhnlich." – „Stimmt. Dass ich die Begriffe überhaupt kenne, ist merkwürdig. Ob ich jetzt zum Mathegenie werde?" – „Wer weiß", Werner schmunzelte. „Wir können es nur auf uns zukommen lassen. Ich denke, wir haben genug gesammelt, um uns einen Kaffee zu leisten, was meinst du?" – „Unbedingt! Mir klebt der Gaumen an den Fußsohlen." Sie setzten sich in ein italienisches Eiscafé und bestellten zwei Kaffee. Sie waren vorsichtig und redeten ausschließlich über Belanglosigkeiten. Bis es Zeit war, sich auf den Weg zu machen.

Diabetesuntersuchung

Karl schaute in der Suchmaschine nach Diabetologen vor Ort, Erica führte die Telefonate. „Guten Tag, ich habe ein Problem. Mein Mann hat Symptome, die mich fürchten lassen, er ist einem diabetischen Schock nahe, ich kenne das von meiner Großmutter. Wir sind auf der Durchreise und haben morgen einen wichtigen Termin bei einer Konferenz in Bulgarien. Wir suchen daher dringend eine Praxis, in der Blutproben vor Ort schnell untersucht werden." Erica hatte bereits Blut in eine Spritze aufgezogen, Werner hatte sich einen Mittelscheitel gekämmt. Dafür reichten die Haare heute schon! Das veränderte sein Aussehen. Ob er sich einen Bart wachsen lassen sollte? Damit könnte er zum Che Guevara der Spamgeister werden. Die Vorstellung gefiel ihm.

„So, ich habe eine Praxis gefunden, Gott sei Dank. Die ist aber zu weit, um dorthin zu laufen. Sollen wir ein Taxi nehmen?" Werner nickte. Er hätte gern ein Taxi über das Telefon gerufen, aber wer weiß, wer den Anruf zurückverfolgen könnte. „Wir schauen mal nach einem Taxistand, hier in der Innenstadt muss einer sein. Wir können fragen." Sie fanden schnell ein Taxi, ein dunkelhaariger junger Mann fuhr den Wagen und fragte: „Das ist eine weite Strecke, das wissen Sie?" Karl nickte: „Ist uns klar. Wir würden uns auch freuen, wenn Sie dort auf uns warten." – „Nur bei Bezahlung im Voraus." – „Machen wir, wenn wir dort sind."

Karl gab eine Hausnummer an, die nicht der Praxis entsprach. Die Spuren sollten sich nicht mehren. Erica kam mit dem jungen Mann ins Gespräch. Seine Eltern waren vor zwanzig Jahren aus Jordanien nach Deutschland gekommen. Er verdiente sich seinen Unterhalt während des Studiums wie viele seiner Kommilitonen mit Taxifahrten. „Was studieren Sie denn, wenn ich fragen darf?" – „Marketing und Betriebswirtschaft". Erica sah ihn an. „Reicht das Taxifahren zum Leben?"

Der Fahrer schüttelte den Kopf. „Vor zwei oder drei Jahren war das noch super. Aber mittlerweile ist unser Unternehmen von so einem Konzern aufgekauft worden, da fahren wir am Rande des Mindestlohns. Manchmal liegen wir sogar drunter. Nachtschichten werden gar nicht mehr extra vergütet." Werner sah gelangweilt zum Fenster heraus, wie die Kaufhäuser an ihnen vorbeizogen. Es wechselte zu Bäumen und Einfamilienhäusern. Offenbar fuhren sie zu einer dieser teuren Privatpraxen in einem Luxusviertel außerhalb der Stadt.

„Von welchem Konzern wurden Sie denn aufgekauft?" – „Keine Ahnung, wie die heißen. Ich weiß nur, dass die auch Supermärkte haben und dort ebenso mies zahlen."

Erica fiel sofort die Bincanto-Unternehmensgruppe ein. Sie entwickelte allmählich einen richtigen Hass auf diese Ausbeuter.

„Wenn ich mal reich und einflussreich bin, werde ich denen Paroli bieten!" Der Fahrer lachte. Erica war das peinlich, sie hatte zu laut nachgedacht. In ihrer jetzigen Situation war es lächerlich, an Reichtum und Einfluss zu denken. „Geister-Erica for President", hahaha.

In der gewünschten Straße angekommen, drückten sie dem Fahrer zweihundert Euro in die Hand. „Das ist aber mehr als genug, selbst wenn ich drei Stunden warten muss und zurückfahre", äußerte dieser erstaunt. „Haben Sie keine Angst, ich fahre mit dem Geld davon?"

Werner lächelte: „Doch, das haben wir. Aber wer keinem Menschen vertraut, hat sein Leben auf Misstrauen aufgebaut."

Der Fahrer war verblüfft: „Ein deutsches Sprichwort, das ich noch nicht kenne!" Dann drehte er das Radio an, gab der Zentrale Bescheid, dass er nicht abkömmlich war, und lehnte sich bequem zu einem Nickerchen zurück.

Erica und Werner überquerten die Straße. Da der Fahrer die Augen geschlossen hatte, sah er nicht, dass sie drei Häuser die Straße hinuntergingen. Ein großes weißes Acrylschild am Haus mit der Nummer 17 zeigte an, dass sie den gewünschten Ort gefunden hatten. Erica pfiff durch die Zähne: „Edle alte Villa! Das wird 'ne gesalzene Rechnung."

Der Eingangsbereich war mit weißem Marmor ausgelegt. Die Rezeption war mit mehreren Flachbildschirmen ausgestattet. Erica überlegte, wie lange eine Putzhilfe polieren würde, damit der halbrunde thekenartike Bau seine weiß polierte Oberfläche so glänzend hielt. Sie ging auf eine der jungen Damen zu. Alle trugen blauweiß gestreifte Poloshirts und schienen einem Katalog für attraktive junge Frauen entnommen. „Ich habe vorhin für meinen Mann telefonisch einen Termin gemacht, Weiss ist mein Name." Die junge Rezeptionistin trug ein Namensschild mit „Isabel-Marie" auf der Brusttasche des Poloshirts. Sie musterte die beiden von oben bis unten. Wie konnten große Frauen sich nur kleinere Männer anlachen. Sie achtete immer darauf, dass ihre Freunde mindestens zehn Zentimeter größer waren. Highheels mussten noch drin sein. „Gehen Sie bitte in den dritten Stock, Zimmer 321, Dorothee wird Sie dorthin begleiten. Dort wird Ihrem Mann Blut entnommen. Dann dauert es eine halbe Stunde, dann wird einer der Ärzte die Ergebnisse mit Ihnen besprechen. Wenn Sie", dabei schaute sie Erica an, „in der Zwischenzeit warten möchten, im Wartezimmer gleich hier hinten mit der Nummer 027 stehen Getränke, Zeitungen und etwas zum Knabbern bereit."

„Ich möchte lieber bei meinem Mann bleiben." – „Wie Sie wünschen." Isabel-Marie drückte auf einen Knopf am PC und sprach in ein Mikrofon: „Dorothee, kommst du bitte und bringst die Herrschaften zu Zimmer 321?" Sie reichte Karl ein Formular. „Bitte tragen Sie hier Ihre Daten ein. Sie sind privat versichert?" Karl nickte. „Ja, aber ich möchte direkt bar zahlen, wenn das geht." Isabel-Marie zog unmerklich die Augenbrauen hoch. „Selbstverständlich, meine Kollegin wird die Rechnung fertig machen."

Karl füllte das Formular mit diversen falschen Angaben aus. Erica hatte ihm vorher eingebläut, welche Symptome er anzugeben hatte. Allen voran den Riesendurst, dazu Schwächegefühle und Kribbeln in den Gliedmaßen. Dieser eilige Besuch sollte plausibel sein. Sie gaben das Formular wieder ab. Dorothee kam, fuhr mit ihnen im Aufzug zur dritten Etage. Die Etagennummern wurden auf blauen LEDs angezeigt. Eine weibliche Stimme meldete das jeweilige Stockwerk. Sie wurden in Zimmer 321 geführt, das eingerichtet war, wie solche Räume eben ausstaffiert sind mit weißen Tischen, weißen Schränken, Ampullen und was sonst noch dazugehört. Karl flüsterte Erica zu: „Ich kann diese Frauen alle nicht unterscheiden, bin mal gespannt, ob die Schwester, die das Blut abnimmt, auch so wie aus der Form gegossen aussieht."

Als Schwester Fiona den Raum betrat, warf Karl Erica einen bedeutsamen Blick zu. „Alle aus einer Maschine gelaufen", hieß das. Fiona nahm das Blut fachmännisch ab. Bevor sie die Ampulle weitergeben konnte, bekam Erica einen Hustenanfall. Die Schwester kümmerte sich sofort um Erica, diese steigerte sich aber in einen Husten, der Bewusstlosigkeit befürchten ließ. Fiona griff zum Sprechgerät „Eine Ärztin bitte!" Karl, der neben dem Ampullenständer saß, bewahrte die Nerven. Er nahm die Ampulle mit seinem eigenen Blut und steckte sie in die Jackentasche, das Blut aus der mitgebrachten Spritze überführte er in eine der Ampullen und stellte sie in das Gestell. Ihm tropfte der

Angstschweiß von der Stirn. Sie hatten gehofft, wie üblich länger mit den abgenommenen Blutproben allein im Raum zu sein. Ein junger Arzt kam herein. Er warf Karl einen scharfen Blick zu. „Was machen Sie da mit den Ampullen?" – „Gar nichts, ich habe mir einfach mein Blut nochmal angeschaut. Kümmern Sie sich besser mal um meine Frau!"

Ericas schrecklicher Husten war mittlerweile abgeklungen. „Entschuldigen Sie bitte, Herr Doktor, aber ich muss mich irgendwie verschluckt haben, es geht schon besser!" In der Zwischenzeit hatte Fiona die volle Ampulle mit einem Aufkleber versehen und weggebracht. Der Arzt folgte ihr kopfschüttelnd.

Karl sah auf die Uhr, die Zeit lief weiter. Es dauerte insgesamt vierzig Minuten, bis Dorothee sie wieder abholte. „Ich bringe Sie jetzt zu Frau Dr. Großschmidt, sie wird Ihnen die Ergebnisse mitteilen."

Karl und Erica hatten Mühe, die Orientierung zu behalten. Sie wurden in den zweiten Stock gebracht, neben der Tür war ein Acrylschild mit der Aufschrift „Dr. Stimmacher" angebracht. Zimmer 212 war ein kleiner Raum, in dem ein Schreibtisch mit PC, zwei Stühle für Patienten und ein Stuhl hinter dem Schreibtisch standen. Dort saß eine Frau mittleren Alters.

Sie erhob sich und begrüßte die beiden: „Ich bin Dr. Großschmidt, mein Kollege ist heute nicht da. Bitte setzen Sie sich."

Sie nahm ein Blatt aus der Mappe vor ihr und sah sich die Werte an. Sie blickte Karl an, dann Erica. „Ihre Frau hatte Recht mit ihrem Verdacht. Allerdings sind ihre Symptome sehr ausgeprägt, das wundert mich. Aber die Werte lügen nicht." Karl sah sie erwartungsvoll an: „Also ist es nicht so, dass ich morgen sterbe?"

Dr. Großschmidt lachte. „Aber nicht doch. Es ist alles gar nicht so schlimm. Sie haben ganz offensichtlich einen Diabetes Typ II. Es ist ein bisschen früh für einen Altersdiabetes. Aber wenn Sie auf Ihre Ernährung achten", dabei warf sie Erica einen bedeutungsvollen Blick zu, „und regelmäßige eine moderate Dosis Metformin nehmen, ist das einfach in den Griff zu bekommen." – „Das kann nicht sein," entfuhr es Erica. „Ich bin sicher, mein Mann hat Diabetes I!"

Dr. Großschmidt zog die Augenbrauen hoch. „Wie kommen Sie darauf? Dann hätte er doch schon viel länger Symptome gehabt, außerdem wäre er bei einem unbehandelten Diabetes Typ I schon lange tot."

Erica kniff den Mund zusammen. „Ich meine ja nur ...".

Die Ärztin seufzte innerlich. Immer diese Frauen von Patienten, sie wussten alles besser. Nach außen hin lächelte sie geduldig. „Ich verstehe Ihre Sorge, aber wir können das an den Werten ablesen. Ihr Mann produziert Insulin, wenn auch zu langsam. Bei Diabetes Typ I, einer Autoimmunerkrankung, ist das nicht der Fall. Noch ein Tipp: Diabetes ist bislang unheilbar. Mit gesunder Ernährung, viel Bewegung und einer Gewichtsreduzierung kommt man als Diabetiker schon recht weit. Sie rauchen nicht? Prima. Es gibt auch gute Medikamente, ich gebe Ihnen ein Rezept mit. Sie sollten auch ihren Blutzucker regelmäßig kontrollieren. Die meisten Apotheken geben Ihnen ein Gerät umsonst, Sie brauchen dann nur die Streifen zu bezahlen. Ich schreibe Ihnen zwei Packungen Streifen mit auf das Rezept. Bis wir sicher, oder besser: bis Sie und Ihr Hausarzt sicher sein können, dass der Diabetes korrekt eingestellt ist, führen Sie am besten ein Blutzuckertagebuch."

Erica saß fassungslos auf ihrem Stuhl. Karl ergriff das Wort: „Vielen Dank Frau Dr. Großschmidt. Natürlich ist eine solche Diagnose nie schön, aber wir werden das meistern. Ich bin sehr froh, dass wir hier so schnell einen Termin bekommen haben, so kann ich mir das Rezept noch abholen, bevor wir am späten Abend nach Sofia fliegen. Ich danke Ihnen und Ihren Kollegen!"

Die Ärztin stand auf. „Das machen wir doch gern! Ich wünsche Ihnen einen guten Flug." Damit verließ sie den Raum. Erica öffnete den Mund, um etwas sagen, Karl schüttelte den Kopf und legte den Finger auf die Lippen. Er zog sie am Ärmel hoch. Dorothee kam zurück und brachte sie zur Rezeption. Die Rechnung lag schon bereit. Erica warf einen Blick darauf, bevor Karl seine Brieftasche zückte. Er legte fünfhundert Euro auf den Tisch. „Der Rest ist für die Kaffeekasse!", und zog Erica aus der Praxis. Er zischte ihr zu „Wir besprechen das nachher!" Sie nickte.

Das Taxi wartete. Karl gab als Zielort die Rebenstraße Nummer 25 an. Diese Straße verlief parallel zur Winzerstraße. Ihr wahres Ziel wollte er nicht preisgeben. „Nummer 25 gibt es nicht, meinen Sie 15?"

„Ja, genau, Entschuldigung, ich vertue mich da immer, weil wir selbst die Hausnummer 25 haben."

Der Taxifahrer nickte verständnisvoll. Er merkte schon, dass seine Fahrgäste auf der Rückfahrt nicht sehr gesprächig waren. Er schaute ab und an in den Rückspiegel. Wer weiß, was ihnen in der Zwischenzeit zugestoßen war.

Als sie an ihrem Ziel angekommen waren, wollte der Taxifahrer ihnen etwa fünfzig Euro Restgeld geben. Karl war spontan versucht zu sagen „Der Rest ist für Sie", weil er den jungen Mann sympathisch fand. Aber das war eindeutig zu auffällig. „Runden Sie auf den nächsten Zehner auf!" Der Fahrer lächelte erfreut und gab ihnen vierzig Euro. „Danke!", sprachs und weg war er.

„Ob das noch so weiter geht? Oder ist jetzt Schluss? Meine Augen haben sich nicht weiter verbessert, aber der Fortschritt beim Diabetes ist unglaublich. Der ist ja nicht einfach besser geworden, der ist zu einer ganz neuen Krankheit mutiert. Und danke noch mal für deine Hilfe", sie drückte Karl am Arm, „Du hast echt Nerven bewahrt, Wahnsinn."

„Habe ich gern gemacht. Komm, wir sind nur eine Viertelstunde zu früh, lass uns die Ersten im Steakhaus sein."

Laptop

Fred löste seine Aufgabe systematisch. In einem Internet-café verglich er verschiedene Laptop-Modelle hinsichtlich Leistung und Preis. Drei Geräte blieben übrig. Er hoffte, eines direkt kaufen zu können. Niklas Hinweis auf die Möglichkeit, in der Wand etwas zu verbergen, quittierte er mit einem „Super, danke!". Das war deutlich einfacher.

Er ging vier Straßen weiter, dort befand sich ein großer Elektroladen. Sie hatten zwei seiner drei Wunschmodelle auf Lager, besagte das Schildchen neben den Ausstellungsstücken. Vorsichtig begab er sich in das Warenlager. Vom gewünschten Modell zwei war der Vorrat riesig, er zog eins unten aus dem Stapel. Er sah sich um, ging zur Wand und blieb im Kameraschatten. Er nahm den Laptop aus dem Karton, steckte ihn in die Mauer und kehrte kopfschüttelnd mit der leeren Verpackung wieder durch das Lager zurück.

Falls ihn jemand sähe, würde er denken, Fred hätte sich geirrt. Auch wenn er natürlich nichts im Lager zu suchen hatte. Daher bemühte er sich trotz alledem, nicht sichtbar zu sein. Aber er konnte nicht sicher sein, dass er tatsächlich alle Kameras entdeckt hatte. Auf einem Stapel lachten ihm spezielle Laptop-Rucksäcke entgegen. Einer musste mit!

Regulär kaufte er eine Maus, ein paar Kabel, zwei Powerbänke und einen USB-Stick. Das sollte als Grundausrüstung reichen, WLAN gab es mittlerweile praktisch überall.

Er war glücklich, dass alles so schnell geklappt hatte. Nun hatte er noch ein paar Stunden Zeit. Was tun? Ihm kam in den Sinn, in die Notunterkunft zurückzukehren und ein wenig zu schlafen, aber irgendwie war das zu schade. Er betrat den öffentlichen Hotspot eines Telefonanbieters und lud den Akku seines Laptops auf. Gleichzeitig nutzte er seinen neuen Computer, um Pensionen und Hotels in der Nähe zu checken. Er erstellte eine kleine Liste, fünf Häuser kamen in Frage. Er durchsuchte das Internet mit zwei Suchmaschinen nach Spam, Spamgeistern, mittelstofflich und ‚durch Wände gehen‘, aber dabei kam nichts Vernünftiges heraus.

Sobald der Laptop vollgeladen war, lud er eine der Powerbänke. Für die zweite reichte es zeitlich nicht mehr, er musste los, um pünktlich in der Winzerstraße zu sein. Er war gespannt, was die anderen zu berichten hatten. Sein Job war auf jeden Fall kinderleicht gewesen.

Der Abend
Niklas kam zwei Minuten zu spät, worüber die anderen lästerten. Er gestand, nachmittags geschlafen zu haben und

dass der Wecker ihn aus tiefem Schlaf gerissen hatte. Da brauchte er eine Weile, um zu sich zu kommen. Er hatte die Zeit zu knapp kalkuliert. Das Steakhaus war fast leer. Die Mittagsgäste waren gegangen, die Abendgäste noch nicht eingetroffen. Zwei Kellnerinnen mit langen Schürzen standen gelangweilt an der Kasse und unterhielten sich.

Yvette seufzte, „Ich hoffe, dass trotz der Ruhe hier das Essen schnell kommt. Ich bin halb verhungert!" Erica wollte wissen, warum sie und Werner Pflaster an der Hand trugen. „Später, ich muss erst mal die Speisekarte lesen!" Erica war beruhigt, als sie sah, dass selbst ein Steakhouse in der Lage ist, vegetarische Gerichte anzubieten. Sie war seit ihrer Kindheit Vegetarierin und dankbar, dass die Zeiten sich da geändert hatten. Es gab jetzt zahlreiche leckere Angebote auch für Menschen, die den Fleischverzehr ablehnen.

Sie gaben ihre Bestellung auf. Yvette stürzte an die Salatbar, um sich einen Teller geschickt pyramidenartig zu füllen.

Karls Nervosität war nicht zu übersehen. „Wir müssen reden, aber ich fühle mich beobachtet." Die anderen versuchten, ihn zu beruhigen: „Woher soll denn jemand wissen, dass wir genau hierher gekommen sind? Dann müssten wir ständig belauscht werden. Heimlich hätten sie aber allenfalls Fred ein Mikrophon verpassen können. Wie hätte das sonst gehen sollen? Und wenn wir belauscht würden, dann hätten sie – wer immer das ist – schon lange zuschlagen können."

Karl war nicht beruhigt. „Ich sag euch, wir sind verdächtig. Sobald wir zu sechst sind, fallen wir doch auf. Wenn nicht direkt, dann ein oder zwei Tage später."

Niklas stimmte Karl teilweise zu. „Da ist schon was dran. Deswegen habe ich auch ein wenig vorgesorgt." Er klopfte auf seinen Rucksack. „Außer Lebensmitteln habe ich Mittel zum Haarefärben, eine Schere usw. gekauft. Wir unternehmen glücklicherweise sowieso alles eher in kleinen Gruppen oder allein. Andererseits brauche ich euch auch alle. So als moralische Stütze." Er lächelte ein wenig unsicher. Er wusste, dass die anderen ähnlich fühlten.

„Superidee mit der Haarverwandlung. Kann hier jemand Haare schneiden?", fragte Karl in die Runde.

„Ich kann's bei mir selbst, bei anderen weiß ich nicht. Aber ein Versuch wäre es wert, oder?" Yvette hatte kurzfristig die Gabel zur Seite gelegt. Keiner widersprach.

Fred legte die Liste mit Hotels auf den Tisch. „Ich denke, darum sollten wir uns als Nächstes kümmern, zumindest für heute Nacht. Ich muss duschen, sonst dreh ich durch!"

Alle berichteten in Stichworten und mit leiser Stimme, was sie erreicht oder gelernt hatten. Karl fasste zusammen. „Die Versorgung mit Essen und Geld kriegen wir ganz gut hin, solange wir uns in städtischen Bereichen aufhalten. Wir brauchen unbedingt eine Wohnung, das wird aber schwierig ohne Papiere. Erst einmal werden wir Hotels und Pensionen belegen müssen, möglicherweise auch getrennt. Und was ganz, ganz wichtig ist: ein fahrbarer Untersatz. Vom Geld her ist Taxifahren okay, aber Taxifahrer sind ideale Informationsquellen. Eventuell können wir es riskieren, ein Auto bei einem Gebrauchtwagenhändler zu kaufen, die wundern sich nicht über Barzahlung. Wir müssen da ja nicht zu sechst aufkreuzen. Ich habe noch keine Idee, wie wir das Auto dann anmelden. Es ist furchtbar, kaum fällt mir die Lösung für ein Problem ein, tauchen zehn neue

Komplikationen auf. Wenn wir unser Äußeres ab und an ändern, ist das schon mal eine Lösung. Ich selbst", dabei strich er sich mit der Hand über den Kopf, „werde in zwei Tagen so buschig aussehen, dass mich fast niemand erkennen wird von früher. Ich lasse mir auch einen Schnäuzer wachsen."

Das Essen kam, es herrschte Stille. Der Tag war für alle anstrengend gewesen. Erica berichtete von dem Arztbesuch und dem positiven Ergebnis. So gab jeder einen kleinen Abriss dessen, was er erreicht hatte. Karl sah sich immer wieder um. Fred ermahnte ihn, damit aufzuhören, sonst würden sie am Ende doch noch auffallen.

Karl nahm einen Zettel. „Ich schreibe ein paar Dinge auf, die wir unbedingt erledigen müssen. Die Liste gebe ich dann rum und bitte euch zu ergänzen, was euch einfällt. Auch wenn wir schon drüber gesprochen haben."

So sammelten sie diverse Punkte, die ungeordnet untereinanderstanden: Unterkunft finden; Auto kaufen, anmelden und umspritzen lassen; Haare schneiden und färben, eventuell Bärte und Haare wachsen lassen. Dazu kamen: neue Kleidung besorgen; für jeden einen Rucksack holen; alle zwei Wochen neue Handys bzw. neue SIM-Karten organisieren; haltbare Essensvorräte in der Notunterkunft platzieren.

Die Notunterkunft sollte alle drei Monate gewechselt werden. Weitere Aufgaben waren: Änderungen an den Fähigkeiten notieren, die anderen in Erlerntem schulen, neue Erinnerungen aufschreiben. Notsignale vereinbaren. Herausfinden, wer sie verfolgt und warum. Mehr über Geister lernen. Fred schlug vor, dass jeder die Liste mit dem Handy abfotografiert. Als sie mit dem Essen fertig waren, füllte sich das Lokal allmählich, es war Zeit zu gehen. Werner übernahm die Rechnung und gab ein reichliches Trinkgeld. „Mit Familie den Geburtstag zu feiern, ist einfach wunderbar", strahlte er. Der Geschäftsführer, der das mitgehört hatte, gab daraufhin eine Runde Likör aus. Der Gedanke dahinter war, dass sie als Familie unauffälliger waren.

„Wohin jetzt?" Fred schlug die Notunterkunft vor. „Um etwas für die Nacht zu finden, ist das am besten." Es war nicht ganz unkompliziert, denn sie mussten diverse Schächte und Tunnel passieren, aber nach einer halben Stunde waren sie angekommen.

„Sobald wir das Auto haben, sollten wir die Stadt wechseln." – „Sicher, Karl, aber das ist schon nicht so einfach. Die Stadt hier ist das Einzige, das mir vertraut ist so ohne Familie und Freunde." Erica sah traurig aus.

„Ich weiß," tröstete Karl sie. „Aber ich sehe das nur als vorübergehende Maßnahme. Ich mag diese Stadt sehr, ich möchte nicht auf Dauer von hier fort. Sobald wir unsere Verfolger gefunden und uns vielleicht mit ihnen geeinigte haben ...", Niklas zischte: „Optimist!" – „Ja, oder sie eliminiert oder unschädlich gemacht haben, wie auch immer, wenn wir auf irgendeine Weise sicher vor ihnen sind: Dann hoffe ich doch sehr, dass wir hierher zurückkehren können. Wenn wir nicht gesucht werden, könnten wir als Geister recht unauffällig leben. Ich würde auch gern arbeiten, also richtig, nicht nur so Krempel versenden. Aber nur an einer Stadt hängen und die Existenz riskieren, nee, danke, das ist mir zu viel nervliche Anspannung."

Keiner widersprach mehr. Werner machte den Vorschlag: „Lasst uns ein Hotel aussuchen, wir haben ja noch einiges vor". Sie einigten sich schnell auf das Adler-Hotel in der Schwalbengasse. Es war ein hässlicher großer Bau mit acht Etagen. Yvette und Niklas würden versuchen, als Frischverliebte eine Suite anzumieten. Werner, Fred, Erica und Karl kämen dann eine halbe Stunde später durch die Wände nach.

Sie hatten gelernt, Entscheidungen direkt umzusetzen. Als die vier Nachzügler ankamen, stand Niklas unter der Dusche und Yvette trocknete sich mit einem Frotteetuch die Haare. Erica rief aus: „Mich packt der Neid! Ich bin die Nächste!". Alle wollten erst einmal duschen. Auch wenn es nicht sonderlich erquicklich war, gebrauchte Kleidung erneut anzuziehen, war es besser, als ungewaschen zu sein.

Während Erica duschte, verpasste Yvette Niklas einen Kurzhaarschnitt. „Steht dir eh viel besser", lachte sie. „Ohne deine Wellen und jetzt mit dem Dreitagebart siehst du schon deutlich anders aus, ich denke nicht, dass ich dir die Haare färben sollte." Sie schaute fragend zu Karl. „Nee, da hast du Recht. Färben bedingt auch Nachfärben!"

Erica kam sichtlich guter Stimmung in einem Hotelbademantel aus der Dusche. Die Haare hingen nass am Kopf. „Ich habe versucht, mir so einen schicken Turban um die Haare zu legen, wie das in Filmen immer gezeigt wird. Ich kann's nicht." – „Welche Haarfarbe hast du von Natur aus?" – „Brünett." – „Gut, dann bekommst du das jetzt wieder drüber als Farbe. Dann kannst du das neue Brünett unauffällig rauswachsen lassen, das sollte für eine Weile reichen. Entweder schneide ich dir die Haare kurz oder du musst anfangen, sie hinten zusammenzubinden." Erica überlegte kurz. „Lieber zusammenbinden. Ich sehe fast aus wie ein Mann, wenn die Haare zu kurz sind." – „Okay, guter Hinweis. Das können wir bei Gelegenheit mal nutzen! Ich werde dir aber einen Pony schneiden" Yvette kämmte die nassen Haare, schnitt vorne etwas ab. Sie trug die Farbe auf und band ein Handtuch um Ericas Kopf. „Zwanzig Minuten drin lassen!" Niklas schlug vor, dass die Brillenträger mal über Kontaktlinsen nachdenken sollten. „Ich werde mir eine Brille aus dem Schaufenster eines Optikerladens holen, da ist nur Glas drin. Das verändert!"

Werner war ein wenig betrübt, weil sein voller weißer Schopf dran glauben musste. Yvette rasierte alles ab. „Keine Sorge, Werner, das wächst doch bei Bedarf nach! Aber immer noch besser als färben, gefärbte weiße Haare sehen furchtbar aus." Werner seufzte, sie hatte ja Recht. Aber seine Haare waren sein ganzer Stolz gewesen und hatten ihn damit versöhnt, dass er nur 161 Zentimeter groß war. Fred tröstete ihn: „Kannst dir doch auch einen schicken Schnäuzer wachsen lassen, der gibt auch was her!"

„Karl, dir blondiere ich die Haare. Die sind fesch nachgewachsen und wir brauchen einen blonden Mann." Karl wehrte sich: „Ich bin mit den nachgewachsenen Haaren verändert genug, dazu kann ich mir noch lange Koteletten an den Seiten stehen lassen." Yvette zuckte die Schultern: „Vermutlich hast du recht. Wir versuchen es."

„So, Fred, nun zu dir. Deinen Pony kannst du knicken, stattdessen empfehle ich dir einen Seitenscheitel. Ich färbe deine dunkelblonden Haare braun und blondiere dann die Spitzen." – „Bin ich ein Modegockel? Das ist doch scheußlich. Für so ne Frisur bin ich viel zu alt." – „Quatsch, du bist doch noch keine vierzig und ..." – „Ich bin zweiundvierzig!" – „Egal, du siehst viel jünger aus. Wir müssen auch als Gruppe deutlich verändert sein. Also ran." Fred sah die anderen an, sie nickten ihm ermunternd zu. „Hast du ein Tattoo?" – „Um Gottes willen, was soll ich damit?" – „Dann sollten wir morgen ein paar zum Aufkleben besorgen. Das lenkt auch ab." Fred seufzte. Solange es sich wieder ablösen ließ ... „So, jetzt noch ich selbst, lasst euch überraschen". Mit diesen Worten verschwand Yvette im Badezimmer.

Als sie nach dreißig Minuten zurückkam, sah sie aus wie eine neue Frau. Die Haare mit einem peppigen Stufenschnitt, der Pony reicht seitlich weit über das eine Auge, hinten zog eine Spitze bis in den Nacken, und das in Weißblond. Sie schaute in die Runde. „Ihr seht sowas von verändert aus, kaum zu glauben." Niklas antwortete prompt: „Du bist eine völlig neue Frau. Superschick, alle werden dir hinterherlaufen." – „Ich hoffe nicht!", entgegnete sie schlagfertig. Karl sprach aus, was alle dachten: „Du hast deine Sache großartig gemacht, man könnte meinen, du hättest jahrelang einen Friseursalon geleitet." – „Ganz ehrlich, ich bin selbst überrascht. Ich habe meine Haare besser hinbekommen als je zuvor und als ich gehofft hatte. Offenbar ein Geistertalent."

Werner gähnte, „Ich bin echt mal wieder groggy, wie ist die Schlafverteilung?" Karl schlug vor, dass die Frauen heute mal das Doppelbett okkupieren durften, für Werner war das Schlafsofa vorgesehen, die anderen machten es sich mit einer Decke im sogenannten Wohnraum auf dem Boden bequem.

Niklas schlug vor, den Wecker so früh zu stellen, dass sie vor Öffnen der Geschäfte neue Kleidung holen könnten. „Das wird ja auch wieder dauern, wir müssen die Geschäfte wechseln und so." Alle waren einverstanden. Nur Fred murrte: „Bin eigentlich eher Langschläfer, aber ich sehe die Notwendigkeit ein." Er blieb noch etwas auf und erforschte das Darknet. Rasch hatte er herausgefunden, wie man in das Darknet gelangt, man braucht vor allem einen Tor Browser, Tor als Abkürzung für The Onion Router. Es gab viele kritische Artikel und den Hinweis, dass man zwar nicht sehen kann, was jemand im Darknet besucht, wohl aber die Tatsache, dass er dort surft. Deshalb blieb er vorsichtig. Er hatte über falsche Papier und Dokumente nachgedacht. Wo sonst könnten sie die bekommen? Andererseits: Wer sagte ihm, dass die Gegner sich nicht auch dort tummelten und nur darauf warteten, dass einer aus der Gruppe sich im Darknet einloggte? Er war sich nicht sicher, anonymisierte aber auf jeden Fall erst einmal den Browser. Er gähnte mehrmals. Alle schliefen bereits. Er schaute auf die Uhr. Ihm blieben drei Stunden Schlaf, das reichte nicht aus, aber diese Recherchen waren wichtig.

Tag 7
Vormittag

Niklas und Yvette betraten Hand in Hand den Frühstücksraum. Sie waren die Ersten. Das Frühstücksbüffet lächelte ihnen üppig entgegen. Sie schauten sich verliebt an und setzten sich an einen Fenstertisch mit Blick auf die Schwalbengasse. Yvette hatte ihre große Handtasche dabei, die sie von innen mit einer Plastiktüte ausgelegt hatte. Wie immer handelten sie wohlüberlegt. Sie bestellten Kaffee, alles andere war auf dem Büffet aufgebaut. Yvette, bei der Aufregung den Appetit anrege, stürzte sich sofort auf das Rührei. Sie nahm vier Scheiben Toast, zwei Brötchen, drei Scheiben Grau- und vier Scheiben Schwarzbrot, und dazwischen türmte sie sich Aufschnitt auf den Teller. Die Kellnerinnen schauten sich verstohlen an. Die Frau war keine schlanke Gerte, aber dass sie solche Unmengen essen konnte, schon erstaunlich. Beneidenswert. Als eine Kellnerin den Kaffee brachte, fragte sie Niklas, ob die beiden gut geschlafen hätten. „Fantastisch, die Suite ist wirklich empfehlenswert." Da die Kellnerinnen beim Frühstück nur morgens Dienst haben, fiel ihnen die optische Verwandlung der beiden nicht auf.

Es kamen die ersten anderen Gäste, Geschäftsreisende, die es morgens eilig hatten. Niklas nutzte die Gelegenheit, sich ebenfalls den Teller zu füllen. Da er bemerkt hatte, dass die Kellnerinnen seine Begleiterin beobachtet hatten, war er vorsichtiger. „Ein Vielfraß in einer Familie reicht", erklärte er das später. Er nahm Brötchen, gekochte Eier und zwei Äpfel, Wurst, Käse und Schinken und ein paar kleine Marmeladengläschen. Keiner konnte ahnen, dass sie davon etwas einpackten. Niklas griff von unten durch den Tisch und durch den Teller und zupfte Brötchen, Eier und Aufschnitt nach unten, wo Yvette ihre Handtasche geöffnet bereithielt.

„Wir waren superüberzeugend als Frischverliebte", berichtete Yvette und nahm das entwendete Frühstück aus ihrer Handtasche. Erica und Fred packten, während sie aßen, ihre Siebensachen zusammen. Das Pärchen verließ die Suite als letzte, sie zahlten an der Rezeption. „Schatz, gib mir mal die Kreditkarte." – „Hast du mir nicht zugehört? Ich habe keine mitgenommen, weil du doch die EC-Karte dabeihast." – „Nein, habe ich nicht, nicht dran gedacht." – „Wie doof ist das denn? Na gut, dann müssen wir halt bar zahlen."

Yvette lächelte die Frau an der Rezeption an. „Sie nehmen doch noch das gute alte Bargeld?" – „Selbstverständlich!"

Am vereinbarten Treffpunkt warteten sie auf die anderen. „Das ist schon blöde, immer das Bargeld mit rumzuschleppen. Auch nicht ganz ungefährlich. Vielleicht sollten wir uns Depots suchen?" Yvette sehnte sich nach einem Kaugummi. „Ja, das sollten wir vorschlagen. Wenn die Geldscheine wasserfest eingepackt sind, können wir uns Bäume aussuchen, Werner ist mal durch einen Baum gegangen. Er hat nichts gesehen, aber es hat gut gerochen."

Die anderen kamen rasch. „Heute müssen wir zügig handeln," sagte Karl besorgt. „Ich werde zusehends nervöser. Und der Grund ist nicht, dass ich schwache Nerven habe. Ich habe so ein Gespür für brenzlige Situationen bekommen. Zuerst also Kleidung. Unterwäsche für eine Woche, sonst bitte nur etwas zum Wechseln einen über den anderen Tag. Dank des Tubenreinigers, an den Niklas gedacht hat, stinken wir heute wenigstens nicht drei Meilen gegen den Wind." Erica zog die Mundwinkel runter: „Ja, sauberer bin ich, aber das T-Shirt ist nicht ganz trocken, noch klamm."

Sie machten einen Zug durch die Kaufhäuser der Stadt, in anderthalb Stunden waren sie fertig. Fred hatte sich bereit erklärt, alles Eingekaufte zur Notunterkunft zu bringen, bis sie ein Auto zur Verfügung hatten. „Schade, dass wir keinen Transporter kaufen können oder einen Kombi, das würde zu leicht auf sechs Leute zurückzuführen sein."

Yvette widersprach: „Ich finde diese ganze Vorsicht übertrieben. Meine Güte, wenn einer von uns einen Transporter kauft, was ist daran auffällig? Ein Kombi noch weniger. Zur Not stecke ich mir ein Kissen unter die Bluse und mache mit Niklas auf junges Ehepaar und Schwangerschaft. Da sollte ein Kombi doch unauffällig sein."

Karl atmete sichtlich auf. „Ja, das ist eine prima Idee, danke dir. Wir klatschen dann später noch einen dieser dämlichen Namensaufkleber auf die Heckscheibe, ‚Marc fährt mit' oder so." Er sah sich um, er sog die Luft durch die Nase ein. „Leute, Ihr könnt mich für bekloppt erklären, aber wir müssen weg hier. Lasst uns ein Auto kaufen. Zur Not müssen wir irgendwo ein Nummernschild klauen. Und dann raus aus dieser Stadt für eine Weile, der Boden brennt mir unter den Füßen."

Yvette huschte in den Billigmarkt und kam mit schwangerem Bauch zurück. Mit der Jacke darüber war das überzeugend. Sie suchten sich aus der Tageszeitung einen Händler aus, der nur Gebrauchtwagen verkaufte. Keiner von ihnen verstand etwas von Motoren, es war ein Kauf auf gut Glück. Die U-Bahn-Anbindung war gut, sie fuhren in drei Gruppen: Fred allein, Yvette mit Karl und Niklas und Erica mit Werner. Fred und Karl gingen als Erste über den Platz und ließen sich wegen eines Kleinwagens beraten. Sie berichteten: „Da sind mehrere Kombis, die in Frage kommen. Da läuft nur ein Typ rum, der ist ziemlich schmierig. Ich könnte mir vorstellen, der verkauft euch das Auto auch ohne Ausweis. Wir müssen es riskieren." – „Ich nehme besser Fred mit, in der Kombination sind wir noch nirgendwo aufgekreuzt. Sicher ist sicher." Karl nickte erleichtert. Die anderen nahmen seine Sorge ernst und handelten verantwortungsvoll, brachten Ideen ein. Nachdem er ein paar Stunden komplett hoffnungslos gewesen war, schöpfte er wieder Mut. Er fand es andererseits merkwürdig. Warum hatte er solche Angst? Okay, sie waren einmal verfolgt worden. Aber seine Befürchtungen waren nahezu gespenstisch. War der KGB in einem westlichen Land wirklich so übermächtig, dass sie so extrem vorsichtig sein mussten? „Ich habe mich ständig gefragt, warum der KGB uns sucht. Ich denke, ich habe die Antwort." – „Und die wäre?", fragte Werner. „Sie haben Wind bekommen von unserer Vergeisterung, wie ich es mal nennen möchte. Stell dir vor, ihre Agenten könnten durch Wände gehen! Entweder wollen sie versuchen, uns umzudrehen, also auf ihre Seite zu bringen, oder ..." Er sprach den Satz nicht zu Ende. Die anderen sahen sich an, was meinte er? Niklas hakte nach: „Oder was?" Karl sah ihn an, mit einem Blick von weit, weit her, der Niklas erschauern ließ. „Sie werden sehen wollen, was in unseren Gehirnen anders ist."

Yvette brach das beklommene Schweigen. „Umso wichtiger, egal, wer dahintersteht und was sie vorhaben, dass wir ein Auto bekommen." Sie zupfte Fred am Ärmel, hakte sich bei ihm ein und die beiden betraten das Gelände.

Es dauerte eine Ewigkeit, bis sie mit einem dunkelroten Kombi zum Ausgang gefahren kamen. Die hinteren Seitenfenster und die Heckscheibe waren ebenfalls rot lackiert, die Rücksitze waren daher von außen nicht zu sehen.

„Der Typ hat unser Unwissen garantiert ausgenutzt, obwohl ich ihn ununterbrochen mit meinem verführerischsten Lächeln angeflirtet habe. Aber Schwangerschaftsbauch macht wohl unsexy. Der Preis ist garantiert zu hoch, wir haben noch etwas herunterhandeln können, weil der Wagen hinten zugekleistert ist, er hat wohl vorher einem Handwerker gehört. Als Fred und ich den Wagen entdeckt haben, wären wir vor Begeisterung fast in die Luft gesprungen, aber das durfte der Typ nicht merken. Zum Schluss hat Fred noch mächtig Druck mit der Zeit gemacht, weil wir doch unbedingt noch bis um zwei Uhr zum Straßenverkehrsamt wollen. Da hat er gegen einen kleinen Aufpreis wirklich die Papiere rausgerückt." Fred lachte: „Ich glaube ja, wir sind die einzig normalen Leute, die bei dem je ein Auto gekauft haben. Das riecht dort nach Hehlerei und Diebstahl."

Karl schaute hinein. „Bisschen eng für vier Leute auf dem Rücksitz, aber es wird schon gehen. Wir brauchen dringend neues Geld, das holen Werner und Niklas, während wir den Wagen beladen, und dann fahren wir raus. Meine Nackenhaare stehen schon seit einer halben Stunde steif ab wie die Stacheln eines Igels. Es braut sich was zusammen, und das ist nicht gut, überhaupt nicht gut. Wenn wir irgendwo in Ruhe sind, kümmern wir uns um Papiere, ein neues Nummernschild und eine neue Farbe."

Karl hatte sie alle mit seiner Sorge angesteckt. Sie waren in wenigen Tagen zu einem Team zusammengewachsen, das sich teils ohne Worte verstand und Hand in Hand arbeitete. Der Wagen war vollbepackt, als die ‚Geldboten' mit sechstausend Euro zurückkamen. „Lasst uns losfahren, unterwegs können wir nochmal Geld nachtanken."

Niklas setzte sich hinters Steuer. „Erica, setz dich neben mich, damit du wieder ein bisschen Gefühl fürs Autofahren bekommst. Morgen, wenn es geht, kannst du vielleicht mal unbeobachtet üben." Sie nahmen Platz, Werner, Karl, Fred und Yvette saßen recht gequetscht nebeneinander. Niklas dreht sich um: „Wo soll's denn hingehen?" Karl überlegte kurz. „Nach Norden. Jeder wird vermuten, dass wir uns in den Süden absetzen, frag mich nicht warum. Hau rein." – „Hau rein ist gut! Ich werde mich auf jeden Fall an alle Vorschriften halten, keine Lust, am Ortsrand wegen einer Geschwindigkeitsübertretung festgehalten zu werden."

Die Stimmung war angespannt. Sie wechselten von der Autobahn auf Bundesstraßen und wieder zurück. Es lagen noch etliche Stunden Fahrt vor ihnen und Niklas brauchte Pausen.

Arbeitstreffen

Mandy hatte morgens einen Anruf von Romina bekommen, sie möge doch bitte um 14 Uhr in ihr Büro kommen. Ihre Sektionschefin klang förmlich. Für den Jahresbonus war es drei Monate zu früh. Sie ging in Gedanken ihre letzten Fälle durch. Bis auf das eine Team hatten alle unterschrieben. Bei fünfzehn Teams, die sie in den vergangenen zwei Wochen bearbeitet hatte, war das ein überdurchschnittliches Ergebnis. Es kam eben vor, dass Teams eine Weile überzeugt waren, sie könnten sich gegen das Unternehmen und seine Wünsche stellen.

Sie hatte selbst schon überlegt, was sie tun würde, wenn sie ein Geist wäre. Flugs unterschreiben, damit sie diesen Fluch schnell loswürde. Sie hatte bei der letzten Abteilungssitzung vorgeschlagen, dass man den Teams gleichzeitig mit der Eröffnung, dass sie Spamgeister sind, die Lösung verraten sollte: „Meine Damen und Herren, Sie setzen Ihre Unterschrift auf dieses Papier und können auf demselben Level weiterleben wie zuvor." Sie war sicher, dann würden noch weniger Teams durch das Raster fallen. Ein Sonderbonus stünde ihr aufgrund der Statistik der letzten beiden Jahre ihrer Meinung nach durchaus zu, aber ihr war bewusst, dass das Unternehmen den Mitarbeitern im Innendienst selten Sonderboni zahlte.

Sie schaute in den Spiegel. War etwas an ihrer Kleidung zu bemäkeln? Sie wusste, dass sie sich legerer kleidete als noch vor wenigen Tagen. Der Rock war zwar wie gewohnt schmal geschnitten, kniebedeckend und schwarz, aber an der linken Seite ließ ein dreißig Zentimeter langer Schlitz Bein sehen. Die weiße Grundfarbe ihrer Blusen war einem hellen Cremeton oder fahlen Rosa gewichen, der Kragen war locker und der Ausschnitt tiefer. Nichts aber an ihrer Kleidung war in irgendeiner Weise unanständig oder zu salopp. Kolleginnen trugen durchaus gewagtere Kleidungsstücke. Niemals wäre Mandy in einer Slim-fit-Jeans zur Arbeit gekommen, möglichst noch mit einem Shirt mit Spaghettiträgern, das fand sie ihrer Position nicht angemessen. Romina selbst trug viel mehr Farbe. Also das konnte es doch nicht sein! Sie bemühte sich, nicht weiter darüber nachzudenken, warum sie diese Lockerung vorgenommen hatte. Die vage Umschreibung ‚Man weiß ja nie, wen man so am Tag trifft‘ reichte ihr als Erklärung aus. Sie wusste nicht, was auf sie zukam. Und das war etwas, das Mandy gar nicht schätzte. Pünktlich um 14:00 Uhr klopfte sie an die Tür von Romina. Was immer ihr bevorstünde, sie war dankbar, dass sie nicht zu Madson gerufen worden war. Er war der Einzige, der ihre leicht veränderte Kleidung bemerkt und dementsprechend schlüpfrig kommentiert hatte.

„Herein", hörte sie und öffnete die Tür. Neben Romina saß ein Fremder. Sie schätzte den Mann auf Mitte fünfzig. Die kalten blauen Augen fielen ihr als Erstes auf. Auch wenn sie überzeugt war, dass ein kühles Auftreten im Geschäftsleben angebracht ist, gab es für sie Graduierungen. Seine Größe konnte sie im Sitzen nicht erkennen. Sein dunkelblauer Anzug roch förmlich nach Geschmack und

Geld. Er lächelte sie an, aber er schickte mit seinem Lächeln keine Freundlichkeit auf den Weg.

„Guten Tag, Mandy. Darf ich Ihnen Dr. Eduard vorstellen? Er ist Leiter der Revisionsabteilung, die, wie Sie sicher wissen, direkt dem Vorstand unterstellt ist." Mandy schaute Eduard an, er nickte, erneut mit einem kalten Lächeln. „Guten Tag, Frau Kurz, sehr erfreut". Seine Stimme hatte einen metallisch-militärischen Klang. Sie lächelte genauso kühl zurück. Er reichte ihr nicht die Hand. „Setzen Sie sich, Mandy", fuhr Romina fort.

Mandy konzentrierte sich auf ihre Sektionschefin. „Was kann ich für Sie tun?" – „Frau Kurz, Sie erinnern sich an das Team in der vorigen Woche, das nicht unterschrieben hat?" Mandy nickte. – „Welche Fortschritte haben Sie dabei gemacht, Feist, Strauch, Gerke, Ostermann, Kesselmann und Hoffmann zu finden?"

Mandy überlegte kurz. „Ich habe eine Handy-Ortung veranlasst, bisher aber noch keine Rückmeldung erhalten. Ich habe keine Ahnung, warum sie alle die Handys abgeschaltet haben. Vielleicht", so mutmaßte sie, „ist der Metalldetektor unten am Gebäude zu stark für einfache Handys?"

Romina und Eduard schauten sich an. „Frau Kurz, Sie sollten doch wohl wissen, dass es technisch unmöglich ist, dass der Metalldetektor mehr als kurzfristige Störungen verursacht." Eduards Stimme war schneidend und vorwurfsvoll. Mandy spürte, wie ihr warm wurde. Noch nie war sie während der ganzen Zeit, die sie in diesem Unternehmen arbeitete, getadelt worden.

„Es sollte nur ein Beispiel sein." Ihr war klar, dass ihre Erklärung schwächelte.

Romina nahm einige Papiere aus einer dünnen Mappe und drehte ihren Bildschirm so, dass Mandy auf ihn blicken konnte. „Es ist überhaupt nicht ausreichend, was Sie hier unternommen haben. Ich darf Ihnen kurz anreißen, was die Revisionsabteilung, die diesen Fall nicht so auf die leichte Schulter genommen hat wie Sie, herausgefunden hat."

Mandy stiegen vor Zorn Tränen in die Augen. In welchem Ton sprach diese Frau mit ihr, die noch vor wenigen Wochen ihre exzellenten Leistungen hervorgehoben hatte? Ja, sie konnte nicht ausschließen, dass sie den gleichzeitigen Ausfall von sechs Handys zu lasch hingenommen hatte, aber hätte da nicht ein Hinweis gereicht? Stattdessen hetzte man ihr die berüchtigte Revisionsabteilung auf den Hals.

„Die Handys wurden offensichtlich innerhalb eines sehr kurzen Zeitraums ‚abgeschaltet'. Da sie seit diesem Tag nie wieder geortet wurden, gehen wir davon aus, dass sie vernichtet sind. Wissen Sie, was das heißt?"

Mandy nickte. Eduard meinte unwirsch: „Dann sagen Sie es uns!"

Mandy schluckte. Was ging hier vor? „Dass vermutlich die sechs Teammitglieder so eine Art Gemeinsamkeit geschaffen haben."

Eduards Stimme steigerte sich in der Lautstärke: „Sagen Sie mal, sind wie hier in der Puppenstube? Wissen Sie nicht, was das heißt, wenn sich hier Leute gegen das Unternehmen zusammenrotten? Wie lange arbeiten Sie eigentlich bei uns? Und wie lange wollen Sie hier noch arbeiten? Bisher war mir berichtet worden, dass Sie Ihren Job hier sehr, sehr ernst nehmen und sich Ihrer Verantwortung bewusst sind, recht gute Leistungen bringen. Ihre Einstellung lässt mich aber daran zweifeln."

Mandy wurde wütend. ‚Recht gute Leistungen‘, was für eine Unverschämtheit. Aber sie hielt sich zurück.

Romina fasste zusammen. Sie ließ weder ihrer Haltung noch ihrer Stimme entnehmen, ob sie Mitgefühl für ihre Mitarbeiterin habe:

„Die vier Männer und die beiden Frauen haben offenbar beschlossen, sich vom Unternehmen zu trennen. Es ist uns bisher nicht gelungen, sie wieder aufzuspüren. Das verdanken wir Ihrer schlampigen Arbeit. Wir verfügen natürlich auch noch über andere Vorsichts- und Kontrollmaßnahmen. Kein Team hat bisher seinen lächerlichen Widerstand länger als zwei Tage durchgehalten. Kein Mitglied dieses Problemteams ist auch nur irgendwo leicht über dem Durchschnitt. Von einem nennenswerten Organisationstalent oder anderen auffälligen Begabungen sprechen wir schon gar nicht. So lese ich es in Ihrem Einschätzungsbericht bei Einstellung der Truppe. Möchten Sie etwas zu sagen?“

„Ja, allerdings. Ich habe die Einschätzung mithilfe der Formulare, Rollenspiele und Eignungstests vorgenommen, die von unserem Unternehmen vorgegeben sind. Die Ergebnisse waren eindeutig. Das Team lag sogar noch unter dem Durchschnitt bei der Eigenschaft Teambildungsfähigkeit. Ich bin mir keiner Schuld bewusst.“

Eduard ballte seine Hände zusammen. „Mäßigen Sie sich bitte bei Ihrer Selbsteinschätzung! Das steht Ihnen nicht zu.“

Seine Stimme hatte weiter an Volumen zugenommen.

Romina sprach ohne den Anflug eines Lächelns: „Ich würde Sie auch bitten, solche Beurteilungen Ihrer eigenen Verantwortung zu unterlassen. Das ist nicht Ihre Sache.“

Mandy begann sich allmählich zu fragen, warum sie bisher so gern hier gearbeitet hatte. Der Job hatte bis heute ihrem kühlen rationalen Lebensethos entsprochen. Jetzt wurde sie abgekanzelt wie eine Erstklässlerin.

Romina fuhr fort: „Wir haben nur wenige Informationsschnipsel. Da wir wissen, dass Frau Feist Diabetikerin ist, haben wir herausfinden können, wer ihr Diabetologe ist. Der Mann ist zugänglich und hat uns mitgeteilt, dass Frau Feist dringend Insulin benötigt und außerdem nächste Woche einen Termin bei ihm hat. Wir haben darauf in den Apotheken vor Ort Nachforschungen eingeleitet. Bisher gibt es keine auffälligen Reduzierungen der Insulinbestände. Wir haben begonnen, die Apotheken zu bitten, nicht nur auf fehlende ganze Packungen zu schauen, sondern auch angebrochene Packungen zu überprüfen. Erste Ergebnisse erwarten wir für morgen.

Die Zahl der Diebstähle in den letzten Tagen ist nicht merklich gestiegen, wir haben uns auf Supermärkte und Discounter konzentriert. Das heißt, wir müssen annehmen, dass dieses Team außerordentlich begabt darin ist, seine Spuren zu verwischen. Wenn auch nicht so begabt, dass sie ganz vor unseren Augen verborgen bleiben." Romina lächelte selbstgefällig.

„Unsere Erfahrung mit Geistern ist mäßig, da bisher, wie gesagt, alle Teams sehr viel früher eingeknickt sind bzw. von den entsprechenden Arbeitsvermittlern aufgefunden wurden. Wir wissen, dass sie vertikale Wände durchdringen können, von Decken und Fußböden haben wir das noch nicht gehört. Viele wurden dabei gefasst, wie sie Delikatessenabteilungen oder Bankschalter leeren wollten. Ich habe diese Gruppe ‚Team Feist' getauft. Wir vermuten, dass

Frau Feist aufgrund ihres Diabetes als einzige über genug Organisationstalent verfügt, das Team zu leiten. Denn das Team hinterlässt, wie schon erwähnt, kaum Spuren. Wir suchen nach sechs Personen, wir haben Fotos. Daher wissen wir, dass sie gelegentlich in Restaurants eingekehrt sind. Eine der letzten Spuren führt ins Hotel Adler, Sie kennen das, in der Schwalbenstraße?"

Mandy nickte. Sie kochte, weil Romina es anscheinend nicht lassen konnte, sich immer wieder über ihre angebliche Unfähigkeit zu mokieren.

„Dort gab es eine Auffälligkeit. Ein junges Paar, das wir anhand von Fotos als Ostermann und Strauch identifizieren konnten, hat dort eingecheckt und für eine Nacht eine Suite gemietet. Das Zimmer wurde von zwei anderen Herrschaften, ich nenne sie Herr X und Frau Y, am nächsten Morgen bar bezahlt. Dieses andere Paar hat am nächsten Morgen auf der Zimmernummer von Ostermann und Strauch gefrühstückt. Weder die Dame, die die Barzahlung entgegengenommen hat, noch die Kellnerinnen am Frühstücksbüffet haben X und Y als Ostermann und Strauch auf den Fotos identifizieren können. Ihnen fiel nur auf, dass die beiden unmäßig viel gegessen haben. Wie sie das Essen in die Suite geschafft haben? Wir wissen es nicht. Wie es Team Feist gelungen ist, andere Personen zu überzeugen oder gar zu zwingen, ihnen zu helfen, ist ebenso wenig bekannt.

Leider haben wir weder von X noch von Y ein Foto, auf der Überwachungskamera des Hotels finden wir nichts. Eine allerletzte Spur führt zu einem Gebrauchtwagenhändler. Dessen freier Mitarbeiter", Romina sprach diese beiden Wörter voller Ironie aus, „hat zwei Personen beobachtet, die bar bezahlt haben und es sehr eilig hatten. Es war ein

Paar, der Beschreibung nach waren es X und eine weitere Frau, nennen wir sie Z. Welches Auto sie mitgenommen haben, konnte er nicht sehen, weil er telefonierte. In den Unterlagen, die sehr schlampig geführt sind, war nichts zu erkennen. Der Mitarbeiter führt das Geschäft vertretungsweise für drei Wochen, weil sein Chef in Urlaub ist, er wusste aber nicht wohin. Wir suchen intensiv nach dem Händler und werden ihn, wenn wir ihn gefunden haben, sofort dem Exekutivkomitee der Revisionsabteilung", Eduard nickte, „zur Befragung übergeben. Ich weiß nicht, wie viele Tage das dauert, aber bis dahin müssen wir davon ausgehen, dass Team Feist nun einen größeren Radius hat. Was schlagen Sie als nächste Aktion vor, Mandy?"

Mandy hatte verstanden, dass für sie an diesem Tag sowieso Hopfen und Malz verloren waren. Es würde nichts bringen, wenn sie die genialsten Vorschläge machte. Wobei ihr nicht einmal ein mäßig genialer Vorschlag einfiel. „Weiter Spuren verfolgen und sammeln."

Eduard warf ihr einen kalten Blick zu und schaute dann gelangweilt aus dem Fenster. „Frau Kurz, Sie werden verstehen, dass wir das Team Feist eliminieren müssen."

Mandy nickte, obwohl sie gänzlich anderer Meinung war. So ein Geisterteam klang faszinierend. Warum fiel manchen Leuten immer nur „Eliminieren" als Lösung für Probleme ein?

Romina schaute auf die Uhr. „Herr Hariri müsste jede Minute kommen." Sie wandte sich wieder zu Mandy. „Herr Hariri ist einer der fähigsten Mitarbeiter unseres Exekutivkomitees. Sie werden ihm assistieren, um ihm die nötigen Informationen über das Team Feist zur Verfügung zu stellen. Er hat Ihnen gegenüber Weisungsbefugnis. Eine erfolgreiche Zusammenarbeit ist Ihre letzte Chance in unserem Unternehmen, die wir Ihnen nur aufgrund Ihrer bisherigen recht guten Leistungen geben."

Es klopfte an die Tür. Romina warf Eduard einen Blick zu. „Das wird er sein." Eduard nickte. „Kommen Sie bitte herein."

Die Tür ging auf, Hariri betrat den Raum, er begrüßte die Anwesenden „Guten Tag Frau Blumenauer. Guten Tag Herr Dr. Eduard und guten Tag, ich nehme an, Sie sind Frau Kurz?"

Mandy musste ihre gesamte Disziplin aufwenden, um Hariri nicht wie einen Geist anzustarren. Er trug dieselbe schwarze Jacke, denselben abwesend-gelangweilten Gesichtsausdruck wie an dem Tag, als sie ihn im Supermarkt das erste Mal gesehen hatte. In seinen Augen entdeckte sie keinen Hinweis darauf, dass er sie wiedererkannte.

Zusammenarbeit

Eduard verabschiedete sich und verließ das Zimmer. Romina drehte ihren Bildschirm wieder zu sich. „Herr Hariri, Frau Kurz wird Sie wie besprochen in den Fall einführen. Sie wollen vermutlich noch das weitere Vorgehen absprechen?" Hariri nickte und sah Mandy an: „Können wir dazu in Ihr Büro gehen?" – „Selbstverständlich."

Sie schritten den Flur entlang zum Aufzug, er drückte auf den Knopf. „Wohin?" – „Zweiter Stock." Mehr sprachen sie nicht. Sie öffnete die Tür zu ihrem Büro und ließ ihn vorgehen.

„Nehmen Sie Platz. Kann ich Ihnen einen Kaffee anbieten?" – „Gern. Schwarz." Mandy ging zu ihrem Kaffeeautomaten. Nicht viele Mitarbeiter hatten einen eigenen

Automaten. Das war eine der Auszeichnungen, die sie in den letzten Jahren erhalten hatte. Sie stellte sich so vor die Maschine, dass sie ihren Begleiter nicht ansah. Sie musste sich erst einmal beruhigen. Dieser Mann strahlte für sie eine immense Attraktivität aus, das wollte sie ausschalten, was keine simple Aufgabe war. Sie stellte den Kaffee vor ihn, sich selbst hatte sie einen Espresso gezogen. „Was wollen Sie wissen und wie soll das vor sich gehen?"

Hariri lächelte sie an, es war ein Lächeln ohne Wärme, wie bei Eduard, trotzdem berührte es sie ganz anders. „Bevor wir weitermachen, können wir zum Vornamen übergehen? Mich nervt dieses ständige Herr und Frau in der Zusammenarbeit, es ist so typisch deutsch." Mandy nickte. Er rührte in seinem Kaffee, vermutlich um ihn abzukühlen. „Ich heiße Alessandro." – „Meinen Namen kennen Sie sicher schon, Mandy." Er nickte.

„Sie sind kein Deutscher?" – „Nein." Die Antwort war brüsk. Daher fragte sie nicht weiter, welche Nationalität er denn habe. Das war vermutlich zu persönlich. Er hatte einen kaum hörbaren Akzent, auf jeden Fall europäisch, am ehesten französisch. Vom Namen her schloss sie, dass sein Vater aus irgendeinem arabischen Land stammen müsse, seine Mutter war, so ließ der Vorname vermuten, Italienerin. Demnach könnte er mit italienischer Mutter und arabischem Vater in Frankreich aufgewachsen sein. Sein Deutsch war so ausgezeichnet, dass er mit jungen Jahren hierhergekommen sein musste.

„Zeigen Sie mir doch bitte die Unterlagen, einschließlich der ersten Eignungstests." – „Soll ich sie Ihnen ausdrucken oder als PDF mailen?" – „Auf Papier, ich habe nur ein Telefon dabei, das ist zu unübersichtlich."

Leise zischte der Laserdrucker und spuckte alles aus, was es an Dokumenten über die sechs Verschwundenen gab. Alessandro las die Seiten quer. Nach einer Viertelstunde blickte er auf:

„Das ist lückenlos dokumentiert und vorschriftsgemäß durchgeführt. Ich hätte dieselben Schlüsse gezogen. Ich werde dem Vorstand eine E-Mail schreiben, dass ich es für eine Verschwendung halte, das Team zu eliminieren." Er beugte sich auf dem Stuhl nach vorn. „Dieses Team ist weder besonders intelligent, noch finde ich bei einem von ihnen eine mehr als mittelmäßige Begabung. Dass sie es trotzdem geschafft haben, quasi vor unseren Augen zu verschwinden, ist bemerkenswert. Da muss es etwas geben, was die sechs Leute zusammenhält. Eine Eigenschaft, die sie verbindet." Mandy sagte amüsiert: „Vielleicht die Mittelmäßigkeit?"

Es war als Scherz gemeint, aber Alessandro schien es für bare Münze zu nehmen. „Dann müsste die Welt auch schon an anderer Stelle die Feststellung ‚Exzellenz durch Mittelmäßigkeit' gemacht haben." – „Sorry, das war ein kleiner Scherz." – „Ach so."

Alessandro stützte seinen Kopf auf die Hände, er dachte offenbar nach. Mandy war etwas enttäuscht. Humorlosigkeit fand sie extrem unsexy. Andererseits wäre es hilfreich für sie, wenn er noch weitere solcher Eigenschaften zeigte. Dann könnte sie sich auf die Arbeit konzentrieren und nachts traumlos schlafen.

„Mandy, was würden Sie machen, wenn Sie sich vor jemandem verbergen wollten?" – „Ich würde sehen, dass ich wegkäme. Das Nötigste packen und ab die Post." – „Stellen Sie sich vor, Sie hätten keine Zeit, noch etwas zu packen. Was dann?" – „Dann ... ich würde mir etwas zu essen kaufen und das Weite suchen. Vermutlich mit der Bahn, es sei denn, ich hätte Angst, die Bahnhöfe stünden unter Beobachtung. Auto ist zu auffällig." – „Sechs Personen mit der Bahn ist definitiv zu auffällig. Ich kann mir nicht vorstellen, dass sie sich trennen werden. Ich denke, da hat sich mittlerweile ein starkes Wir-Gefühl entwickelt. Würden Sie so abreisen, wie Sie sind?"

Mandy zögerte. „Nein, wahrscheinlich würde ich versuchen, mir vorher noch Klamotten zu kaufen, die untypisch sind für mich."

Alessandro überlegte. „Ja, andere Kleidung. Mich würde vermutlich niemand in knallgelben Shorts und einem pinken Shirt vermuten."

Mandy unterdrückte ein Lächeln, immer schön sachlich bleiben. „Da haben Sie recht. Eine gute Verkleidung muss nicht immer unauffällig sein. Ach, fällt mir noch ein. Mit Sicherheit würde ich mir die Haare ratzekurz abschneiden und blond färben."

Alessandro reagierte mit einem „Das wäre schade", wobei er keine Miene verzog. Diese kurze Antwort warf Mandy voll aus ihrem emotionalen Gleichgewicht. Tief durchatmen, an die Sache denken. Dann fuhr er fort: „Eine Frau hat da viele Möglichkeiten. Zum Beispiel eine Schwangerschaft vortäuschen." – „Sie meinen ...?" – „Genau, Mandy. Ich gehe davon aus, dass Team X keine Personen angeheuert hat. Wie sollten sie Menschen überzeugen? Sie haben keine Verwandten, keine Freunde. Sie müssten jemand dafür bezahlen. Dann müssten sie immer Angst vor Verrat haben. Wer käuflich ist, wartet nur auf eine höhere Summe. Stellen Sie sich vor, ich biete Ihnen ein

Job, der ähnlich interessant ist wie ihr jetziger, aber sie bekommen das doppelte Gehalt. Würden Sie bleiben? Wohl kaum." – „Würden Sie bei doppelter Bezahlung bleiben?", entfuhr es Mandy. – „Keineswegs. Aber meine Vorgesetzten wissen das."

Sie dachten nach, jeder für sich. „Gesetzt den Fall, Sie müssten flüchten und Sie hätten ein Auto, denn davon können wir jetzt ausgehen, wohin würde Ihre Reise Sie führen?"

Alessandro lehnte sich bequem nach hinten, die Hände hinterm Kopf verschränkt. „In den Süden, weil ich dort mit meiner Hautfarbe weniger auffiele." – „Das ist ein Argument." Sie hätte gern hinzugesetzt: ‚So ein verdammt attraktiver Mann fällt allerdings immer auf', aber sie reagierte wie meist beherrscht. „Ich würde auch den Süden wählen und auf Touristin machen. Wenn ich schon fliehen muss, dann wenigstens in angenehme Gefilde." – „Genau das ist der Grund, warum ich überzeugt bin, dass Team X den Süden meidet. So clever wie die sind, werden sie wissen, dass die meisten vermuten, dass dies ihre Richtung ist. Da bleiben der Westen mit Frankreich und Großbritannien, der Osten mit den ehemaligen Ostblockstaaten und die skandinavischen Länder."

Mandy schüttelte den Kopf. „Nein, wenn ich den Süden von meiner Karte striche, würde ich nicht ins Ausland gehen. Ich spreche keine Fremdsprache perfekt, ich fiele sofort als Deutsche auf. Und jeder denkt bei Flucht an ‚Ausland'. Ich bliebe in Deutschland." – „Da haben Sie Recht. Außerdem wäre man ständig in Sorge, bei Passkontrollen aufzufallen, selbst wenn diese selten geworden sind. Da haben wir drei Himmelsrichtungen. Selbst wenn wir sie finden, haben wir ein weiteres Problem: Wie halten wir sie fest? Schließen Sie mal jemanden ein, für den Wände kein Hindernis sind." – „Handschellen?" – Alessandro zuckte mit den Schultern. „Wer weiß? Ich frage mich, was wir suchen. Einen Wagen mit sechs Insassen. Das kann schon mal kein Kleinwagen sein. Wer hat alles ein Auto?" – „Nur Ostermann. Die anderen haben im Fragebogen angekreuzt, dass sie nicht einmal einen Führerschein haben." – „Das heißt, sie können sich beim Fahren nicht abwechseln. Und sie müssen Pausen machen, mehr Pausen, als wenn zwei Personen wie wir fahren." Er warf ihr einen auffordernden Blick zu.

„Sie meinen, wir beide sollen ihnen hinterherfahren und sie zurückholen? Sechs Leute?"

Alessandro schüttelte den Kopf. „Wir brauchen nur den Fahrer. Die anderen können wir uns dann relativ leicht schnappen bzw. von Kollegen schnappen lassen, sie können zwar durch Wände, aber nicht fliegen. Sie können doch Autofahren?" Mandy nickte.

„Wie ist es mit Motorrad?" – „Nein." – „Dann nicht lange fackeln, fahren wir mit dem Wagen los." – „Wie bitte?" – „Nun, Sie haben doch Frau Blumenauer und Dr. Eduard gehört. Wir beide sollen das Problem lösen. Das schaffen wir nicht, wenn wir gemütlich auf Sesseln ab-hängen und einen Cocktail schlürfen." – „Aber wir wissen doch noch gar nicht, in welche Richtung, ob Autobahn oder Bundesstraße, wir wissen nichts." – „Mit Sicherheit Auto-bahn. Jeder Kilometer zählt erst einmal. Mein Tipp ist Norden." Hariri stand auf.

„Warum Norden?" – „Nach Osten kann man in die ost-europäischen Länder reisen, nach Westen stehen Frankreich, Belgien und Holland offen. Der Norden hat Wasser, bevor man weiterkommt, und wäre daher am unwahrscheinlichsten, wenn man nicht das Unwahrscheinlichste wählen will."

Auf dem Parkplatz steuerte Hariri auf einen eleganten schwarzen Sportwagen zu. Mandy verstand genug von Autos, um das Tuning zu erkennen. Sie setzte sich auf die bequemen Ledersitze, legte den Gurt an und wartete.

„Fall Sie müde sein sollten, schlafen Sie möglichst bald" ordnete Hariri an. Mandy, die gelegentlich kitschige Lektüre und die dort beschriebenen Klischees liebte, malte sich auf den ersten Metern aus, wie ein schreckliches Unwetter herunterprasselte. Das Auto bliebe liegen, sie würden durch den furchtbaren Regen zu einer einsamen Hütte laufen, wo sie völlig durchnässt ankämen ... Nein, nein, den Rest durfte sie sich nicht ausmalen. Ihr fielen die Augen zu und sie hoffte in den letzten Sekunden inbrünstig, dass sie nicht im Schlaf sprechen würde.

Tag 8, Der Vorstand und mehr
Vorstand

Dr. Alexander Eduard berichtete dem Vorstand einmal im Monat über die Erfolge seiner Revisionsabteilung. Ihm war geläufig, dass von dort wichtige Informationen an den Aufsichtsrat weitergegeben wurden. Inwieweit die Hierarchie eine weitere Stufe hatte, war ihm nicht bekannt. Als er Werner Lohmann, den Vorstandssprecher, einmal danach gefragt hatte, erhielt er keine Antwort. Lohmann winkte ab: „Es gibt Dinge, die müssen wir nicht wissen." – „Sagen Sie einmal ganz offen, wissen Sie wirklich nicht, wo die Hierarchie endet, oder dürfen Sie es mir nur nicht sagen?" –

„Glauben Sie mir, ich weiß nichts darüber. Den Aufsichtsrat kenne ich, oder eher gesagt: Ich kenne zwei Aufsichtsratsmitglieder. Aber seien wir doch einmal ehrlich: Wir werden gut bezahlt, stillt das nicht Ihren Wissensdurst?“

Eduards Augen glitzerten. „Wo Sie recht haben, haben Sie recht.“ Was kümmerte ihn der Aufsichtsrat oder gar noch eine Stufe darüber? Fehlende Neugier war ihm beim Verfassen seiner Doktorarbeit hinderlich gewesen, bei der es gilt, mit Neugier die Forschung voranzutreiben. Dieser Mangel wurde hier endlich mal zu einem Vorteil für ihn. Aber er hatte auch dazu gelernt.

Er hatte Erkundigungen über die acht Vorstandsmitglieder eingeholt. Hariri war ein exzellenter Mann und hatte binnen zweier Wochen einen solchen Berg Material zusammengetragen, dass Eduard Monate gebraucht hatte, um alles zu sichten. Lohmann kam aus der Praxis, vor einigen Jahren noch hatte er per E-Mail Pflegeimmobilien angeboten. Als sein Team mit dem Geistersein konfrontiert wurde, hatte er nicht einmal mit der Wimper gezuckt, lautete die Anekdote. Er hatte zwei Sekunden gewartet und gefragt: „Soll ich mit meinem Kugelschreiber unterschreiben, oder haben Sie einen speziellen Stift?“ Danach war er auf der Karriereleiter eher emporgesprungen als gestiegen. „Kometenhaft“, „Wie eine Rakete! Ob er was mit der Reichler angefangen hat?“, wurde hinter seinem Rücken gemunkelt. Den Posten des Vorstandssprechers hatte er schnell zugewiesen bekommen. Sein Vorgänger hatte die Funktion unerwartet abgegeben und sich wegen angeblich gesundheitlicher und familiärer Gründe zurückgezogen und alle Ämter aufgegeben. Hatte Lohmann etwas gegen ihn in der Hand gehabt? Hariri hatte in keine dieser Angelegenheiten

Licht bringen können. Schade, es wäre ein Anknüpfungspunkt für eine kleine Erpressung gewesen. Aber Hariri blieb am Ball, und Eduard war sicher, bald ausreichende Kenntnisse über Lohmann zu haben. Noch war er das schwächste Glied in seiner Kette.

Karl Zimmermann war auf den ersten Blick ein unscheinbarer Mensch. Wer Erkundigungen über ihn einzog, erfuhr bald, dass er keine Skrupel kannte. Hinter seinem Rücken wurde erzählt, dass dies wörtlich zu nehmen sei. Hariri hatte Fotos einer jungen Frau ausgegraben, die vor einigen Jahren plötzlich verschwunden war. Sie hatte als eine von Zimmermanns Sekretärinnen gearbeitet. Vor seinem Vorstandsjob hatte ihm die Abteilung für Kunstpflanzen unterstanden. Die Eliminierungsquote in den Teams war während seiner Zeit als Abteilungsleiter statistisch überdurchschnittlich hoch.

Klaus Weiss war der jüngste Zugang im Vorstand, obwohl er nach Jahren gerechnet keineswegs zu den Jüngsten zählte. Er hatte die Saltos-Wilsanzki-Vertrieb OHG gegründet, die Werkzeugwagen verkaufte. Diese Position hatte er immer noch inne und war daher seit einigen Jahren der Chef von Karl Gerke. Hariri hatte Interessantes über ihn herausgefunden. Eduard fragte sich immer öfter, wie Hariri das anstellte, er war ihm manchmal unheimlich. Was wusste der Mann unter Umständen schon über ihn selbst? Ein klasse Mitarbeiter, aber lange würde er ihn nicht mehr halten können. Wenn er mit Team Feist fertig war, musste er sich von ihm trennen. Hariri hatte beim Einstellungsgespräch freimütig gesagt: „Sie werden niemanden finden, der diesen Job besser ausfüllt als ich. Inklusive aller Drecksarbeit, die Sie erwarten. Ich sage Ihnen hier ganz offen: Ich arbeite für Geld. Und Sie wissen, was das heißt?" Eduard wusste es. Er war selbst käuflich, aber das gab er nicht so unverhohlen zu. Er hatte Hariri eingestellt und es nie bereut. Die Revisionsabteilung vertraute auf Hariris Können und Geschick. So wusste Eduard, dass Klaus Weiss der Vater von Emely Reichler war. Wenn das herauskäme – eine Sensation. Und garantiert das Ende von Weiss' Karriere! Niemand, der in den Chefetagen des Unternehmens arbeitete, hatte eine weiße Weste. Aber Verwandtschaft wurde strikt abgelehnt. Die Mutter von Reichler hatte als Praktikantin in Weiss' Abteilung gearbeitet. Weiss hatte sie nicht direkt vergewaltigt, aber freiwillig sieht anders aus! Mutter Reichler hatte dies schriftlich bei einem Notar hinterlegt, damit für den Fall ihres frühzeitigen Todes Emely wenigstens erfahren würde, wer ihr leiblicher Vater war. Es war Eduard schleierhaft, wie Hariri dieses Schreiben hatte einsehen können, wie er überhaupt von der Existenz des Briefes Kenntnis bekommen hatte. Schade, ein exzellenter Mann, vielleicht könnte er ihn doch noch eine Weile halten? Er hatte sich lange gewundert, warum Reichler, eine mittelmäßig begabte Frau, einen Führungsjob erhalten hatte. Als Weiss von der Mutter erfuhr, dass sie schwanger war, hatte er sie zwingen wollen, das Kind abzutreiben, was diese strikt ablehnte. Der Briefwechsel befand sich ebenfalls in den Händen des Notars. Er hatte ihr am Ende eine Abfindung gezahlt und zur Auflage gemacht, ihn über das Schicksal des gemeinsamen Kindes zu informieren. Früher lief das per Postfach, seit einigen Jahren schrieben sie sich über zwei Wegwerf-E-Mail-Adressen. Eduard sah Weiss als schwaches Mitglied des Vorstands. Wenn die Zeit reif war, wäre es durchaus möglich, dass Weiss seinen Posten frühzeitig aufgäbe und ihn, Dr. Alexander Eduard, zu seinem Nachfolger beriefe.

Jourdain Flink war das jüngste Vorstandsmitglied. Bei dem Namen überraschte es nicht, dass über seinen kometenhaften Aufstieg in den Vorstand kräftig gewitzelt wurde. Er kam von außen, war von seiner vorigen Firma freigestellt worden. Dort hatte er einen Direktorensitz innegehabt. Hariri hatte herausgefunden, dass Flink in großem Stil Insidergeschäfte getätigt hatte. „Genau der richtige Mann für uns", hieß es dann. Was nur Hariri und Eduard bekannt war: Flink machte zwar keine Insider-Geschäfte mehr, hatte aber auf verschlungenen Wegen Geld auf die Kaiman-Inseln geschleust. Zu Deutsch: Es lagen Beweise für Unterschlagungen vor. Flink war kein Problem, wenn es darauf ankäme.

Zita Roesner war die einzige Frau im Vorstand. „Unsere Anstandsfrau", begrüßte Lohmann sie immer mit Schulterschlag. Sie reagierte mit einem säuerlichen Lächeln. Es hieß, sie habe sich den Weg nach oben geschlafen. Auch hierfür hatte Hariri Belege vorgelegt. Wie die Frau auf diesem Weg hatte Karriere machen können, war Eduard erst schleierhaft. Sie war Ende vierzig, Anfang fünfzig. Klein, mit einem deutlichen Bauchansatz, der über die Gürtellinie schwappte. Wenn sie eine Hose trug, sah man, dass sie schon mit Hüftplatin das berühmte Hüftgold überrundet hatte. Ihre Beine waren formlos wie Kerzenständer. Eduard schüttelte sich. Wie kann sich so eine Frau hochschlafen? Als Hariri ihm diese Informationen übergab, hatte Eduard seinen Informanten fassungslos gefragt: „Aber wie kann das sein? Ich würde diese Frau nicht mit einer Feuerzange anpacken, sie macht auch immer so einen schmuddeligen

Eindruck." Hariri hatte gelächelt: „Sie hat andere Qualitäten", und ihm Fotos vorgelegt. Hui, da wurde sogar Eduard rot. „Ich wusste gar nicht, dass Lackstiefel auch in formlos geliefert werden", war sein einziger Kommentar. Keine Gegnerin, diese Frau. Eduard, der schon länger ein Auge auf Mandy geworfen hatte, stellte sich mit geschlossenen Augen die Fotos von Zita vor, wobei er Zita durch Mandy ersetzte. Er seufzte, eines Tages ... Mandy war kurz davor, voll abzustürzen, dann wäre selbst diese unnahbare Frau seinen Vorschlägen offen gegenüber.

Die Nummer 5, Pascal Renzel, hatte sich in den Vorstand eingekauft. Vermutlich hatte ihn das Renommee dieser Funktion gelockt. Er war der typische Mitläufer und schloss sich bei Abstimmungen stets der Mehrheit an. Als er Anfang zwanzig war, kamen seine Eltern bei einem Autounfall ums Leben, und er erbte etwa fünf Millionen Euro. Seine Eltern waren Trader und hatten zwei Tage vor ihrem Tod tragischerweise einen guten Tipp befolgt. Die Früchte ihrer Arbeit konnten sie nicht mehr genießen, entsetzlich. Ansonsten war der junge Renzel eher unauffällig. Hariris Informationen waren heiß: An dem Auto der Renzels war gedreht worden. Damals waren, auch das hatte er herausgefunden, große Summen geflossen und daher wurde der Unfall nie weiter untersucht. Ansonsten war er eben unscheinbar. „Stille Wasser sind die schlimmsten", dachte Eduard.

Pikant war auch die Geschichte von Stefan Ernzerhoff, dem sechsten Vorstandsmitglied. Er sah ein wenig weiblich aus mit seinen sandfarbenen Haaren und weichlichen Gesichtszügen. Wer daher von ihm ein sanftes Wesen erwartete, irrte sich gewaltig. Seine Brutalität und Gefühllosigkeit waren beispiellos. Eduard war gespannt, was Hariri ihm über den 52-jährigen Ernzerhoff vorlegen würde. Als er die Fotos sah, wurde ihm fast übel: Ernzerhoff beim Sex mit seiner eigenen Mutter. Aber das Foto war nicht etwa zwanzig Jahre alt, sondern zehn Tage.

Prof. Dr. Andreas Kerst wurden Beziehungen zur Mafia nachgesagt, Belege gab es dafür nicht. Sonst wäre er seinen Posten auch schnell losgeworden. Gerüchte sind eins, Tatsachen etwas anderes. Eine Mitarbeiterin, die Eduard einen Dienst schuldig gewesen war, weil er sie aus einer misslichen Lage befreit hatte, bot ihm Dokumente und Fotos an. Da sagte er nicht nein! Er hatte sich bei der jungen Frau persönlich bedankt. Das junge Ding hatte erst nicht so richtig gewollt, aber Frauen lieben Unterwerfungsphantasien, da half er doch gern nach. Ihm fiel wieder Mandy ein. Zurück zu Kerst! Hariri hatte harmlosere Dinge aufgedeckt: Weder die Doktorarbeit noch seine Habilitation entstammten seiner eigenen Feder. Außerdem steckte die Dissertation voller Plagiate. Das reichte fürs Erste.

Lange hatte er nichts über den Vorstandsvorsitzenden erfahren. Thomas Murr ging so offen mit seiner Homosexualität um, dass dort vermutlich nichts zu holen war. Er lebte seit längerem in einer festen Beziehung mit einem drei Jahre jüngeren Mann, vor kurzem hatten die beiden geheiratet. Sie zeigten sich gern zusammen in der Öffentlichkeit. Murr machte kein Geheimnis daraus, dass er ab und zu auch mal etwas ‚junges Gemüse' bevorzugte. Es erschütterte weder die Medien noch die Leserschaft, dass er in einem privaten Interview berichtete, dass er und sein Freund beide einen ähnlichen Geschmack hatten und daher schon mal gerne wilde Partys mit ein paar Achtzehnjährigen feierten. Was soll man auf der Weste eines Mannes finden, der so offen mit seinen Schwächen umgeht? Man kann ihn moralisch verurteilen, aber kaum erpressen. Bis Eduard in Erfahrung brachte, dass es da einen jungen Mann gab, sehr jung, der behauptete, von Murr und seinem damaligen Lebensgefährten vergewaltigt und dabei gefilmt worden zu sein. Die Filme habe Murr dann zu horrenden Preisen verkauft. Eduard hatte überschlagen: Wenn er das mehrfach gemacht hatte, musste dieser Nebenverdienst sein Gehalt als Vorstandsvorsitzenden um das Dreifache übersteigen. Hariri hatte in akribischer Kleinarbeit solche Filme geortet. Die Vergewaltiger waren nie zu erkennen. In drei Filmen aber gab es eindeutige Hinweise.

Eduard schauderte, wenn er an diese acht Menschen dachte. Er wusste, dass er selbst nicht fehlerfrei war, aber das? Selbst ihm lief eine dicke Gänsehaut über den Körper, wenn er sich auch nur versuchte auszumalen, was denn wohl die Aufsichtsratsmitglieder auf dem Kerbholz hätten. Oder Hierarchiestufen darüber?

Heute war Eduard zu einer außergewöhnlichen Sitzung einberufen worden. Team Feist hatte es als Problem wahrhaftig bis in den Vorstand geschafft. Die Sitzung sollte um elf Uhr beginnen, Ende offen. Außer Murr, der seine Unpünktlichkeit für eine liebenswerte Marotte hielt, waren alle zeitig erschienen.

Um 11:16 Uhr betrat Murr den kleinen Konferenzsaal. „Sorry, ich musste der Zeitschrift ‚Gay Today' noch ein Interview geben. Sind alle hier?" Er sah sich um. „Bestens. Dann legen Sie mal los, Dr. Eduard. Berichten Sie uns von den Problemen, die Sie sicher bald lösen werden." Eduard hörte durchaus die versteckte Drohung in den letzten

Worten. Das ließ ihn kalt. Hier war keiner, der ihm ernsthaft drohen konnte.

Aufklärung

Eduard begann: „Das Team Feist besteht aus mittel- bis unterdurchschnittlich begabten Personen. Deshalb ist die Entwicklung so erstaunlich, als sie auf den Geisterzustand aufmerksam gemacht wurden." Weiss unterbrach ihn: „Sie meinen Geisteszustand? Nur damit ich das richtig verstehe."

Eduard schüttelte den Kopf. „Nein, ich meine den Zustand, in dem die Mitarbeiter entdecken, dass sie Geister sind."

Weiss sah so aus, als fühlte er sich auf den Arm genommen und gleich lospoltern wollte. Aber ihm war auch klar, dass Eduard es nicht wagen würde, den Vorstand mit Witzen zu unterhalten, wenn es um ein abtrünniges, unauffindbares Team ging. „Klären Sie mich bitte auf."

Der Revisionschef guckte erstaunt. Er war der Ansicht, das sei im Unternehmen bekannt. Flink sah auch so aus, als würde er nicht wissen, worum sich das Gespräch drehte.

„Ja, dann gebe ich besser mal einen kurzen Abriss, wie das im Normalfall bei uns abläuft." Insgeheim war er ein wenig ungehalten, dass ein Vorstandsmitglied dermaßen uninformiert sein konnte. Aber bitte. Er schaute Murr an, der nickte ihm zu.

„Das Internet ist zu einem Hauptumschlagplatz von Waren geworden. Viele Menschen sind dazu übergegangen, sich im Fachhandel beraten zu lassen, dann aber in einem preiswerteren Onlineshop zu kaufen. Wir begrüßen das und bieten daher viele Waren und Dienstleistungen zu überaus günstigen Preisen an. Damit auch jeder die Chance bekommt, unsere kostenadäquaten und hochwertigen Waren einzukaufen, informieren wir potentielle Kunden per E-Mail. Da wir nur Dinge anbieten, die für jedermann interessant sind, versenden wir die Mails nach dem Gießkannenprinzip. Menschen, die dieses System aus Neid und Missgunst ablehnen, nennen unsere Mailing-Aktionen ‚Spamversand'. Soweit ist Ihnen das bekannt?" Weiss und Flink nickten. Murr notierte etwas auf seinem Laptop.

„Im Gegensatz zu einigen Konkurrenten sind wir ein seriöses Unternehmen. Daher lehnen wir E-Mails ohne echten Namen als Versender bzw. in der Signatur ab. Das heißt, wir suchen Personen, die bereit sind, auf Erfolgsbasis unter ihrem Namen Werbemails zu versenden. Anfänglich hatten wir Probleme mit Mitarbeitern, die binnen kurzem moralische Bedenken bekamen. Daher begannen wir, die Kandidaten mit Eignungstests usw. auf Herz und Nieren zu überprüfen. Wir wollen engagierte Mitarbeiter, die sich mit dem Unternehmen identifizieren. Das heißt, wir suchen Menschen mit allenfalls mittlerem Intelligenzquotienten. Wir legen auch großen Wert darauf, dass sie nicht teamfähig sind. Wollen wir Individuen, die sich in gewerkschaftsähnlichen Vereinen organisieren oder Rückfragen stellen, sich zusammenrotten und uns gar noch Konkurrenz machen? Nein!" Eduard verzog angewidert das Gesicht, das Wort ‚Gewerkschaft' allein bereitete ihm Magenbeschwerden. „Das ist nachvollziehbar!", rief Flink aus.

„Wir haben jahrelang mit dem hier beschriebenen Vorgehen die besten Erfahrungen gemacht. Auch die Mitglieder von Team Feist entsprechen diesem Raster. Teams bilden wir erst in der nächsten Stufe.

Und zwar haben wir Erstaunliches festgestellt. Je länger Mitarbeiter im Spamgeschäft aktiv sind, umso mehr verflüchtigt sich ein Teil ihrer Persönlichkeit. Als Erstes verlieren sie ihre sozialen Kontakte, weil sie sich mehr und mehr zurückziehen. Im zweiten Schritt gehen sie so stark in ihrem Geschäft auf, dass sie ausschließlich im Jetzt leben wollen und ihre Vergangenheit verdrängen. Spätestens nach zwei Jahren als Spam-Mitarbeiter ist man in eine kleinere Wohnung umgezogen, hat keine Freunde mehr und alles aus seiner Vergangenheit vergessen, was man nicht als Daten aus Dokumenten wie Personalausweis und Führerschein, gelegentlich Familienstammbüchern herauslesen kann. Bis dahin ist das durch die Tätigkeit nachvollziehbar?"

Die Zuhörer nickten. Selbst Murr hatte seinen Laptop zugeklappt. In so konzentrierter Form hatte er den Werdegang der Spamgeister bislang nie präsentiert bekommen.

„Jetzt kommen wir zu dem erstaunlichen Teil, für den wir bisher noch keine Erklärung gefunden haben. Auch Wissenschaftler, die wir mit Lösung der nächsten Entwicklungsstufe beauftragt haben, blieben erfolglos und kapitulierten vor der Aufgabe. Gleichzeitig mit der, ich nenne es mal Entpersönlichung der Mitarbeiter, sinkt in der Regel auch ihre Arbeitsleistung oder eher ihre Erfolgsquote. Das hat meist gar nichts mit den Mitarbeitern zu tun, sie verschicken weiterhin emsig ihre einmal vorgegebenen E-Mails. Die Empfänger der Mails werden es einfach müde und klicken sie weg, immer weniger wird über die Mails verkauft. Es ist ein logischer Weg für unsere Methode, den Spammitarbeitern nicht zu kündigen, dafür haben wir zu viel Verantwortungsgefühl.

Per Zufall wurde entdeckt, dass diese Mitarbeiter ab einem gewissen Zeitpunkt so persönlichkeitslos sind, dass sie wie Geister durch Wände gehen können. Daher auch der Begriff ‚Spamgeister'. Sie verfügen über diese Eigenschaft, die aber erst unter Schock freigesetzt wird. Als übliches Verfahren hat sich durchgesetzt, dass wir eine Gruppe von sechs Mitarbeitern zu einem Gespräch einladen, intern nennen wir sie Teams. Wir bieten ihnen eine Verlängerung der Mitarbeit unter leicht geänderten Konditionen an. Da wir keine mildtätige Hilfsorganisation sind, sondern mit Profit arbeiten wollen, um unsere Shareholder glücklich zu machen, bieten wir eine weitere Mitarbeit an. Naturgemäß müssen wir dann die Pauschalen minimal absenken. Gleichzeitig mit diesem Angebot eröffnen wir den Teams, dass sie Geister sind. Das glaubt erst einmal niemand. Daraufhin suchen sich die Mediatoren das labilste Mitglied des Teams heraus und fordern denjenigen auf, den Raum zu verlassen. Durch diese Erregung wird garantiert die Wanddurchdringungsfähigkeit initiiert. Dies schockt alle. Manche werden bewusstlos, erholen sich aber innerhalb weniger Stunden.

Die mäßig intelligenten Teammitglieder leiden sehr darunter, dass sie Geister sind. Wer möchte schon ein Geist sein? Ich sicher nicht." Eduard kicherte, die anderen fielen ein. Die Stimmung war etwas beklemmend. Jeder dachte bei sich, dass er lieber nicht oder nicht noch einmal in so eine Situation geraten möchte.

„Die meisten unterschreiben sofort. Einige sind bockig und haben Ideen, wie sie auf diese Weise ganz einfach zu viel Geld kommen und von nun an auf der faulen Haut liegen können. In freier Wildbahn merken sie dann rasch, dass alles nicht so einfach ist. Nach wenigen Stunden kehren sie reuig zurück und unterzeichnen. Manchmal rotten sich die Teams für ein oder zwei Tage zusammen. Wir fangen sie dann zu Hause ab. Wir haben gelernt, dass sie zwar durch Wände gehen können, aber sie stehen fest auf dem Boden. Wenn man sie festhält, können sie nicht entweichen. Es ist dennoch schwer, jemanden gefangenzuhalten oder gefangen zu nehmen, für den Wände wie Butter sind. Per Zufall haben wir gelernt, dass man die Geister mit Netzen fangen kann. Netzen und Gittern sind sie hilflos ausgeliefert. Spätestens nach zwei Tagen in einem Metallkäfig unterschreiben sie die neuen Konditionen nur zu gern.

Wir hatten schon Teams mit überdurchschnittlicher Intelligenz, auch sie sind gescheitert. Es ist immer so einfach, anhand von auffälligen Diebstählen ihre Spur zu verfolgen.

Aufmüpfig ist nach so einer Lebenstortur niemand mehr. Wir bieten wieder die Unterschrift an. Mittlerweile haben wir die Konditionen noch ein wenig günstiger für das Unternehmen gestaltet, denn die Spamgeister haben Kosten verursacht. Das ist den Spamgeistern zu diesem Zeitpunkt völlig egal, sie wollen nur wieder ein geregeltes Leben führen. Häufig glauben sie auch, besonders raffiniert zu sein. Sie denken: ‚Ich unterschreibe jetzt, aber es ist völlig egal, wenn ich jetzt weniger verdiene. Ich kann mich ja in kleineren Summen jederzeit bedienen und ein Luxusleben führen.‘ Was diese Spamgeister nicht wissen, ist, dass mit Unterzeichnung eines neuen Vertrags die Wanddurchdringungsfähigkeit verloren geht. Ein erstaunliches Phänomen, das bisher ebenfalls noch niemand erklären konnte, genauso wenig wie die Entstehung dieser Fähigkeit. Das hat soweit immer tadellos funktioniert. Das hartnäckigste Team hat zweiundsiebzig Stunden durchgehalten. Da hatten wir als kleines Experiment einmal überdurchschnittlich intelligente Menschen in ein Team gepackt."

Er schaute in die Runde. Alle hörten ihm gebannt zu. „Ich bin ein exzellenter Redner", flüsterte er sich unhörbar zu.

„Ich komme nun zum Team Feist. Wie ich bereits andeutete: Die Mitglieder des Teams haben keinerlei Begabungen. Wir erwarteten einen Routinefall, den Frau Kurz völlig korrekt abgewickelt hat. Sie ist eine unserer erfahrensten Arbeitsvermittlerinnen mit einer hohen Erfolgsquote.

Ein leichtes Versagen müssen wir ihr leider beim Nachverfolgen quittieren. Sie hat die ersten Warnsignale nicht erkannt und sich nicht ausreichend darüber gewundert, dass sämtliche Handys auf einmal unerreichbar waren. Sie hat zwar eine Handyortung eingeleitet und unsere Abteilung gebeten, zu den Wohnungen von Gerke, Ostmann, Hoffmann, Strauch, Feist und Kesselmann zu fahren, um die Damen und Herren dort abzuholen. Aber selbst als diese alle nicht auffindbar waren, hat sie keinen Alarm gegeben.

Ich habe die Warnzeichen daher nicht so früh erkennen können, wie es ideal gewesen wäre. Aber sobald ich erfuhr, dass die Mitglieder verschwunden waren, habe ich die zweithöchste Alarmstufe gegeben und meine besten Mitarbeiter auf den Fall angesetzt." – „Haben die Leute denn keine Spuren hinterlassen?", erkundigte sich Flink.

„Sehr wenige. Das ist das Erstaunliche. Banken haben keine Überfälle gemeldet, die Diebstahlsquoten sind in den letzten Tagen nicht gestiegen. Wie die Sechs überleben, ist uns nicht ganz klar. Vielleicht hat einer von ihnen irgendwo eine Jagdhütte mit Vorräten, von der wir nichts wissen. Der Leiter meines Exekutivkomitees hat mittlerweile den Fall persönlich übernommen. Alessandro Hariri ist der beste Ghosthunter, den ich habe. In Zusammenarbeit mit Frau Kurz, die hier eine Chance bekommt, sich zu rehabilitieren, ist er den Sechsen auf der Spur. Gestern hat er mir die letzte Meldung geschickt, dass die beiden die Fährte aufgenommen haben. Mehr wollte oder konnte er mir nicht verraten. Am Telefon sagte er mir, dass sie ganz nah dran sind. Er müsse aber aus ermittlungstechnischen Gründen den Kontakt einige Tage unterbrechen. Er murmelte etwas von Undercover-Tätigkeit. Da ist es selbstverständlich, dass er sich nicht melden kann." – „Und Herr Hariri hat ihr volles Vertrauen?" Murr beugte sich nach vorn über den Tisch. „Unbedingt! Er hat die höchste Eliminierungsquote seit Einrichten des Exekutivkomitees."

Ernzerhoffs Augen leuchteten bei dem Wort „Eliminierungsquote" auf. „Leihen Sie den Mann gelegentlich aus? Ich habe ein paar sehr unbequeme Mitarbeiter, denen ich gern mal einen Denkzettel verpassen würde."

Eduard nickte. Er sagte nicht, dass er gedachte, seinen Meistereliminierer zu eliminieren. Sobald Team Feist erfolgreich ins Menschsein zurückgeführt oder anderweitig beseitig worden war.

„Wann glauben Sie, dass Herr Hariri Sie wider kontaktieren wird?", wollte Zita Roesner wissen. „Vielleicht kann er uns hier persönlich berichten." Roesner hatte Hariri einmal auf dem Flur getroffen und seine Karriere seit dem Tag nicht mehr aus den Augen gelassen. Auch Murr schien gespannt. „Ja, das wäre ideal!" Murr war klar, dass dieser Hariri etwas optisch zu bieten haben musste, wenn Roesner sich für ihn interessierte, die sonst nur mit gelangweiltem Blick die Sitzungen über sich ergehen ließ. So ein gut gebautes Schnuckelchen zu einer Dreierpartei einladen, das wäre mal wieder ein bisschen Pfeffer für seine Ehe.

„Ich schätze mal, dass er sich im Verlauf dieses Abends oder morgen spätestens melden wird."

Murr schaute in die Runde. „Dann schlage ich vor, dass wir diese Konferenz jetzt abbrechen und uns morgen zur selben Zeit treffen, um erste Ergebnisse zu hören. Der Aufsichtsrat hat sich bereits gemeldet, er möchte von mir informiert werden. Danke, Herr Dr. Eduard, für Ihre aufschlussreichen Erklärungen."

Alessandro Hariri

Alessandro konnte sich kaum an seine Kindheit in Marokko erinnern. Sein Vater, ein Bauernsohn aus ärmlichen Verhältnissen, war ein kleiner Zollbeamter gewesen. Es gab das Gerücht, dass er diesen Job nur wegen seines Aussehens erhalten hatte. Damals bestand noch Wehrpflicht, die erst 2006 abgeschafft wurde. Der General der Truppe hatte ein Faible für junge gutaussehende Männer und hatte Alessandros Vater daher nach Ende des Wehrdienstes diese Stelle vermittelt. Alessandros Mutter war eine italienische Unternehmertochter. Sie litt darunter, dass sie sich hässlich fand. Zu groß für eine italienische Frau, keine Taille, leichte verbogene Beine, die Nase zu platt, der Teint zu dunkel: Dies war die Beschreibung, die sie von sich selbst gab. Als sie mit neunzehn Jahren zusammen mit ihren Eltern und ihren beiden Brüdern eine fünfwöchige Urlaubsreise nach Marokko unternahm, gab es bei der Ankunft Probleme mit dem Gepäck. Ein Zollbeamter in Zivil, nämlich Bassam Hariri, wurde zur Klärung herbeigerufen. „Es war Liebe auf den ersten Blick!", erzählte Hariris Mutter immer wieder.

Dass sich die junge Frau sofort in den attraktiven Zollbeamten verguckte, wunderte niemanden. Aber umgekehrt? Bassam war für einen Marokkaner hochgewachsen und überragte Gaia um mindestens fünf Zentimeter. Er schaute auf sie herab und erkannte, dass sie sein Schicksal war. Inwieweit ihre teure Kleidung und die exquisiten Lederkoffer dabei eine Rolle spielten, bleibt ungeklärt. Auf jeden Fall wandte er bei der Überprüfung der Koffer kaum einen Blick von ihr und erkundigte sich leise, in welchem Hotel sie absteigen würden. Gaia, die so viel Aufmerksamkeit von männlicher Seite nicht gewohnt war, flüsterte ihm den Namen des Hotels ins Ohr.

In den ersten drei Wochen fiel es den Eltern nicht als etwas Außergewöhnliches auf, dass Gaia aufgrund einer Migräne weder Lust auf Strand noch auf Erkundung der Stadt hatte. Bassam hatte sich seinen Jahresurlaub von vier Wochen genommen, um sich der Angebeteten zu widmen. Ob er es, wie böse Zungen behaupteten, darauf angelegt hatte, dass Gaias Eltern ihre Tochter unbekleidet in den Armen eines ebenso unbekleideten Adonis fanden oder nicht: Der Eklat war perfekt. Der junge Mann wurde des Hotels verwiesen, die Familie packte die Koffer und reiste ab. Wenige Monate später schrieb Gaias Vater einen Brief an Bassam, dass seine Tochter schwanger von ihm sei und sich weigere, das Kind abtreiben zu lassen. Er erwarte daher, dass der werdende Vater sich seinen Pflichten stelle. Ein Flugticket nach Genua lag bei.

Gaias Vater hatte Verbindungen und so konnten die beiden noch vor der Geburt heiraten. Bassam war in allem entgegenkommend, was Gaias Eltern von ihm verlangten. Nur bei einem blieb er hart: Er würde seinen Namen bei der

Heirat nicht abgeben. Es war für ihn unumstößlich der Familienname. Seufzend ließen sich Gaias Eltern darauf ein. Die Schwangerschaft war nicht schwierig, die Geburt normal. Als die Tochter geboren wurde, verzichtete Bassam auf einen marokkanisch-arabischen Vornamen. Gaias Eltern sahen bald ein, dass Bassam gar keine so üble Wahl für Gaia war. Sie liebte ihn glühend. Er hinterließ zumindest den Eindruck, er würde sie auf Händen tragen.

Hatten sie ihn erst für einen mittelprächtigen Gigolo gehalten, erkannten sie bald, dass sein Französisch perfekt und sein Geschäftssinn ausgezeichnet waren. Er war einverstanden, in einer kleinen Tochtergesellschaft in der französischen Provinz das Unternehmenshandwerk zu erlernen. Nach drei Jahren übertrug Gaias Vater seinem Schwiegersohn die Leitung einer kleinen Import- und Exporttochter in Marokko. Dort kamen Gaia und Bassam Hariris zweites und drittes Kind auf die Welt: eine zweite Tochter und ein Sohn, Alessandro. Bassam arbeitete zur großen Zufriedenheit seines Schwiegervaters.

Dass er gelegentlich Geld abzweigte, fiel jahrelang nicht auf. Als der Unternehmer entdeckte, was sein Schwiegersohn hinter seinem Rücken getrieben hatte, befahl er die Familie von heute auf morgen zurück nach Italien. Gaia schlug ihrem Mann vor, dass sie sich von Vaters Rockzipfel lösen und etwas Eigenes auf die Beine stellen sollten, aber Bassam war weniger abenteuerlich veranlagt.

In Italien zurück, musste Bassam sich eine längere Gardinenpredigt anhören und erfahren, dass er nach Deutschland strafversetzt wurde. Der Vater hielt das für eine passende Strafe, ohne sich und seine Familie bloßzustellen.

Wer will schon ins kalte Deutschland? Kein Mitglied der jungen Familie sprach Deutsch. Bassam lernte die Sprache schnell, Gaia behielt einen auffälligen italienischen Akzent. Alessandro passte sich problemlos in den Kindergarten ein und sprach als einziger Deutsch fehlerfrei, wenn auch mit einem dezenten Akzent, den er nie verlor, vielleicht sogar pflegte, weil ihn das interessant machte.

Bassam zweigte weiter Geld ab, was er vor seiner Kleinfamilie keineswegs geheim hielt. Der kleine Sohn hörte aufmerksam zu. Der junge Alessandro hatte das Aussehen seines Vaters geerbt. Er war schon mit siebzehn Jahren hochgewachsen und die Frauen liefen hinter ihm her. Obwohl er früh als hochbegabt galt, weigerte er sich, entsprechend ausgebildet zu werden. Er begann seine Hochbegabung zu verstecken und durchlief danach die Schule unauffällig, er war weder auffallend gut noch besonders schlecht. Er sprach französisch, deutsch und marokkanisch nahezu perfekt, italienisch fließend. Nach dem Abitur verabschiedete er sich von seinen Eltern, weil er wie viele Jugendliche auf eine längere Rucksackreise gehen wollte. Diese Reise dauerte vier Jahre. Ab und an schickte er Grußkarten aus aller Welt, damit seine Familie wusste, dass er noch lebte.

Als er wieder zu Hause war, erwarteten seine Eltern, dass er ein Studium aufnähme. Er lehnte das strikt ab. „Was willst du denn machen?", drang Bassam in ihn. „Arbeiten. Learning by doing." – „In der Firma deines Großvaters?" – „Keineswegs. Ich habe Beziehungen und Freunde."

Das war das letzte Wort, das er dazu verlor. Er wechselte seinen Job alle zwei bis drei Jahre. Was genau er arbeitete, war nicht aus ihm herauszuholen. Im Freundeskreis der Eltern wurde geklatscht und getratscht, dass er bei der

Fremdenlegion in Diensten sei. Auf die immer wiederkehrende Frage nach seiner Arbeit antwortete er stets:

„Das müsst ihr doch gar nicht wissen, Hauptsache, es geht mir gut, oder?" Die Autos wurden immer größer, die Kleidung teuer und von bestem Geschmack. „Es geht unserem Kind gut, das zu wissen reicht aus", war Gaias Devise. Als der Großvater starb, erbten die Kinder zu gleichen Teilen. Gaia teilte ihr Erbteil wiederum in fünf Teile: eines für sich und Bassam und je eines für ihre drei Kinder. Alessandro erhielt ein palastartiges Haus in Italien, das er zum Entsetzen seiner Eltern und Geschwister umgehend verkaufte. „Junge, Geld zerbröselt dir in den Händen, ein Stück Land bleibt ewig."

Seine Besuche zu Hause wurden seltener. Zu seinen Schwestern hatte er kaum Kontakt. Gaia hoffte immer, dass er doch beizeiten eine Frau heiraten würde, aber davon war nichts zu sehen.

Eines erkannte alle, die Alessandro kennen lernten: Er war extrem zielstrebig, was nicht mit ehrgeizig zu verwechseln ist. Was seine langfristigen Ziele waren, ließ er nicht durchblicken. Im Spam-Unternehmen arbeitete er seit nunmehr fünf Jahren. Die Arbeit war anstrengend, aber gut bezahlt, dies galt vor allem für seine Spezialleistungen in Eduards Auftrag. Hariri traute Eduard nicht über den Weg und beobachtete ihn scharf. Typen wie Eduard benutzten andere Menschen und warfen sie weg, wenn sie es für richtig hielten.

Hariri hatte schon seit Monaten den Eindruck, dass es nicht mehr lange dauern würde, bis Eduard einen neuen Liebling auswählen und diesen auf ihn ansetzen würde. Er hatte sich daher entschieden, nach Erledigung des Auftrags

Team Feist das Unternehmen ohne Kündigungsschreiben zu verlassen. Er hatte genug gelernt.

Am Vortag hatte er sich auf der Fahrt mit Mandy unterhalten, nachdem diese zwei Stunden geschlafen hatte. Schon als er sie damals im Supermarkt das erste Mal gesehen hatte, hätte er sie gern angesprochen. Sie war genau sein Typ und er konnte sich direkt vorstellen, sie in seine Pläne mit aufzunehmen. Er nutzte seine Beziehungen und Kanäle, um Informationen über diese Frau zugewinnen. Herauszufinden, dass sie im selben Unternehmen arbeiteten, schien ihm ein Wink des Schicksals. Wenn es so etwas wie Schicksal geben sollte, dachte er amüsiert. Mit ihr bei Eduard im selben Raum zu sitzen, bereitete ihm Herzklopfen. Nicht so, dass es seinen Verstand völlig abschalten würde, aber doch für ihn erstaunlich. Er konnte sich sogar vorstellen, bei dieser Frau einmal länger als zwei Wochen zu bleiben.

„Haben Sie gut geschlafen?" – „Ja, danke. Ich fühle mich sehr viel frischer. Soll ich jetzt übernehmen?" – „Nein, das ist nicht nötig. Ich bin gewohnt, lange Strecken zu fahren."

Mandy hatte schon festgestellt, dass Alessandro ein Fahrer nach ihrem Geschmack war. Er fuhr sehr schnell, dabei sicher und souverän. Neben ihm fühlte sie sich wie eine verliebte Fünfzehnjährige. Wie albern, der Mann war ein Eisblock.

„Sie wissen oder ahnen, dass Eduard Sie für ein Abenteuer ausgeguckt hat?" – „Nein! Das glaube ich nicht, woher wollen Sie das wissen?" – „Ich kenne Eduards Beuteschema gut genug. Und bevor Sie es sich überlegen, ob das für Ihre Karriere günstig ist: Ich kenne keine Frau, die eine auch noch so kurze Beziehung zu Eduard überstanden hat, ohne als gebrochener Mensch zurückzubleiben."

Alessandro sprach ruhig und beherrscht. Mandy rief sich die Treffen mit Eduard in den vergangenen Wochen und vor allem das letzte Treffen in Erinnerung. Hariri konnte richtigliegen, Eduard hatte sie merkwürdig angeschaut. Sie hatte das weggeschoben, aber wenn sie ehrlich war, hmmm. Unangenehm.

Sie war offen. „Jetzt, wo Sie das sagen, stimmt, er hat eine widerliche Art, mir hinterherzublicken. Ich habe das wohl versucht zu übersehen. Danke für den Hinweis, ich werde versuchen, ihm fernzubleiben." – „Der Versuch wird Ihnen nicht viel nützen. Eduard hat in dem Unternehmen sehr viel Macht und freie Hand in fast allem." – „Sie machen mir ja richtig Mut!" – „Ich will Ihnen eine Alternative bieten."

Mandy schaute zum Fenster heraus. Dieser Mann hatte einen solchen Einfluss auf ihre Gefühlswelt, dass es ihr schwerfiel, logisch zu denken. Was sie sonst für eines ihrer Talente hielt. Und wenn sie völlig ehrlich war, so handelte es sich gar nicht einmal um ihre Gefühlswelt. Hormone drehten durch.

Noch wenige hundert Meter bis zum nächsten Rastplatz. Alessandro betätigte den Blinker und fuhr in eine Parkbucht, von da aus in eine kleine Straße, zu der die Zufahrt verboten war. Er blieb am Straßenrand stehen.

„Sie erinnern sich an unser erstes Treffen im Supermarkt?"

Mandy hatte das Gefühl, eine Bombe wäre in ihrem Magen explodiert. Sie war so sicher gewesen, dass er sie gar nicht bemerkt hatte. Sie nickte stumm.

„Was hielten Sie davon, mit mir nach Brasilien zu gehen für ein paar Jahre oder mehr?" – „Das ist jetzt aber kein Heiratsantrag?" – „Nein", Alessandro lachte. „Ich kann mir zwar gut vorstellen, dass wir uns näher, sehr viel näher-kommen, aber weniger in so betulicher Weise." Er klopfte mit den Fingern auf das Lenkrad. Er riskierte eine Menge, bisher hatte er niemandem von seinen Plänen erzählt.

Sie hatten kaum Zeit, das war ihm bewusst. Sie mussten die Geister einholen. Er musste spätestens morgen Eduard Bericht erstatten. Er beugte sich nah zu ihr und flüsterte ihr ins Ohr, während er ihre Bluse aufknöpfte; „Wir hätten eine Viertelstunde, um dafür zu sorgen, dass wir beide weniger angespannt sind." Pünktlich fünfzehn Minuten später ver-ließ der schwarze Wagen den Parkplatz. Mandy war kom-plett durcheinander, aber sie fühlte sich gut. So gut, wie lange nicht mehr. Was für ein verrückter Vorschlag, Brasi-lien. So umwerfend sie Alessandro als Mann fand, umso unsicherer war sie sich allerdings, wie eine Zukunft in Süd-amerika aussähe.

„Was ist denn dein Plan?"

Er sprach zehn Minuten ohne Unterlass. Abrupt hörte er auf. „Wir sind da gerade an einem Wagen vorbeigekom-men, ein dunkelroter Kombi. Durch die Rückfenster konnte man nichts erkennen, da sie zuklebt oder lackiert waren. Hast du den Wagen gesehen?" – „Ja, habe ich, stimmt, so ein Wagen würde sich für sechs Personen eignen."

„Ich werde an der nächsten Ausfahrt die Autobahn ver-lassen, dann wieder drauf und in gehörigem Abstand dem Wagen nachfahren. Ich bin mir ziemlich sicher, dass die Gesuchten da drinsitzen, ich kann mich auf meinen Instinkt verlassen."

„Okay." Mandy betrachtete sein Profil. „Wie viele Menschen hast du bis jetzt eliminiert?", wollte sie wissen. – „Ich habe nicht so viele Menschen getötet, wie du denkst. Ich habe Geister eliminiert, das sind viele, ich habe sie nicht gezählt."

Das war gestern geschehen. Einiges war passiert, es war Zeit, Eduard anzurufen, bevor er Verdacht schöpfen würde. Er gab per Stimmbefehl den Namen von Eduard und „Anrufen" ein. Das Telefon, das in der Freisprecheinrichtung steckte, wählte. Es dauerte nicht lange, bis Eduard den Hörer abnahm.

„Hariri?" – „Ja, genau." – „Wie läuft's?" – „Alles nach Plan". – „Bitte etwas genauer, der Fall zieht Kreise. Der Aufsichtsratsvorsitzende hat mich persönlich angerufen und erwartet Rückmeldung von mir."

„Wir haben den Wagen entdeckt, das war nicht schwer: ein Kombi mit lackierten Rückfenstern. Als der Wagen einen Parkplatz anfuhr, sind wir vorsichtig hinterhergefahren. Team Feist war völlig überrascht, als wir plötzlich vor dem Auto standen, die Fahrertür aufrissen und den Fahrer herauszerrten. Das Team hat nur einen Fahrer, die anderen hätten daher nur zu Fuß entkommen können. Sie sahen selbst ein, dass es witzlos ist. Es hat mich und Frau Kurz wenig Überredungskunst gekostet, Ostermann, den Fahrer, von der Nützlichkeit einer Unterschrift zu überzeugen. Er ist eliminiert." – „Hervorragende Arbeit, Hariri. Ein bestes Dankeschön auch an Frau Kurz, falls sie nicht mithört, können Sie ihr ausrichten, dass ich mich auch bei ihr für diese ausgezeichnete Arbeit persönlich erkenntlich zeigen werde."

Eduard fuhr fort: „Was ist mit den anderen Geistern?"

„Wir haben sie in Netze gewickelt. Sie wissen ja, dass diese Geister sich nicht aus Netzen befreien können. Sie liegen wie Sardinen im Kofferraum und auf der Rückbank des roten Kombis. Es kann etwas ungemütlich für sie sein, aber das tragen wir mit Fassung, oder?" Alessandro zweifelte eine Sekunde, ob er da nicht zu dick aufgetragen hatte. Aber Eduard reagierte mit einem kurzen Lachen.

„Ja, einigermaßen. Und was passiert jetzt?" – „Die fünf sind zwar völlig demoralisiert, aber noch nicht unterschriftswillig. Statt sie in die Ramusstraße zu bringen, halte ich es für sinnvoller, wenn Frau Kurz und ich sie noch einige Stunden, sagen wir einmal bis morgen Abend, festhalten. Dann wird das Problem gelöst, ohne dass größere Aufmerksamkeit auf die Ramusstraße und unsere Firma gelenkt wird." – „Wo sind sie jetzt? Nicht, dass sie sich doch noch befreien?"

„Frau Kunz fährt seit gestern quasi im Kreis auf der Autobahn, also in relativ hohem Tempo. Wenn sie sich ausruhen muss, löse ich sie ab. Wir sind in ständigem Funkkontakt. Sie können sich vorstellen, was eine solche Reise bei den fünf an Verzweiflung auslösen wird. Wenn Sie Ihr Go-Ahead geben, werden wir die fünf an einem Ort, der sehr einsam liegt, noch ein wenig überzeugen." Hariri lachte, es klang kalt und gefühllos.

Eduard überlegte kurz. „Wann glauben Sie, können Sie die Leute bringen?" – „Ich denke, wie gesagt, morgen Abend. Sollten sich noch Verzögerungen ergeben, gebe ich Bescheid." – „Gut, danke für den Bericht. Ich werde den Aufsichtsrat umgehend anrufen und informieren. Wenn der anders entscheidet, setze ich mich mit Ihnen in Verbindung." – „Wunderbar. Wundern Sie sich aber bitte nicht, wenn ich nicht direkt antworten sollte. Das Funknetz ist hier sehr löchrig, wir haben immer wieder Ausfälle."

„Alles klar. Noch viel Spaß bei der Überzeugungsarbeit." Eduard kicherte. Da wäre er gern dabei. Er war begeisterter Zuschauer solcher ‚Überzeugungsarbeit'.

Er legte den Hörer auf, wartete einige Sekunden und hob ihn wieder ab. Er nahm den Zettel aus der Tasche, auf dem er sich die Nummer des Aufsichtsratsvorsitzenden Erik Gruber notiert hatte. Er konnte sich von Gruber überhaupt kein Bild machen, denn Gruber war nie in der Öffentlichkeit zu sehen. Er drückte die entsprechenden Tasten. „Ja?"

„Guten Abend, Herr Gruber. Ich rufe an wegen der Angelegenheit ..." Gruber war kurz ab.

„Ich weiß, warum sie anrufen. Bitte halten Sie mich nicht unnötig auf, dieses ganze Team-Feist-Versagen kostet mich schon mehr Zeit, als ich habe."

Eduard schluckte eine Entschuldigung herunter, die wollte Gruber jetzt sicher auch nicht hören.

„Also, Hariri und Kurz haben den Fahrer dingfest gemacht und eliminiert. Sie halten das bockige Restteam für zugänglicher für eine Unterschrift, wenn sie selbst noch etwas Überzeugungsarbeit leisten. Das sollte nicht länger als bis morgen Abend dauern." – „Warum so umständlich?", bellte Gruber ins Telefon. „Wir haben doch in der Ramusstraße genug ‚Möglichkeiten'! Wer hat sich diesen Blödsinn ausgedacht, Sie?" – „Hariri. Er hat das plausibel erklärt."

„Rufen Sie Hariri an. Er soll alle direkt ins Büro bringen, wir kümmern uns dann. Verstanden? Wenn Sie diese Angelegenheit gut zu Ende bringen, können Sie die Kleine übrigens haben."

Eduard war geplättet. Woher wusste der Mann, dass er ein Auge auf Mandy geworfen hatte? Was Eduard nicht wusste, war, dass dies einer von Grubers Standardsätzen war. Sein Motto lautete: „Alle Männer sind scharf auf ne kleine nuttige Mitarbeiterin. Das heizt den Ehrgeiz an."

„Wenn Sie aber Mist bauen, Eduard, dann können Sie den Verkauf von Feuerlöschern erlernen, ist das klar, haben Sie das verstanden?" – „Selbstverständlich, Herr Gruber, ich werde alles tun, was in meiner Macht steht."

Gruber hatte bereits nach dem „Herr" aufgelegt.

Tag 9, Rückblick

Erica rüttelte Yvette: „Hey, wach auf!" Yvette schlug die Augen auf, war sie nicht gerade noch in einem Gefängnis mit Säure bedroht worden? Erica sah sie sorgenvoll an. Yvette hatte die Geschehnisse der letzten Tage am schlechtesten von allen verkraftet, und sie hatten sie in dieser Nacht schon dreimal wecken müssen, weil sie im Schlaf laut sprach, wimmerte und schrie. Die ältere Frau nahm die jüngere in den Arm. „Komm, es wird alles gut!" – „Aber Niklas", weinte Yvette hemmungslos, „was wird aus ihm? Warum konnte er nicht mit uns kommen?" – „Du hast es doch miterlebt und gehört, es ging nicht anders, sonst wären wir alle draufgegangen!"

Yvette begann zu zittern. Karl sah besorgt auf sie herunter. „So geht das nicht weiter, wir müssen ein Beruhigungsmittel für sie holen."

Sie waren allesamt erschöpft, nervlich extrem angespannt. Sie mussten rasch weiter. Es wäre für Erica, Werner, Fred und Karl die vernünftigste Lösung gewesen, Yvette zurückzulassen. Aber nicht einmal denken mochten sie so etwas. „Was für ein Mittel schlägst du vor? Ich kenne mich nicht aus, bin aber bereit, was zu holen." – „Das ist ein Risiko, das weißt du?" Fred nickte. „Ja, ist es. Aber lieber dieses Risiko eingehen, als mit anzusehen, wie Yvette vor die Hunde geht."

Karl versuchte, alle zu beruhigen. „Ihr wisst doch noch, wie ich euch mit meiner Unkerei genervt habe. Und hatte ich recht?" Alle nickten. „Dann vertraut meiner Intuition auch jetzt. Im Moment spüre ich keine Gefahr. Ich denke, eine halbe Stunde Zeit haben wir. Fred, wenn du schon in eine Apotheke fährst, kannst du noch ein paar Sachen mitbringen. Erst einmal Valium für Yvette, nimm die schwächste Dosis, die du findest. Zwei oder drei Schmerzmittel, wir wissen nicht, was kommt. Und für alle Fälle auch noch mal Metformin für Erica. Die denken zwar immer noch, dass Erica Insulin spritzt, aber wir können nie sicher sein, wann sie mehr in Erfahrung bringen. Hariri wird nicht ihr einziger guter Mann sein. Welche Dosis brauchst du?" – „Nimm so viele 500 Milligramm-Blister, wie du bekommst, ohne dass es auffällt. Ich kann sie halbieren oder verdoppeln. Kannst du dir das alles merken, oder soll ich es dir aufschreiben?" – „Geht schon, ich brause dann mal los. Ich bin in einer halben Stunde zurück."

Fred sagte dies mit viel Selbstvertrauen, um Yvettes düstere Stimmung aufzuhellen. Ein Selbstvertrauen, das er sich selbst teils nur einredete. Vor allem durfte er nicht der Polizei in die Hände fallen. Er hatte zwar auf einem Hinterhof Auto fahren gelernt, so wie viele Jugendliche ihre ersten Fahrversuche unternehmen, aber nie einen Führerschein gemacht.

„Werner, geh du in die Raststätte. Eine Einzelperson und an anderer Stelle eine Dreiergruppe sind unauffällig. Wenn schon jemand nach uns sucht, werden sie nach fünf Personen Ausschau halten. Weil wir zu sechst im Auto saßen, werden sie denken, dass wir nun erst recht zusammenbleiben." – „Soll ich was zu essen kaufen?"

Karl schüttelte den Kopf. „Wir haben nur noch ein paar hundert Euro, die brauchen wir für Sprit. Hariri und die Frau haben alles genommen. Wir müssen erst noch einige Kilometer hinter uns legen, bevor wir eine Bank finden werden." – „Ich schau mal, vielleicht komme ich unbemerkt in die Küche."

Yvette lag leise schluchzend mit dem Kopf auf Ericas Schoß, die ihr über die Haare strich. Sie hätte nie gedacht, dass sie so viel Nähe ertragen und jemand Fremdes streicheln könnte. Die Nähe zu ihren Freunden war in so wenigen Tagen gewachsen. Sie zählte nach, es waren erst neun Tage, kaum zu glauben.

Sie dachte wehmütig an die gute Stimmung, in der sie vor zwei Tagen gewesen waren. Sie saßen im Auto, ja, Niklas am Steuer. Immer, wenn sie an Niklas dachte, ging ihr ein Stich durchs Herz. Wo mochte er jetzt sein? Was fühlte er jetzt? Konnten sie hoffen, dass ihm wirklich nichts weiter passiert war?

Vorgestern hatte Niklas eine Stunde nach der Abfahrt einen Rastplatz angesteuert und Erica aufgefordert, ein paar Runden zu fahren. Nachdem sie vor lauter Aufregung zweimal den Motor abgewürgt hatte, lief es gut. Niklas war, wie er zugab, darüber erleichtert. „Es kann immer mal was passieren, und dass ihr ohne mich nicht mehr fahren könntet, empfand ich als sehr belastend." Sie hatten vereinbart, dass sie nach der nächsten Rast das Steuer für eine Weile übernehmen sollte. Sie hatte Zuversicht gespürt. Auf der Autobahn zu fahren ist einfach, zur Not begnügt man sich eben mit der rechten Spur. Einmal hatten sie aufgetankt. Es war zwar noch nicht erforderlich gewesen, aber Karl verbreitete so viel Unruhe, dass sie nachgaben.

Karl war überhaupt extrem nervös. An einer Stelle rief er aus: „Habt ihr diesen schwarzen Wagen gesehen, der uns gerade überholt hat? Von dem geht Gefahr aus!" Sie hatten ihn alle beruhigen können, als sie feststellten, dass der schwarze Sportwagen an der nächsten Ausfahrt die Autobahn verließ. Karl blieb ruhelos und schaute ständig nach hinten. Ein paar Mal rief er: „Ich glaube, ich habe den Wagen wieder gesehen!", aber keiner konnte das bestätigen.

Eine Stunde später sahen sie ein Hinweisschild auf eine große Raststätte, noch fünfzig Kilometer. „Da kannst du gut üben, Erica. Wir sollten auch ein wenig spazieren gehen, wir sind doch alle völlig angespannt." Niklas hatte recht, hatte sie gedacht. Sie hatten munter durcheinander geplaudert, nur Karl war still und schaute ständig nach hinten. „Mir wäre lieber, wir würden weiterfahren."

Niklas war nicht dieser Meinung. „Irgendwann müssen wir eine Pause machen. Und ich kenne diesen Rastplatz, da kann man sehr gut verdeckt parken, nicht wie an anderen Orten, wo du wie auf dem Präsentierteller stehst."

„Ihr könntet doch einfach die Plätze wechseln, Erica fährt weiter, aber nicht lange da rumstehen."

Karl wurde eindeutig überstimmt. Sie sehnten sich danach, die Muskeln wieder zu bewegen. Niklas nahm die Ausfahrt zur Raststätte, tankte erneut voll und lenkte den Kombi dann zu einem kleinen abgesonderten Parkplatz, vermutlich ein Relikt aus der Zeit, bevor der Platz vergrößert und die Raststätte gebaut worden waren.

Erica erinnerte sich genau, dass sie die Packung mit Madeleines geöffnet hatte und sich auf den ersten Bissen freute. Yvette und Fred tranken gemeinsam mit Strohhalmen lautstark aus einer Getränkedose, Karl zählte ihr Geld und Niklas sah sich die Strecke nochmals auf dem Navi an.

Erica nahm plötzlich aus dem Augenwinkel einen Schatten wahr, und da war es auch schon passiert. Ein Mann riss die Fahrertür auf, zog Niklas vom Sitz hoch und warf eine Art grobes Netz über ihn. Er verdrehte Niklas rechten Arm nach hinten, der mit schmerzverzerrtem Gesicht halb gebeugt vor dem Fremden stand. „Versuchen Sie gar nicht erst, aus dem Wagen zu kommen. Ich kenne mich mit Geistern aus, ich weiß, wie ich Sie festhalten kann. Und ich habe keine Hemmungen."

Erica erinnerte sich auch noch, wie sie gedacht hatte: „Wie fühlt man sich als Geist, wenn man stirbt im Vergleich zum Menschen?" Gleichzeitig wusste sie, dass sie das gar nicht beantworten konnte, denn als Mensch war sie nie gestorben. Fred wollte trotz der Drohung die Türe hinten rechts öffnen und einen Rettungsversuch für Niklas starten. Der Fremde rief mit schneidender Stimme: „Bleiben Sie, wo Sie sind! Ihr Freund wird es sonst mit dem Leben bezahlen!"

Ein Auto ist kein Raum, aus dem man so einfach verschwinden kann wie aus einem Raum mit Wänden. Der Mann umwickelte Niklas über dem Netz mit einem Strick. Er nahm vier dünne Handschellen aus der Hosentasche und legte sie den Geistern an. Karl, der hinter Erica saß, zischte ihr ins Ohr: „Das ist ein ganz leichtes Material, sowas habe ich noch nie gesehen." Erica drehte ihre Hände, wie sie das beim Durchdringen von Metallgittern gelernt hatte, aber das funktionierte hier nicht. Yvette bemühte sich, in Freds Handschelle zu greifen und den Mechanismus zu packen und zu öffnen. Sie kam nicht hinein. Erica hatte Angst, der Mann sah nicht aus, als verstünde er Spaß. Ein paar Meter entfernt stand der schwarze Sportwagen. Karl hatte wieder einmal recht gehabt! Auf dem Beifahrersitz saß eine weitere Person, es schien eine Frau zu sein. Mehr konnte sie nicht erkennen.

„Jetzt kommen Sie aus dem Wagen raus, setzten Sie sich zu Ihrem Freund und hören Sie mir gut zu!"

Yvette zitterte, vermutlich fürchtete sie, der Mann würde sie hinrichten. War der Fremde ein Terrorist? Er könnte Araber sein, überlegte Erica. Die dunklere Hautfarbe, die schwarzen Haare, der Bart? Sein Deutsch war bis auf einen leichten Akzent fehlerfrei. Aber das heißt ja nichts. Karl war ruhig.

„Mein Name ist Alessandro Hariri. Ich bin Mitglied des Exekutiv-Komitees der Firma, bei der Sie arbeiten. Ich bin zuständig für die Eliminierung von Geistern." Erica holte tief Luft. Also doch die letzte Stunde? Aber wenn er sie umbringen wollte, warum nannte er seinen Namen und erzählte ihnen überhaupt etwas? Sie waren doch wehrlos.

Er gab ihnen einen kurzen Abriss dessen, was Eduard am Vortag dem Vorstand über die Geister berichtet hatte. Keiner von ihnen ließ etwas davon verlauten, dass sie mehr konnten, als über Geister bekannt war. Er sprach exakt, zur Sache und schnell: „Wir haben nicht viel Zeit. Wenn Sie die neuen Bedingungen unterschreiben, das haben Sie verstanden, dann werden Sie wieder normale Menschen und vergessen das Geistsein, ist das wirklich klar?" Alle nickten, Niklas so gut, wie es unter dem Netz ging.

„Mir liegt nichts daran, dass sie alle eliminiert werden, so nennen wir die Rückführung ins Menschsein. Der Grund ist unter anderem, dass ich das Unternehmen verlassen werde. Ich möchte Ihnen gern zur Freiheit verhelfen."

Das bezweifelte Erika. Aus welchem Grund sollte dieser eiskalte Mensch seine Karriere für sie riskieren? Hariri schaute ihr direkt in die Augen. „Sie wundern sich, warum ich das tun sollte?" Erica wurde blass. Er lachte. „Ich kann keine Gedanken lesen, aber ich kann logisch denken." Er atmete durch.

„Nun ich gebe Ihnen die Antwort. Ich will den Kontinent wechseln. Dafür brauche ich Geld."

Yvette rief dazwischen: „Dann nehmen Sie doch unser Geld und lassen Sie uns in Frieden!" – „Tut mir leid, so einfach ist das nicht. Das Unternehmen wird sofort alle Agenten auf uns hetzen, auf Sie und auf mich, wenn wir so vorgehen. Ich denke auch nicht, dass Sie genug Geld haben, dass es für den Rest meines Lebens reicht." Da hatte er recht, das war allen klar.

„Das ist aber auch nicht mein Problem. Ich habe ausreichend vorgesorgt. Was ich brauche, ist Geld für meinen Flug und eine Begleitperson sowie genug, um über die ersten Tage zu kommen."

Karl sah hoch. „Dafür könnten Sie uns genauso gut eliminieren."

Hariri nickte. „Korrekt. Aber das will ich nicht." Er blickte in die Ferne. „Vielleicht will ich einfach nur Bitc.., äh, der Firma etwas Ärger machen?"

Erica hatte aufgehorcht. Bitk? Doch nicht etwa Bitcanto? Sollte dieses halsabschneiderische Syndikat wahrhaftig auch hinter diesem Unternehmen stehen?

„Was schlagen Sie vor?", fragte Fred ungeduldig. „Ich denke nicht, dass wir hier Stunden herumhängen können."

„Nein", Hariri stimmte ihm zu und schaute auf die Uhr. „Unser Flieger geht in wenigen Stunden. Ich hoffe, Eduard und seine Hintermänner noch zwei Tage von Ihrer und meiner Fährte ablenken zu können. Dann sind Sie auf sich selbst gestellt."

Er legte eine Pause ein. „Sie haben sich bescheiden bedient, habe ich recht?" Die sechs sahen ihn fragend an. „Nun, Sie haben nicht einen Tag lang nur Banken geleert, Luxusgüter genommen und so weiter?" – „Nein, haben wir nicht", antwortete Yvette schnippisch, „es sei denn, Sie halten einen Kosmetikkoffer für ein Luxusgut." Hariri unterdrückte ein Lächeln. „Warum ist das wichtig?", erkundigte sie sich. „Ist es nicht." Er sah seine Vermutung bestätigt. Alle waren hinter dem Geheimnis her, aus welchem Grund diese mäßig begabten Menschen so erfolgreich untergetaucht waren. Sie hatten Mittelmaß mit Bescheidenheit kombiniert. Keine Gier gezeigt. Das war ihm aufgefallen und das machte sie zu etwas Besonderem. Aber das würde er niemandem sagen. Er schaute wieder auf die Uhr. Er fand die Sechs zu seinem eigenen Erstaunen sympathisch, was offensichtlich nicht auf Gegenseitigkeit beruhte, wie er ihren feindseligen Blicken entnahm. Egal, er musste sich beeilen.

„Damit wir die Bluthunde von Ihrer Spur und natürlich damit auch von meiner, das gebe ich offen zu, ablenken, schlage ich vor, dass Sie mir alles Geld geben, dass Sie haben. Behalten Sie genug, um bis zur nächsten und übernächsten Bank oder Geldquelle zu kommen. Jetzt kommt der schwierige Teil. Wir müssen den Verfolgern etwas geben, das sie ablenkt. Das wäre eine Leiche, nein, erschrecken Sie nicht, das habe ich nicht vor. Also, das wäre eine Leiche oder ein eliminierter Geist. Sie sind ganz besondere Geister, daher könnte es sein, dass derjenige nicht völlig das Gedächtnis verliert, aber garantieren kann ich nichts." Werner hob die Hände in den Handschellen.

„Nein, bitte nicht. Ich suche keine Freiwilligen. Ich habe mir das sehr gut überlegt. Es muss Ihr Fahrer sein. Das Unternehmen geht davon aus, dass Sie ohne Fahrer völlig hilflos sind, aber ich bin sicher, dass Sie noch einen Trumpf in petto haben, habe ich recht?"

Er machte ein paar Sekunden Pause und fuhr fort, als keiner sich regte.

„Der junge Mann hier, ich nehme an, Sie sind Herr Ostermann?", Niklas nickte. „Sie werden mir ein Formular unterschreiben, dann werde ich Sie abholen lassen. Es dauert erfahrungsgemäß etwa eine Stunde, bis das Geistsein entwichen ist." Yvette zog verärgert die Augenbrauen zusammen: „Ja, und dann wird er abgemurkst, nein, das machen wir nicht mit!"

Hariri schüttelte den Kopf. „Es hat schon öfter abtrünnige Geister gegeben. Die wurden allerdings immer viel schneller festgesetzt als sie. Davon wurde keiner umgebracht. Nur eliminiert. Ein Mensch ohne Erinnerung an das Geistsein ist keine Gefahr für irgendjemand. Spamverkäufer sind keine brillanten Menschen, für die es lohnt, mit dem Gesetz in Konflikt zu kommen. So das Credo im Hause."

Hariri sah die Unsicherheit in den Gesichtern. „Ich weiß, es fällt Ihnen schwer, mir zu vertrauen, das verstehe ich. Aber Sie haben keine andere Wahl. Und überlegen Sie einmal: Was sollte ich davon haben, Sie nicht alle auszuliefern? Ich könnte Ihr Geld nehmen, einen Anruf tätigen und hätte immer noch genug Zeit abzuhauen."

Erica nickte, der Fremde hatte recht. Die Geister schauten zu Karl. Der sah Hariri ins Gesicht. „Ich weiß nicht warum, aber mein Gespür rät mir, Ihnen zu glauben." Er drehte sich zu seinen Freunden. „Sucht schon mal das Geld zusammen." Dann wandte er sich zu Niklas.

„Du musst nicht zustimmen. Das weißt du?" Der junge Mann nickte: „Ich will es machen. Wenn ich vergesse, was ich mit euch erlebt habe, werde ich nichts vermissen. Oder?" Hariri nickte. „So ist es."

Yvette heulte. Erica hatte einen Kloß im Hals. Fred und Werner guckten starr ins Weite. Karl betrachtete konzentriert seine Fingernägel.

„Sie schreiben mit rechts?", frage Hariri. Niklas nickte. Hariri zog Niklas' rechten Arm aus dem Netz, drückte ihm einen Kugelschreiber in die Hand und ließ ihn unterschreiben. Niklas sah hoch. „Also es ist alles wie vorher!" – „Ich habe es Ihnen ja gesagt, es dauert etwa eine Stunde." – „Solange bleiben wir bei unserem Freund!", sprach Fred mit fester Stimme. Hariri war beeindruckt.

„Es tut mir leid, keiner von uns hat so viel Zeit. Wir müssen alle sofort auf den Weg, auf die Straße. Jede Minute zählt. Ich werde Herrn Ostermann in meinem Auto mitnehmen und ihn an einer anderen Stelle absetzen, wo ihn ein paar Kollegen abholen. Dann werde ich, wie gesagt, den Suchtrupp versuchen aufzuhalten. Ich hoffe, dass das bis morgen Abend geht, vielleicht sogar bis übermorgen. Mehr Zeit kann ich Ihnen nicht geben."

Er half Niklas auf. Karl übergab Hariri das Geld, der nicht einmal nachzählte. Hariri führte Niklas zu seinem Wagen, band ihm aber erst ein Tuch um die Augen. „Ich gehe zwar davon aus, dass Sie vergessen, wer ich bin, wer meine Begleitung ist und was wir besprochen haben. Aber um sicherzugehen, ist es besser, ich verbinde Ihnen die Augen. Okay?"

Niklas nickte. Er kämpfte mit den Tränen. Es war so wunderbar gewesen, Freunde zu haben. Sein einziger Trost war, dass er es ja nicht mehr wissen würde.

Hariri gab den fünf Geistern ein Zeichen, dass sie sich beeilen sollten. Erica setzte sich ans Steuer und fuhr los. Sie war noch etwas unsicher, fädelte sich zögerlich in den laufenden Verkehr ein. Es wurde mit jedem Kilometer besser.

Karl übernahm wie immer die Führung. „Wir brauchen als erstes Geld. Dann neue Papiere. Und ein Lebensmodell. Ich gehe davon aus, dass wir fünf zusammenbleiben wollen. Wie wir das alles hinbekommen, ich weiß es nicht. Wir haben aber mehr Fähigkeiten, als die Firma ahnt. Erica, du denkst auch, dass Bitcanto dahintersteckt?" Erica nickte.

„Ich habe ein gutes Gefühl, dass wir das schaffen!" Aus ihm sprach mehr Vertrauen, als er selbst hatte. Er war sich nicht ganz sicher, inwieweit Hariri mit offenen Karten gespielt hatte. Aber hatten sie eine Wahl gehabt? Nicht wirklich. Wenige Kilometer später wurden sie von dem schwarzen Sportwagen überholt. Sie konnten Niklas gekrümmt auf der Rückbank erkennen. Er drehte sich nicht einmal um.

Achtundvierzig Stunden später waren sie ihrem Ziel nahe. Werner hatte es geschafft, aus der Kantine etwas mitzubringen. Fred kam ebenfalls pünktlich zurück. Sie flößten Yvette ein halbes Glas Saft und eine Tablette ein. Er dauerte nur wenige Minuten, bis sie schläfrig wurde.

Sie fuhren in die Nacht hinein. Wie lange könnte Hariri Ihnen die Bluthunde vom Hals halten?

Tag 10, Flughafen

Mandy war nervös, Alessandro die Ruhe selbst. „Wenn das nur gut geht, du nimmst so ein Risiko auf dich!" – „Das Risiko ist nicht so groß, wie du denkst. Vertraue mir." – „Klar, ich vertraue dir, nachdem ich dich mal gerade zwei Tage kenne, wenn überhaupt."

Alessandro lachte. „So gesehen, hast du recht. Aber schau mal, ich muss dir auch vertrauen. Genau wie Gerke und Freunden. Jeder von uns kann den anderen reinreiten."

Mandy war nicht völlig beruhigt. Sie liebte es, wenn Alessandro lachte. Sie schalt sich selbst albern. Bin ich dreizehn Jahre alt? Nicht einmal eine Siebzehnjährige ist so blöde. Sie seufzte, es war, wie es war.

„Warum seufzt du?" – „Ich denke an all die schönen Klamotten, die ich im Schrank hängen habe und nicht mitnehmen kann." – „Du lügst!" – „Stimmt."

Sie schwiegen. Er sah sie ernst an. „Du hast dir die Route gut eingeprägt? Und denkst daran, zwischendrin dreimal dein Äußeres leicht zu ändern und die entsprechenden Papiere zu tauschen?" – „Alessandro, wir sind das Ganze jetzt schon zwanzigtausend Mal durchgegangen, ich bin nicht blöde!" – „Ich weiß. Aber du bist ein solches Leben im Gegensatz zu mir nicht gewöhnt." – „Da hast du recht. Also, ich fliege in insgesamt zwölf Flügen nach Brasilien. Das geht kreuz und quer, ich weiß, dreimal

223

wechsle ich die Papiere und zwischendurch meine Haarfarbe und was weiß ich noch. Du wirst mir die Gepäckfachschlüssel jeweils an der Info bereitlegen lassen, damit ich neue Klamotten und so weiter finde. Hotelaufenthalte sind keine geplant. Wie hast du das eigentlich alles so schnell organisieren können, vor allem die Papiere?" – „Auch wenn es dich erstaunt, ich habe Freunde." – „Freunde können reden!" – „Unwahrscheinlich. Das Unternehmen hat zwar seine Finger in vielen Dingen, aber ist doch kein göttliches Wesen mit Allwissen und Allmacht. Selbst wenn ein Freund redet: Jeder weiß zur eigenen Sicherheit immer nur ein Bruchteil. Eben das, worum ich ihn gebeten habe."

„Was ist Fortaleza eigentlich für eine Stadt? Und warum treffe ich dich nicht in Rio de Janeiro, da könnten wir uns doch wegen der vielen Einwohner besser verstecken."

„Fortaleza ist keine Kleinstadt, sondern eine Großstadt mit etwa zwei Millionen Einwohnern. Wenn uns jemand sucht, kannst du drauf wetten, dass sie in die größeren Städte schauen." Alessandro schaute auf die Uhr.

„Du hast jetzt nicht mehr lange. Ich komme, wie abgesprochen, nicht mit. Und bitte, bitte, dreh dich auf keinen Fall um! Du wirst zwar nicht zur Salzsäule erstarren, aber du weißt, es ist verdächtig."

Sie verabschiedeten sich wie gute Bekannte, weiter nichts. Mandy hatte einen Kloß im Hals. Wie gerne würde sie alles vergessen und an ihren Schreibtisch zurückkehren. Alessandro flüsterte ihr schnell noch zu: „Die kurzen blonden Haare stehen dir übrigens gar nicht so schlecht. Zumindest auf dem Passfoto."

Das stand ihr noch bevor. Beim letzten Stopp musste sie auf einer Toilette nicht nur die Haare schneiden, sondern

auch färben. Dazu musste sie sich Wasser in einem aufblas-
baren Eimer mit in die enge Toilettenkabine nehmen. Aufpassen, dass niemand sie hinein- oder hinausgehen sah. Die
Zeit abpassen zwischen zwei Reinigungstouren. Das war
ihr schwierigster Teil. Die Verständigung in Brasilien jagte
ihr keinen Schrecken ein. In ihrer Ausbildung als Europa-
sekretärin war das Erlernen der spanischen Sprache Pflicht.
Wer Spanisch kann, lernt schnell Portugiesisch.

Sie war nicht einfältig genug, um sich Alessandros Anweisungen zu widersetzen. Deshalb drehte sie sich nicht
um, egal, wie groß die Versuchung war. Sie wusste, dass
Alessandro sich in wenigen Minuten verhaften lassen
würde, um die Aufmerksamkeit auf sich zu ziehen. Er hatte
Pläne, wie er sich der Verhaftung in zwei Tagen entziehen
würde. Aus Sicherheit für sich selbst und auch für sie hatte
er ihr keine Details mitgeteilt. Manchmal kam sie sich vor
wie in einem billigen Spionageroman. Das Leben ist gelegentlich unglaubwürdiger als jeder Film, war es ihr in den
letzten Stunden mehrfach durch den Kopf gegangen. Es war
Alessandro gegen den massiven Druck des Vorstands gelungen, zu erreichen, dass das Exekutivkomitee auch am
zehnten Tag noch Ruhe gab und niemanden auf die Verfolgung der fünf freien Geister ansetzte. Da Alessandro Niklas
abgeliefert hatte, war seine Geschichte glaubwürdig. Er
hatte ihr nicht gesagt, was er seinem Chef erzählt hatte,
aber vermutlich Horrorgeschichten von Folter und Ähnliches. Angeblich saß Niklas schon wieder in seiner alten
Wohnung und schrieb E-Mails, in denen er Werkzeugkästen
anpries.

Tag 30, Köpfe rollen

Eduard überlegte das erste Mal in seinem Leben, ob er diesem freiwillig ein Ende bereiten sollte. Dieser Hariri hatte ihn nicht nur total hereingelegt, sondern auch in die Scheiße, jawohl, er benutzte das Wort mit voller Wonne, in die Scheiße geritten: beim gesamten Vorstand, beim Aufsichtsrat und offensichtlich auch noch weiter oben.

Sein Posten als Chef der Revisionsabteilung war jetzt schon Vergangenheit. Das großzügige Angebot des Aufsichtsrats lautete: Wir überführen Sie der Unterschlagung, Sie kommen zehn Jahre in Haft und anschließend können Sie gern bei uns Haarwuchsmittel verkaufen. Er hatte nachgefragt, wieso er denn ins Gefängnis müsse, der degradierende Job würde doch reichen. Dr. Eduard hat heute ein Sonderangebot für Sie? Grauenhaft. „Sie denken, Sie kommen straffrei aus der Sache raus? Witzbold!", hatte Erik Gruber in seiner typisch überheblichen Art genäselt.

Was konnte er dafür, dass Hariri ein Verräter war?

Nie würde er vergessen, wie Gruber ihn angebrüllt hatte: „Wie konnte es passieren, dass Hariri nach seiner Verhaftung das Land verlassen hat? Sie haben nicht einmal eine Erklärung, es ist geradezu so, als könnte der Mann durch Wände gehen! Und Sie sind ratlos, Sie Null."

Wie hätte er ahnen können, dass diese Kurz vom Erdboden verschwindet? Gegen sie hatte er nie den geringsten Verdacht gehegt. Spätere Nachforschungen hatten ebenfalls nichts ergeben, was ihn hätte auf sie aufmerksam machen können. Möglicherweise lebte sie ja gar nicht mehr? Sie war eine auffallende Frau in ihrer kühlen Schönheit, ihre Spur konnten sie bis nach Nigeria verfolgen. Dann gab es nichts mehr. Warum war sie in Afrika untergetaucht? Was hatte sie mit der Angelegenheit Team Feist zu tun? Fragen, die Gruber ihm gestellt hatte und die er beim besten Willen nicht beantworten konnte.

Gruber war insbesondere deshalb zornig, weil Eduard sich nicht hatte gegen Hariri durchsetzen können, als dieser die Verfolgung der fünf übrigen Team-Feist-Mitglieder endlos hinauszögerte. Zwei Tage, in denen sich fünf Leute überall hin absetzen konnten! Damit hatte Eduard direkt gegen die Anweisung von Gruber verstoßen. Ein unverzeihlicher Fehler, wenn nicht gar der schlimmste von allen.

Eduards einziger Trost war, dass der gesamte Vorstand wegen Versagen abgesetzt worden war. Flink hatte sich aus dem Fenster im sechsten Stock gestürzt, als er in Vorbereitung einer Auslandsreise festgestellt hatte, dass seine in Kaiman angesammelten Gelder restlos verschwunden waren. Und zwar ohne Spuren! Er hatte einen Abschiedsbrief hinterlassen, in dem er Eduard beschuldigte, dafür verantwortlich zu sein. Wirr im Kopf, offensichtlich. Selbst der Aufsichtsrat unter Gruber hatte das nicht in Erwägung gezogen.

Eduard wusste auch, warum Gruber in dieser Angelegenheit so vollständig unbarmherzig war. Er hatte Angst um seinen eigenen Kopf, Team Feist hatte weite Kreise gezogen. Nicht nur die Tatsache, dass ein Team das Unternehmen an der Nase herumgeführt hatte. Das größte Übel war, dass sie mit all ihren Bemühungen nicht herausgefunden hatten, was diese Leute von allen anderen Teams abhob. Durchschnitt waren sie, allenfalls Durchschnitt! Wie sollten sie in ihren Eignungs- und Eingangstests denn jetzt herausfinden, welche Leute ähnlich mittelmäßig und gleichzeitig genial waren? Es gab keinen Anhaltspunkt. Auch Ostermann war nach Unterzeichnen des neuen Vertrags wieder der Alte.

Eduard hatte in letzter Verzweiflung versucht, Gruber zu überreden, er solle ihm Niklas ausliefern, er würde dann schon alles aus ihm rausquetschen. Das hatte ihm nur einen eiskalten Blick von Gruber eingehandelt.

Grubers letzte Worte an Eduard waren: „Wenn Sie aus dem Gefängnis kommen, wenden Sie sich an Emely Reichler. Sie verwaltet die Zuteilung der Spammails." Dann hatte er noch gelacht, ein sehr unsympathisches Lachen: „Und glauben Sie nicht, dass Sie eines Tages durch Wände werden gehen können." Genau das waren Eduards Gedanken gewesen, er hatte in wenigen Sekunden schon große Pläne gemacht. „Frau Reichler wird Ihnen dann erklären, warum das ausgeschlossen ist."

Eduard saß im Park. Zwar hatte ihn bis jetzt niemand verhaftet, aber er kannte die Vorgehensweise des Unternehmens gründlich genug. Er konnte dem nicht entgehen, außer durch Freitod. Welche Möglichkeiten gab es dafür? Aufhängen? Zu grausam, es konnte schiefgehen. Aus dem Fenster stürzen? Keine Option, nachdem er erfahren hatte, dass Flink bei seinem Versuch erfolglos war und jetzt vollständig gelähmt im Rollstuhl saß, er konnte nicht einmal mehr sprechen. Pulsadern aufschlitzen? Sein Magen krümmte sich schon bei dem Gedanken. Tabletten? Wie daran kommen? Er seufzte. Er hatte keine Wahl. Er entschloss sich, seit langer Zeit einmal wieder die Natur zu genießen. Sicher das letzte Mal für viele Jahre.

Jahr 2, Londrina

Jana Richter war heute allein nach Londrina gefahren, um für die kommenden vier Wochen einzukaufen. Sie war froh, dass die viertgrößte Stadt Brasiliens in anderthalb Stunden Autofahrt von ihrer Kaffeefarm aus zu erreichen war. So angenehm sich das Leben auf der Farm auch gestaltet hatte und bei aller Liebe zu Natur, hin und wieder mochte sie einmal in den Luxus einer Großstadt eintauchen. Vitor hatte ihr außerdem aufgetragen, sich schon mal nach einem prächtigen weißen Kleid umzusehen. Das war seine Vorstellung von einem romantischen Heiratsantrag. Um Aufgebot und so weiter wollte er sich kümmern. Es war nicht an der Tagesordnung, dass eine reiche Plantagenbesitzerin ihren Vorarbeiter heiratete, aber wer kümmerte sich schon um gesellschaftliche Gepflogenheiten, wenn er so weit ab vom Schuss war? Waren sie erst einmal ein verheiratetes Paar, würde es auch leichter sein, Freundschaften zu schließen.

Sie bummelte die Hauptgeschäftsstraße entlang, dort gab es zwei Geschäfte mit Brautmoden. Auch wenn sie genug Geld hatte, um sich das teuerste Kleid zu kaufen, das ihr gefiel, hielt ihre deutsche Krämerseele, wie Vitor das nannte, sie davon ab. Qualität ja, dafür bezahlen ja, aber irgendwo ist eine Grenze. Jana Da Silva ... wie klingt das? Melodisch. Sie hatte Glück, dass sie mit der Heirat nicht noch tausend andere Namen hinzubekam. Die Namen mancher Brasilianer waren so lang, dass sie nicht mal auf ein Fußballtrikot passten.

Manchmal fuhren Vitor und sie übers Wochenende in die Staatshauptstadt Critiba. Mit knapp vierhundert Kilometern Entfernung war das schon eine Strecke, die man nicht in einer Stunde hinter sich legte. Vitor fuhr immer so, als wollte er alle Rekorde brechen. „Ach, Vitor, kannst du nicht mal was langsamer fahren? Dies ist eine Landstraße, da sind nicht mehr als achtzig Kilometer pro Stunde erlaubt. Und stell dir vor, die Polizei buchtet dich ein, wie lustig finde ich das dann wohl?“

„Du solltest einfach mal auf den Tacho schauen. Ich fahre nicht schneller als gerade zweiundachtzig Kilometer pro Stündchen. Der Zustand der Straßen ist so katastrophal, da kommt dir das schneller vor.“

„Meine Großmutter war Deutsche und ich habe nach dem Tod meiner Eltern eine Weile bei ihr gelebt“, antwortete er, wenn ihn jemand auf sein nahezu fehlerloses Deutsch ansprach. Wobei sie sich gelegentlich auch auf Portugiesisch unterhielten. Jana hatte es relativ schnell gelernt. Zumindest reichte es für Alltagsgespräche und Small talk. Die Arbeiter nannten sie „a mulher que saiu do frio“, zu deutsch: Die Frau, die aus der Kälte kam, denn Jana war kühl und beherrscht, fast nichts konnte sie aus der Ruhe bringen. Dennoch arbeiteten die Leute gerne bei ihr. Die Löhne lagen leicht über dem Durchschnitt, die Arbeitszeiten entsprachen den rechtlichen Vorschriften. Anfangs, als sie die Farm von Santos, dem Vorbesitzer, übernommen hatte, verstand sie nicht viel vom Kaffee. Ein halbes Jahr hatte Santos sie eingewiesen, das war Teil des Deals gewesen. Nach einem leichten Einkommenseinbruch hatte sich die Farm erholt und warf zwar keine Reichtümer, aber genug ab, um sie am Leben zu halten. Jana war entschlossen, in die schwarzen Zahlen zu kommen. Als Vitor sich vor dreizehn Monaten bei ihr als Vorarbeiter beworben hatte, wählte sie ihn aus sechszehn Bewerbern aus. Die

Arbeiter tuschelten anfangs, dass Sra. Richter sich den feschen Vorarbeiter eher nach seiner Optik als seinem Können ausgesucht hätte. Es stimmt, mit seinen kinnlangen dunklen Locken, seinen schwarzen Augen und dem dünnen Oberlippenbart passte er besser in einen Piratenfilm als auf eine Kaffeefarm. Sein Portugiesisch hatte manchmal einen französischen Einschlag, was er selbst damit erklärte, dass er nach dem Tod seiner deutschen Großmutter viele Jahre in Frankreich bei Verwandten gelebt hatte. Er war erst knapp zwölf Monate wieder in Brasilien, als er sich um die Stelle bewarb.

Allen Unkenrufen zum Trotz florierte die Farm unter Janas Leitung und seiner Position als Vorarbeiter. Was die tratschenden Arbeiter nicht wunderte, war, dass der schöne Vitor bald heimlich bei Jana ein und aus ging. Vermeintlich heimlich, auf so einer Farm geschieht nichts unbemerkt. Einer der Arbeiter hatte sich bei seinen Kollegen einmal damit gebrüstet, er hätte gesehen, wie Vitor durch die Wand gegangen sei. Was ihm schallendes Gelächter einbrachte. „Brasilien ist voller Geister", witzelten sie.

Jana war einsilbig, wenn sie erklären sollte, warum sie aus Deutschland nach Brasilien gekommen sei. „Peinliche Verwandtschaft", murmelte sie dann, „Ich will eigentlich nichts mit ihnen zu tun haben, wollte aber einfach mal das Land sehen, in dem sie leben. Sehen und in das Land verlieben, war eins."

Um fünfzehn Uhr war sie mit ihrer einzigen deutschen Freundin in einem Café verabredet. Jana konnte Melanie gut leiden. Vor allem deshalb, weil sie nie viele Fragen stellte. Die Romanze mit Vitor begeisterte Melanie. Sie hatte als Diplomatenfrau nicht viel zu tun, Kinder hatten sie noch keine. Also las sie viel, vorwiegend Liebesgeschichten. Als Jana Melanie erzählt hatte, dass Vitor um ihre Hand angehalten habe, wäre ihre Freundin fast in Tränen der Rührung ausgebrochen. Dennoch hatte sie Jana gewarnt: „Bist du sicher, dass er nicht ein Heiratsschwindler ist? Bei seinem Aussehen würde mich das nicht wundern. Obwohl, sorry, du bist auch eine hübsche Frau, aber trotzdem ... du hast das Geld, da kann ein Mann das schon als hübsches Bonbon obendrauf verstehen."

„Das ist mir egal. Erstens glaube ich es nicht und zweitens, was kann er erreichen? Ich werde ihm kaum die Ländereien überschreiben." Da war Melanie beruhigt und schlug vor, dass sie doch mal das Hochzeitsfest planen sollten. „Ein so schönes Paar haben wir hier schon lange nicht mehr gesehen!" Sie überlegte kurz. „Aber vielleicht solltest du dir doch mal die Haare wachsen lassen, Männer mögen das. Hat Vitor nie was in die Richtung gesagt?"

Jana lächelte. Er mochte ihre kurzen blonden Haare, auch wenn sie gefärbt waren. Brasilien gefiel ihr. Melanie zuckte die Schultern, offenbar sind doch nicht alle Männer völlig gleich.

Jahr 4, Das Team
Familie Ostermann

Sabine war glücklich, das Reihenhäuschen war superschön. Sie hatte nie gedacht, dass sie sich das jemals würden leisten können. Als sie Niklas vor gut drei Jahren kennengelernt hatte, verdiente er mit seinem Mailing-Versand erbärmlich wenig. Den fand sie sowieso ziemlich dubios. Als Erzieherin war ihr Einkommen auch eher bescheiden. Niklas hatte in den folgenden zwei Jahren in einem Fernstudium den Bachelor in technischer Informatik erworben. Wegen seiner herausragenden Begabung hatte er das Studium mit einer Ausnahmegenehmigung in deutlich kürzerer Zeit abschließen können. Sie hatten gefeiert, als er die Urkunde erhielt, und er hatte ihr noch am selben Abend einen Antrag gemacht. Richtig romantisch. Dann kam dieses geniale Angebot für ihn aus Bremen. Wer konnte da nein sagen? Er hatte seine Mailing-Aktivitäten von einem Tag auf den anderen gekündigt. Die Firma hatte eine Weile Ärger gemacht, dann aber plötzlich lief alles reibungslos.

Sie wusste gar nicht mehr, wo sie die Annonce für dieses Reihenhaus entdeckt hatten. Der Vorbesitzer war verstorben, die Erbengemeinschaft wollte nur schnell Geld sehen, so sagte die Maklerin. Sabine steckte ihr ganzes Gespartes als Eigenkapital in das Haus, das reichte knapp. Als sie vor einem Jahr einzogen, war sie im achten Monat schwanger. Sie hatte Glück mit der Schwangerschaft, keine Morgenübelkeit oder die üblichen Beschwerden. Die Geburt war hart, vierundzwanzig Stunden hatte sie in den Wehen gelegen. Niklas war die ganze Zeit an ihrer Seite. Während der Geburt kam es unglücklicherweise zu Komplikationen. Das Töchterchen wurde zwar gesund geboren, die Ärzte erklärten Sabine aber später, dass sie keine weiteren Kinder mehr bekommen könne. Also nichts mit dem gemeinsamen Traum von den lustigen drei Bälgern, die durch das Haus tobten. Sie war eine Weile schwermütig gewesen deswegen, aber Niklas hatte es immer verstanden, sie aufzubauen.

Sie begriff überhaupt nicht, wieso nicht eine andere Frau diesen liebenswerten, sanftmütigen Mann schon lange vor ihr weggeschnappt hatte. Nur manchmal war er merkwürdig. Einmal kam sie in sein Arbeitszimmer, da stand er mit dem Rücken zur Tür und drückte mit der Hand gegen die Wand. „Niklas, was machst du da?"

Er schrak zusammen. „Ich weiß nicht, ich war wie benommen ... bis du mich gerade angesprochen hast." Ein andermal kam sie in den Keller, um Kartoffeln zu holen, da stand er neben dem Werkzeugkasten und bewegte seine Schultern so merkwürdig, wobei er hochsprang.

„Niklas, was soll das?"

Er schaute sie mit glasigem Blick an. „Ich weiß nicht, Sabine, ich weiß nicht." Sie hoffte, dass dies keine Anzeichen für eine ernsthafte Krankheit waren. Ein Hirntumor oder eine schwere Psychose vielleicht?

Sie hatte sich ihrer Nachbarin zur Linken anvertraut. Sie hatten ja auch mit den Nachbarn so unwahrscheinlich Glück gehabt! Links wohnten die Reicherts. Yvonne Reichert war etwa in ihrem Alter und hatte einen zweijährigen Sohn. Ihr Mann Friedrich war Informatiker wie Niklas. Während sie mit Yvonne über Kindererziehung und die beste Kinderernährung diskutierte, konnten sich die beiden Männer stundenlang über irgendwelche Formeln unterhalten. Friedrich war bestimmt fünfzehn Jahre älter als Yvonne, das wusste sie aus Yvonnes Erzählungen, aber er sah viel jünger aus. Gut gehalten, kein Wunder, er war sportlich. Vor langer Zeit, so hatte er einmal Niklas erzählt, hatte er ebenfalls für einen Mailing-Versand gearbeitet. „Solche Unternehmen müssten staatlich verboten werden! Das sind alles Ganoven", hörte sie ihn einmal zu Niklas sagen.

Yvonne hatte sie wegen Niklas' Eigenarten beruhigt. Sowas sei überhaupt nichts Schlimmes, sie sollte es einfach übersehen. Möglichst auch nicht mit anderen darüber sprechen, es gibt Menschen, die ziehen alles in den Dreck. Sabine war eher konventionell und fühlte sich zu der etwas verrückten Yvonne hingezogen. Sie wünschte, sie hätte den Mut, die Haare so ausgefallen zu tragen wie Yvonne. Aber die Nachbarin hatte sie beruhigt, ein blonder Pferdeschwanz sei genau die Frisur, die zu ihr passe.

Manchmal war Sabine eifersüchtig, weil die Reicherts sich oft mit den Winklers trafen und sie dann stundenlang zusammengluckten. Eva Winkler und ihr Vater Winfried Winkler wohnten rechts von den Ostermanns. Eva sah ihrem Vater überhaupt nicht ähnlich. War der Vater rundlich, gemütlich und klein, so überragte seine Tochter ihn um mindestens zwanzig Zentimeter, war hager mit eher harten Gesichtszügen. Keine Ahnung, wie die Gene da verrückt gespielt hatten.

Eva hatte ihr unter dem Siegel der Verschwiegenheit anvertraut, dass sie ihren Vater erst vor wenigen Jahren kennengelernt hatte. Eine Lehrerin hatte den damals sechzehnjährigen Winfried verführt. Als das herausgekommen war, wurde die Lehrerin versetzt. Einen Monat später stellte sich heraus, dass sie schwanger war. Winfried verschwieg sie das, um sein junges Leben nicht zu ruinieren. Sie war vor drei Jahren verstorben und hatte ihrer Tochter Eva einen Brief hinterlassen. Eva hatte bis zu diesem Tag geglaubt, dass ihr Vater ein verheirateter Mann gewesen sei, der kurz nach ihrer Geburt gestorben war. Nachdem sie seine wahre Identität erfahren hatte, machte sie sich auf die Suche nach dem leiblichen Vater. Winfried fiel aus allen Wolken, denn er hatte nichts geahnt. Er hatte nie geheiratet, keine Kinder. Die beiden verstanden sich auf Anhieb wie alte Freunde und hatten beschlossen, für den Rest ihres Lebens das nachzuholen, was sie bisher versäumt hatten. Sabine hatte fast geweint, als Eva ihr diese rührende Geschichte erzählte. Von ihrer Mutter habe sie auch die Kurzsichtigkeit geerbt, deswegen trüge sie Kontaktlinsen. Sabine konnte sich an all den Geschichten nicht satthören.

Eva passte gern auf die Kinder auf. Sie konnte fantasievolle Geschichten erzählen. Manchmal hörte Sabine heimlich zu, ihre Tochter war noch zu jung, um wirklich etwas zu verstehen, aber Yvonnes Sohn lauschte mit Faszination. Meist waren es Geistergeschichten. Die Geister waren aber ganz anders, als man sie aus normalen Geschichten dieses Genres kennt. Sie konnten durch Wände gehen, Mauern durchdringen, aber sie waren nicht durchsichtig. Man konnte sie sogar anfassen. Sie beneidete Eva um ihre Fantasie, sich solche Geschichten auszudenken.

Heute hatte Eva sie und Niklas für nächste Woche Mittwochabend eingeladen. Ihr jüngerer Bruder Karl käme zu Besuch, sie hätten ihn ewig nicht gesehen, also fast zwei Jahre, da wäre es Zeit, gemeinsam zu feiern.

„Du meinst Halbbruder?" – „Wieso Halbbruder?" Eva runzelte die Stirn.

„Ja, wie, ich dachte, deine Mutter hat Winfried nie wiedergesehen?" – „Ach so, na klar, ich war gerade in Gedanken woanders." – „Ich komme gern nächsten Mittwoch, aber ich weiß nicht, ob Niklas es schafft. Er hat doch mittwochs immer diese Weiterbildung."

Eva runzelte die Stirn. „Karl bleibt nicht lange, daher wäre es schon wichtig, dass Niklas Zeit hat." – „Wieso wichtig? Er ist dein Halbbruder, was hat Niklas mit ihm zu tun?" – „Karl kennt viele Leute und hat reichlich Beziehungen. Niklas möchte sich doch gern selbstständig machen, hast du letztlich erzählt. Da kann Karl ihm bestimmt Tipps eben und ihm ein paar wichtige Namen nennen." – „Ach so, nee, klar, ich schau mal, was ich machen kann."

Ja, die Nachbarn waren nahezu ideal. Manchmal erschienen sie Sabine zwar ein wenig unheimlich, aber sie konnte nicht exakt mit dem Finger darauf zeigen, warum das so war. Sie war allerdings gespannt auf den jüngeren Bruder. Sie mochte Familiengeschichten. Ob er wenigstens Eva ähnlich sah?

Kindliche Entwicklung

Yvonne war aufgeregt. Sie hatte Eva angerufen und gesagt, sie müssten sich unbedingt unterhalten. Sie und Winfried könnten gern zum Abendessen kommen, anschließend sei Zeit zum Klönen. Das war nichts Besonderes, sie saßen oft zusammen.

„Machst du wieder so einen einfachen Salat? Für meinen Diabetes ist so ein leichtes Abendessen immer am günstigsten." – „Aber Eva! Das weiß ich doch." Yvonne lachte ins Telefon. – „Gut, wir kommen heute Abend. Wir haben einen Brief von Jana und Vitor." – „Warum schicken die keine E-Mails? Wir nutzen doch alle PGP." – „Natürlich, ich habe mich versprochen. Eine E-Mail. Sie sind jetzt zwei Jahre verheiratet und überlegen, ob sie uns mal besuchen kommen können. Über alte Zeiten plaudern."

Yvette lachte, über alte Zeiten plaudern ... Vitor hatte sie vor anderthalb Jahren ausfindig gemacht, keine Ahnung, über welche Kanäle er ihre Identität und Adresse gefunden hatte. Eva und er hatten beide von Telefonen in Cafés oder Restaurants aus gesprochen, denn Telefonzellen gab es seit einiger Zeit nicht mehr. Er war besorgt, ob es ihnen allen gut gehe.

„Sonst wäre alle Mühe umsonst gewesen." – „Keine Sorge, Vitor. Uns geht es gut. Und stell dir vor, Niklas wohnt auch hier!" – „Das musst du mal in Ruhe erzählen. Weiß er ...?" – „Nein, er weiß nichts. Nicht bewusst."

Getroffen hatten sie sich immer noch nicht. Aber gelegentlich tauschten sie E-Mails aus, erzählten, was sie so machten, von beruflichen Erfolgen, der Kaffeefarm. Keine Hinweise auf früher.

Yvonne bereitete das Abendessen vor. Sie hatte nie gedacht, dass sie eine so häusliche Ader hatte. Sie hatte sich auch nie vorstellen können, dass sie sich einmal in einen Mann wie Friedrich verlieben würde. Das Schicksal ...

Sie hörte den Schlüssel in der Haustür und Friedrich rufen: „Yvonne? Ich bin zurück." Friedrich war diesen Monat dran, das Geld zu besorgen. Zwar verdiente er als Informatiker nicht schlecht, aber für alle reichte das Einkommen nicht. Eva schrieb Artikel für eine Naturzeitschrift, Winfried erledigte kleine Gärtnerarbeiten in der Siedlung. Ihnen vier war das Geld genug, Karl versorgte sich selbst. Aber sie mussten auch noch den Rest des Hauses der Ostermanns abtragen. Der günstige Preis hatte zum Glück weder Sabine noch Niklas stutzig gemacht.

„Hat alles geklappt?"

Friedrich kam in die Küche und küsste sie zur Begrüßung. „Ja, alles wunderbar. Ich war wieder in Delmenhorst. Dreimal zweitausend Euro."

Yvonne strahlte. „Ich bin so froh, dass das Limit doch noch ein wenig nach oben gegangen ist." Friedrich nickte. „Ja, es wäre sonst sehr mühsam. Wenn Karl wirklich seine

Beziehungen spielen lassen kann, kriege ich vielleicht auch noch ein paar Kunden, dann können wir das reduzieren." Er schaute sich in der Küche um. „Erwarten wir Gäste? Habe ich etwas vergessen?" – „Ja und nein. Will sagen: Ich habe Eva und Winfried eingeladen, das war spontan, du hast also nichts vergessen." – „Einfach so eingeladen, oder gibt es einen Grund?" – „Ja, gibt es. Verrate ich nachher, wenn wir zusammensitzen."

Eva und Winfried waren pünktlich. Winfried war des Lobes voll für Yvonnes Kochfertigkeiten. „Das war das Allerletzte, was ich von dir erwartet hätte, als ich das erste Mal gesehen habe."

Yvonne grinste. „Nicht nur du, ich selbst auch. Es macht mir Spaß." Eva war ungeduldig. „Nun erzählt doch mal."

Yvonne und Friedrich räumte den Tisch ab. „Will jemand Rotwein oder lieber was anderes?"

Sie entschieden sich alle für den Roten, Winfried wünschte sich außerdem einen Espresso. Yvonne setzte sich hin.

„Ich habe vor ein paar Tagen zum ersten Mal den Eindruck gehabt, dass unser kleiner Sebastian mit den Händen in die Wand greift."

Friedrich runzelte die Stirn. „Warum hast du mir nichts gesagt?"

„Ich wollte erst sichergehen! Also heute habe ich ihn beobachtet. Er macht ja die ersten Schritte allein. Und er ist durch eine kleine Wand durchgegangen!" – „Oh, Mist", war Friedrichs Kommentar. „Das wird peinlich, wenn er mal in den Kindergarten oder die Schule geht."

Yvonne schüttelte den Kopf. „Das glaube ich nicht. Interessanterweise macht er das nur, wenn er sich unbeobachtet fühlt. Wenn ich dabei bin, verhält er sich vollkommen normal. Und er ist erst zwei Jahre alt! Bis er in den Kindergarten kommt, wird er das im Griff haben." – „Mögest du Recht haben", meinte Winfried. „Aber so ein bisschen hatten wir ja damit gerechnet, wenn sich zwei Geister zusammentun ..." Yvonne und Friedrich sahen sich liebevoll an. Dann fuhr sie fort:

„Aber das ist nicht alles und dafür hätte ich euch nicht zusammengetrommelt, das hätte ich euch zwischen Tür und Angel mitgeteilt. Jetzt passt auf: Ich war heute bei Sabine Babysitten. Sie hat sich in dem evangelischen Kindergarten um eine Stelle beworben, nachdem ich ihr versprochen habe, die kleine Angela zu beaufsichtigen, solange es nötig ist. Irgendwann kommt sie ja in den Kindergarten. Sebastian habe ich natürlich mitgenommen. Angela lag in ihrer Wiege und dämmerte vor sich hin, ich habe Sebastian beim Turmbau mit Bauklötzen geholfen. Zufällig schaue ich hoch, und ratet mal, was ich sehe?" – „Ein Gespenst?", witzelte Friedrich.

Yvonne warf ihm scherzhaft einen bösen Blick zu. „Nein, sie hatte ihren Fuß durch den Strampler gestreckt. Und wenige Sekunden später zog sie ihn zurück. Ich dachte, da ist sicher ein Loch drin, ich bin auf gar keine andere Idee gekommen. Bin also zu ihrer Wiege, um das Fußstück runterzuziehen, damit sie nicht hängenbleibt. Da war kein Loch! Und ihr wisst, was das heißt?"

Die anderen nickten. Sabine war mit Sicherheit kein Geist, das hatten sie oft genug gesehen. Und Niklas? Seine Erinnerung war gelöscht. Allerdings war ihnen schon aufgefallen, dass es mit dem Löschen nicht hundertprozentig funktioniert hatte. Da waren die besorgten Berichte von

Sabine oder der Blick, mit dem er sie manchmal musterte. Als versuchte er, sich zu erinnern.

Hariri hatte ihnen damals schon Hoffnungen gemacht: „Ihr seid als Geister so weit entwickelt, wie wir das bisher niemals gesehen haben. Daher kann es durchaus sein, dass bei Niklas auch nach der Unterschrift nicht alles gelöscht wird. Oder später einmal wiederkommt."

Besuch am Mittwoch

Die Temperaturen stiegen für einen Tag im Mai recht hoch. Deshalb war eine Gartenparty geplant, dann konnte Sebastian im Sandkasten spielen und Sabine musste nicht alle zwanzig Minuten aufspringen, um nach Angela zu sehen.

Karl war vormittags mit dem Zug angekommen. Eva hatte ihn mit dem Wagen abgeholt. Sie sah ihn kritisch an, er sah müde und erschöpft aus. Älter als seine neunundvierzig Jahre. Sie umarmten sich auf dem Bahnsteig wie alte Freunde, die sich zwanzig Jahre lang nicht gesehen hatte, dabei waren seit dem letzten Treffen erst zweiundzwanzig Monate vergangen.

Auf der kurzen Rückfahrt brachte Eva Karl in Stichworten auf den neusten Stand. Die Entwicklung der Kinder fand er auch bemerkenswert. „Und wie kommst du so weiter?" – „Nimm's mir nicht übel, ich erzähle das, wenn wir nachher alle zusammensitzen. Hat sich bei Niklas was getan?" – „Ja und nein. Sabine hat sich bei Yvonne ausgeweint, sie hat Angst, dass Niklas krank ist. Sie hat ihn gesehen, wie er mit den Händen die Wände abtastet oder merkwürdige kleine Sprünge macht. Was denkst du?" – „Von allem, was ich gehört habe, dürfte es, von jetzt an gerechnet, nicht länger als zwei oder drei Jahre dauern, bis er sein komplettes Gedächtnis zurückgewonnen hat. Bei ihm könnte es sogar deutlich schneller gehen, er war so ein vollendeter Geist."

Sie schwiegen für den Rest der Fahrt und hingen ihren Gedanken nach.

Yvonne kam mit Sebastian zu Eva und Winfried. „Friedrich sagt, er muss noch einen wichtigen Auftrag abschließen, er kommt zum Mittagessen." Dann fiel sie Karl um den Hals: „Meine Güte, ich habe dich so vermisst. Wie lange bleibst du? Du hast nichts geschrieben."

Karl schaute Yvonne an. „Du siehst wunderbar aus, das Leben in Bremen bekommt dir gut. Oder die Familie?" Yvonne strahlte. „Weiß es Friedrich schon?", frage er sie.

„Was meinst du?"

Karl lächelte. „Ich habe gelernt, Kleinigkeiten zu interpretieren" und schaute ihr auf den Bauch. Yvonne wurde puterrot. „Ich wollte es heute Abend als Bömbchen platzen lassen, jetzt hast du mir die Schau gestohlen." Dabei drückte sie ihn noch einmal. „Diesmal musst du aber Patenonkel werden! Du hast schon gehört, hat Eva schon von Sebastian erzählt?"

Karl nickte und amüsierte sich im Stillen darüber, dass er ihr damals die Rolle einer Yata Hari hatte zuweisen wollen. Dabei war sie Mutter und Hausfrau mit Begeisterung! Winfried holte den Seesack aus dem Kofferraum. „Karl, du reist immer noch mit leichtem Gepäck!"

Sie redeten alle gleichzeitig und merkten nicht, dass Karl immer weniger sagte. Eva fiel es plötzlich auf. „Mensch, Karl, du bist sicher von der langen Reise erschöpft! Willst du dich noch ein wenig aufs Ohr legen? Mittagessen gibt's um ein Uhr, ich kann dich dann wecken."

Karl nickte. „Sehr gern. Weckst du mich bitte eine halbe Stunde vorher, damit ich noch zu mir kommen und mich ein wenig frisch machen kann?" Eva brachte ihn nach oben in ihr Gästezimmer, das in den anderen Reihenhäusern als Kinderzimmer diente.

Als sie wieder ins Wohnzimmer kam, sprach sie aus, was alle dachten: „Karl sieht schlecht aus. Hoffentlich ist das nur Müdigkeit!"

Eva kochte nicht so gern. Sie hatte Brot und Aufschnitt gekauft, Yvonne hatte zwei riesige Schüsseln Salat vorbereitet. Friedrich kam etwas früher als erwartet. „Du bist schnell wie immer", begrüßte Yvonne ihn und gab ihm einen Kuss auf die Nase. „Wie geht's Karl?", wollte er sofort wissen. „Nicht so gut, wir machen uns ein wenig Sorgen", antwortete sie ihm.

Eva weckte Karl wie vereinbart. Um ein Uhr stand er im Türrahmen und grinste Friedrich an: „Ob wir uns jemals wieder Unpünktlichkeit angewöhnen können?" Die beiden umarmten sich. Karl schaute auf den Tisch. „Meine Güte, das sieht ja genial aus! Ich habe seit Tagen nur Flugzeugnahrung und Brötchen von billigen Bäckereien gegessen." – „Dann lang kräftig zu!"

„Du weißt ja schon alles über uns, Eva hat dir einen Abriss gegeben. Nun erzähle doch bitte mal, was du gelernt und erreicht hast."

„Erreicht habe ich wenig. Es ist extrem schwierig, einem gierigen Team klarzumachen, dass es im Leben mehr gibt, als Banken zu leeren. Und dass es sowieso dann schnell auffällt. In den letzten vier Jahren konnte ich genau drei Teams ‚umdrehen'. Dann ist es mir noch gelungen, aber das ist besonders schwierig, aus vier weiteren Teams Individuen herauszunehmen. Der eine Typ war echt clever. Er hat seine Unterschrift gegeben, aber Buchstaben vertauscht. Hat er länger dran geübt, stelle ich mir schwierig vor. Für den Arbeitsvermittler war das okay. Der Mann ist jetzt quasi ein Maulwurf in der Spamgeisterei. Ich achte immer darauf, dass die Teams untereinander zwar von der Existenz der anderen wissen, aber ohne Namen und Adresse. Es ist zu gefährlich. Es hat sich nicht jeder die Narrenfreiheit vom Aufsichtsrat erkauft wie ihr – und selbst ihr seid vorsichtig genug gewesen, wieder in der Versenkung zu verschwinden. Außerdem habe ich noch zwei wichtige Entdeckungen gemacht." Er legte eine kleine Pause ein. Friedrich stand auf: „Was hältst du von einem kleinen Bierchen, frisch vom Fass?" Karl überlegte. „Eines, mehr vertrage ich nicht."

Karl hatte sich vor vier Jahren anfänglich auch um ein bürgerliches Leben bemüht. Aber ohne Führungsposition, ohne Aufgabe, ohne Verantwortung? Das hätte ihm ein Jahr davor noch gefallen, aber das war vorbei. Und so hatte er sein Leben den Geistern gewidmet. Er passte junge Teams ab, lotete aus, ob es wert war, sie zu informieren über das, was ihnen bevorstand. Half, wenn es gewünscht wurde, bei den ersten Schritten in das neue Leben. Schilderte, welche Wahl sie hatten. Eine zweite Aufgabe, die er sich gestellt hatte, war herauszufinden, wozu das Unternehmen gehörte. Er witterte immer noch den KGB dahinter, das ließ ihn nicht los. Und er sammelte alles, was er über mittelstoffliche Geister lernen und erfahren konnte. Er hatte den anderen mehrmals geschrieben, dass Niklas damals genial den richtigen Begriff getroffen hatte.

Friedrich füllte sein Glas wieder auf. „Mach' uns nicht noch neugieriger!"

Karl goss sich Wasser aus der Flasche, die auf dem Tisch stand, in sein Bierglas. „Dass Geistsein erblich ist, habt ihr selbst schon gemerkt, schade, das war einer meiner Knüller." Er lächelte. „Geistsein ist ein dominantes Merkmal, deshalb ist auch die kleine Angela begabt. Außerdem habe ich herausgefunden, zu welchem Syndikat das Unternehmen gehört, für das wir alle einmal gearbeitet haben." Er legte eine weitere kleine Kunstpause ein.

„Karl, bitte, spann uns nicht auf die Folter!" Yvonne rutschte unruhig auf dem Stuhl hin und her.

„Bitcanto."

Eva sprang auf: „Ich hätte es mir denken können, diese Schweine! Echt, man muss ihnen das Handwerk legen."

Karl schüttelte den Kopf. „Das wäre gut, aber würde nicht weiterhelfen. Hinter Bitcanto steckt noch jemand und ich bin nicht sicher, wer das ist." – „Sicher der KGB?", scherzte Friedrich.

„Ich würde das nicht ausschließen. Auch wenn ich bis jetzt keine handfesten Beweise gefunden habe." Er nippte an seinem Wasser und nahm sich ein kleines Häppchen von den Antipasti, die Friedrich angeschleppt hatte.

„Was mich aber wirklich bei meinen Recherchen umgehauen hat: Es gibt Naturals!"

Die anderen verstanden nicht sofort und blickten ihn fragend an.

„Naturals sind Geister, die das Geistsein nicht erworben haben, sondern damit auf die Welt gekommen sind." – „So wie Sebastian und Angela?" – „Nein, nein, die haben es geerbt. Naturals sind Spontangeister. In der ganzen Familie gibt es keinen einzigen Geist und plötzlich kommt es quasi zu einer Mutation. Ich habe bisher drei Naturals getroffen.

Sie müssen nicht ‚bescheiden‘ sein, wie man von uns sagt, um Geister zu werden oder zu bleiben. Einer hat eine kriminelle Laufbahn eingeschlagen, der zweite, eine Frau, lebt so normal wie möglich, und Nummer drei hat sich nach mehreren Treffen mit mir entschlossen, mehr für gescheiterte Geister zu tun, mehr oder weniger ehrenamtlich neben dem bisherigen Leben.“

„Ich habe noch Eis als Nachtisch“, sagte Eva. „Jemand Interesse?“ Alle nickten. Sebastian schaute interessiert hoch.

Karl fuhr fort: „Ja, und dann noch zu mir. Ich werde Mandy und Aless ..., äh, Jana und Vitor in Brasilien besuchen.“ Ihm fiel es bei diesen beiden besonders schwer, die neuen Namen wie normal in seine Sprache einzubauen. „Ich habe vor, eine Weile zu pausieren, Ihr habt ja selbst gesagt, dass ich nicht gut aussehe. Ich bin erschöpft. Bitcanto wird mir irgendwann auf die Schliche kommen, wenn sie das nicht sogar bereits getan haben. Um wegzulaufen, muss man Kraft haben. Die habe ich nicht. Die Da Silvas haben mich schon so oft eingeladen, ich könne gern so lange bleiben, wie ich möchte. Das werde ich jetzt wahrnehmen. Gründlich.“

„Oh, da beneide ich dich!“, rief Winfried aus. „Irgendwann will ich mich auch mal aufraffen zu dieser Reise. Wie lange willst du bleiben, wie lange brauchst du, um dich zu erholen?“ – „Ich denke, ich werde dort ein halbes bis ein Jahr bleiben. Auch nicht unbedingt auf ihrer Kaffeefarm, vielleicht kaufe ich mir selbst ein kleines Anwesen in ihrer Nähe.“ Er stellte beruhigt fest, dass niemand bemerkt hatte, dass er nicht beantwortet hatte, wie lange er meinte, für seine Erholung zu benötigen.

„Es ist noch eine Sache, die mir Sorge macht. Wenn Niklas sich erholt, denkt ihr, dass Sabine das verkraften wird?"

Yvonne kannte sie am besten. „Ich kann es echt nicht sagen, manchmal wirkt sie ein bisschen einfältig, so als wenn sie nichts schnallt. Sie hängt aber sehr an Niklas, sie bewundert ihn fast. Sie ist ein Unsicherheitsfaktor, mit dem wir wohl leben müssen."

Friedrich verabschiedete sich: „Ich muss noch was tun, wir sehen uns heute Abend, Karl. Wie lange bleibst du?" – „Zwei Tage." – „Wie, so kurz?", rief Eva enttäuscht aus. „Wir haben uns doch so lange nicht mehr gesehen, die paar Treffen am Bahnhof oder Flughafen zählen doch nicht!"

„Ich habe das Ticket schon gekauft. Es gibt ein paar Dinge, die ich auf dem Weg noch erledigen muss", log er.

Karl ging in den Garten und spielte dort mit Sebastian. Werner setzte sich zu ihm und sie sinnierten über die „guten alten Zeiten". Auch Werner machte sich Gedanken, Karl wirkte fast älter als er. Selbst wenn man sein anstrengendes Leben berücksichtigte, so war er doch zwanzig Jahre jünger. Er sagte aber nichts, weil er gemerkt hatte, dass Karl nicht darüber sprechen wollte.

Nachmittags begannen sie, den Garten zu schmücken. Eva hängte Lampions auf, Werner bereitete den Grill vor, Yvonne fütterte den Kleinen und half dann mit.

Niklas und Familie kamen pünktlich. Eva machte gegenseitig bekannt: „Das sind Niklas und Sabine, auch Nachbarn, und das", damit zog sie Karl am Ärmel, „ist mein jüngerer Bruder Karl, der als Vertreter ständig durch die Welt reist.". Sabine lächelte ihn freundlich an, er erschien ihr sofort sympathisch.

„Was machen Sie, äh, was machst du denn beruflich?" – „Ich verkaufe Werkzeugwagen."

Niklas runzelte die Stirn, als er Karl zögerlich die Hand gab. Er merkte, dass die anderen ihm merkwürdige Blicke zuwarfen.

„Tut mir leid, Herr Winkler, ich wollte nicht unhöflich sein. Sie erinnern mich nur frappierend an jemanden, aber ich weiß nicht an wen." – „An einen alten Lehrer vielleicht?", wollte Sabine aushelfen.

Niklas schüttelte den Kopf. „Haben wir uns denn schon einmal gesehen?"

Karl lachte: „Die Welt ist so klein, wer will das ausschließen?"

Sie feierten in kleiner Runde. Um neunzehn Uhr brachten die jungen Mütter ihre Kinder ins Bett. Es gab Erdbeerbowle, Werners Spezialität. Niklas blieb nachdenklich und redete nicht viel. Sabine nahm ihn zur Seite: „Was ist los mit dir? Der Mann ist nett, richtig sympathisch, und kann doch nichts dafür, dass er dich an jemand erinnert. Es fällt allen auf, wie du ihn anstarrst, aber nicht mit ihm redest."

„Ja, sorry, ich weiß, aber so viele Eindrücke ... ich kann sie gerade nicht sortieren." Sabine zuckte mit den Schultern und holte sich ein Glas Bowle. Unvermittelt stand Niklas auf und stellte sich vor Karl:

„Ich dachte gerade, du bist beim KGB. Aber das ist es nicht. Aber irgendwie hast du was damit zu tun, ein Buch geschrieben oder so?"

Brasilien, olé

Vitor holte Karl am Flughafen ab. Der hatte zwar angeboten, ein Taxi zu nehmen, aber Vitor hatte das strikt abgelehnt. Vitor und Karl hatten in den letzten vier Jahren häufig Kontakt miteinander. Jana hatte davon nicht so viel mitbekommen. Sie begrüßten sich mit Handschlag. Vitor sah Karl kritisch an. „Du siehst nicht gut aus!"

Karl erwiderte: „Du dafür umso besser! Kaffee und deine Frau scheinen dir zu bekommen."

Vitor lachte. Er ließ sich nicht an der Nase herumführen, wollte aber erst einmal nichts sagen. „Du wirst sie kaum wiedererkennen, sie ist so locker, noch schöner, einfach ...". Karl grinste: „Du bist doch nicht etwa verliebt?"

Vitor legte den Kopf schräg. „Was weiß ich?" Sie mussten beide lachen.

Jana begrüßte Karl herzlich. „Wir kennen uns ja bisher persönlich nur flüchtig. Vitor hat mir viel von Ihnen erzählt, herzlich willkommen auf unserer Farm." – „Können wir bitte zu Jana und Karl übergehen?" – „Nur zu gern! Komm, Vitor bringt dir deinen Koffer nach oben, dann gibt's einen Happen zu essen und dann könnte ihr euch in den Garten setzen und über die Geschäfte plaudern." Vitor sah seine Frau aufmerksam an. Es war gar nicht so ihre Art, das Hausfrauchen zu mimen, das die Männer alleinlässt, damit diese in Gesprächen die Weltprobleme lösen konnten. Jana zeigte immer wieder Seiten, die ihn erstaunten. Das ließ ihn optimistisch in die Zukunft schauen.

Karl und Vitor saßen auf Liegestühlen, in der Hand einen alkoholfreien Cocktail.

„Ich bin froh, dass ich gekommen bin. Ihr habt es einfach toll hier und du hast recht: Hätte ich es nicht anders gewusst, ich hätte im Leben nie geglaubt, dass Jana und Mandy eine Person sind. Gut, ich habe sie damals nur zweimal oder maximal dreimal gesehen. Sie war immer eine auffallend schöne Frau, aber so ernst, streng. Jetzt mit dieser blonden Föhnfrisur, der saloppen Kleidung, kannst froh sein, wenn ich sie dir nicht abspenstig mache." Beide lachten. Männergeplauder eben.

„Ich bin krank, Vitor."

Der Angesprochene nickte. „Ich weiß. Es ist etwas Ernstes."

Karl zeigte kein Erstaunen darüber, dass Vitor es so getroffen hatte.

„Was ist es? Herz oder Krebs?" – „Das weißt du nicht?" – „Ich will es vielleicht nicht wissen?" Karl seufzte. „Magenkrebs, ich habe maximal noch drei Monate. Na, vielleicht habe ich vier oder fünf, weil ich ein Geist bin", er lächelte. Vitor sah ihn aufmerksam an.

„Ich habe oben in meiner Reisetasche einige Unterlagen, auf zwei Sticks. Ich möchte, dass du sie an dich nimmst. Ich muss mit dem Reisen aufhören. Ich denke, hier könnte ich meine Ruhe finden. Entweder bei euch, aber lieber noch in der Nachbarschaft." – „Du nimmst das sehr gelassen." – „Würdest du anders reagieren?"

Vitor schüttelte den Kopf.

„Ich möchte, Alessandro", Karl sprach ihn bewusst mit seinem Namen an, „dass du mein Werk fortführst. Ich weiß, das ist eine Zumutung, aber ich wüsste sonst niemanden." – „Wie, ich soll hier alles zurücklassen, die Farm, und vor allem Jana? Nein!"

Karl schaute ihn traurig an. „Es wäre wichtig. Du hast uns damals auch geholfen. Andere warten. Wir müssen wissen, wer hinter dem ganzen Spam steckt. Ob Bitcanto noch eine Hierarchiestufe oder die Spitze ist. Ich kann es nicht mehr herausfinden. Und unterschätze Jana nicht."

Vitor schaute in Richtung der Berge. Karl beugte sich nach vorn:

„Seit wann weißt du es?"

Vitor erblasste unter seinem dunkelbraunen Teint. „Ich weiß nicht, was du meinst." – „Alessandro, seit wann weißt du, dass du ein Natural bist?"

Vitor schwieg einige Minuten. „Ich muss so vierzehn oder fünfzehn gewesen sein. Woher weißt du es?" – „Du hast zu viel für Eduard und auch sonst herausgefunden, was man nur finden kann, wenn man Materie durchdringt. Du hast dich vorzüglich getarnt." Er holte Luft. „So, ich bin müde, ich gehe ins Haus und lege mich etwas hin. Bitte überlege es dir, ich baue auf dich."

Alessandro verzog keine Miene und blieb auf dem Liegestuhl sitzen, er drehte sein Glas in der Hand. In dieser Position verharrte er, bis die Sonne untergegangen war.

Publikationsliste

Belletristik

- Chimären – Was Menschen bisher nicht wussten. Norderstedt (BoD) 2023.
- Seite 22, Zeile 22 (mit Janina Schmiedel) (BoD) 2022.
- Märchen von heute – 61 wundersame Geschichten (BoD) 2022.
- Präpositionen (BoD) 2022.
- Eine Hand greift die andere. Norderstedt (BoD) 2022.
- Iphorismische Short Stories. Norderstedt (BoD) 2022.
- Iphorismen. Norderstedt (BoD) 2021.
- OneBBO's Castle lädt ein. Schau uns über die Schulter. Norderstedt (BoD) 2007.

Ernährung

- Am besten vegetarisch mit der Thermo-Küchenmaschine. Potsdam (Dort-Hagenhausen) 2016.
- Hartz IV in aller Munde. Norderstedt (BoD) 2013.
- Indisch inspiriert. München (Dort-Hagenhausen) 2013.
- Jetzt wird gesnackt! Norderstedt (BoD) 2013.
- Immer öfter vegetarisch. München (Dort-Hagenhausen) 2012.
- Rohkost statt Fasten Teil 2. Rezepte für ein Rohkostjahr. Norderstedt (BoD) 2011.
- Mein Kollege kocht Vollwert. Norderstedt (BoD) 2010.
- Schokolade. Norderstedt (BoD) 2010.
- Gemüse in aller Munde. Norderstedt (BoD) 2009.
- Hartz IV in aller Munde. Norderstedt (BoD) 2009.
- Schrot statt Schrott. Norderstedt (BoD) 2008.
- Vollwert? Gold wert! Norderstedt (BoD) 2008.
- Brötchen statt Brot. Norderstedt (BoD) 2007.
- Konfekt statt Sünde. Norderstedt (BoD) 2007.
- Rohkost statt Fasten. Norderstedt (BoD) 2007.